Unter dem Pseudonym Peter Tremayne schreibt ein anerkannter Historiker, der auf die versunkene Kultur der Kelten spezialisiert ist. Seine profunde Kenntnis des alten Rechtssystems und der irischen Gesellschaft im siebten Jahrhundert hat ihn dazu angeregt, Kriminalromane zu schreiben, die ihre Spannung und Originalität aus dem einmaligen und authentischen historischen Setting beziehen.

Ein historischer Kriminalroman

Deutsch von
Irmela Erckenbrecht

rororo
Rowohlt

Deutsche Erstausgabe
Veröffentlicht im Rowohlt
Taschenbuch Verlag GmbH,
Reinbek bei Hamburg, April 1998

Typografie Daniel Sauthoff
Satz ITC Galliard PostScript (PageOne)
Gesamtherstellung
Clausen & Bosse, Leck
Printed in Germany
ISBN 3 499 13883 2

Für Dorothea

HISTORISCHE ANMERKUNG

Diese Geschichte spielt im Jahre 664 n. C. während der berühmten Synode von Whitby. Die Sitten und Gebräuche dieses «dunklen Zeitalters» mögen vielen Leserinnen und Lesern befremdlich erscheinen. Besonders bemerkenswert ist, daß damals sowohl in der römischen als auch in der später «keltisch» genannten Kirche der Gedanke des Zölibats für Ordensfrauen und -männer längst noch nicht überall verbreitet war. Im Gegenteil, es kam recht häufig vor, daß Männer und Frauen in *conhospitae*, sogenannten Doppelhäusern, zusammenlebten und ihre Kinder im Dienste Christi gemeinsam aufzogen. St. Hildas Abtei in Whitby, zu jener Zeit Streoneshalh genannt, war eines dieser Doppelhäuser. Selbst Priester und Bischöfe durften damals heiraten. Der Zölibat wurde zwar von Paulus und anderen frühen Kirchenführern ausdrücklich befürwortet, beschränkte sich ursprünglich jedoch nur auf Asketen. Der Anspruch an alle Geistlichen, im Zölibat zu leben, konnte sich nur allmählich durchsetzen. Erst unter Papst Leo IX. (1048–54) unternahm die römische Kirche den ernsthaften Versuch, auch die Geistlichen im äußersten Westen Europas zum Zölibat zu zwingen.

Ammianus Marcellinus (ca. 330–395 n. C.)

tot. Das Blut und der Speichel um seine verzerrten Lippen waren noch nicht einmal trocken. Die Leiche hing am Ende eines kräftigen Hanfseils vom Ast einer knorrigen Eiche und schwang im Wind hin und her. Wo das Genick gebrochen war, hatte sich der Kopf in einem seltsamen Winkel zum übrigen Körper verdreht. Die Kleider waren zerrissen, und falls der Mann Sandalen getragen hatte, waren sie von Leichenfledderern entwendet worden. Jedenfalls war von seiner Fußbekleidung nichts mehr zu sehen. Die verkrampften, blutüberkrusteten Hände zeigten, daß der Mann nicht kampflos gestorben war.

Doch nicht die Tatsache, daß ein Mann erhängt worden war, hatte die kleine Gruppe von Reisenden dazu gebracht, bei der alten Eiche haltzumachen. Seitdem sie von Rheged ins Königreich Northumbrien gekommen waren, hatten sie schon zahlreiche Hinrichtungen und andere grausame Bestrafungen gesehen. Offenbar wandten die dort wohnenden Angeln und Sachsen strenge Strafen auf all jene an, die ihre Gesetze übertraten – von den grausigsten Formen der Verstümmelung bis zur Hinrichtung unter den qualvollsten Umständen, wobei das bloße Erhängen noch als menschlichster Weg erschien. Nein, es war nicht der Anblick eines weiteren an einem Baum aufgeknüpften Unglücklichen, der sie beunruhigt hatte. Daß sie ihre Pferde und Maultiere so plötzlich zum Stehen brachten, hatte einen anderen Grund.

Die kleine Reisegesellschaft bestand aus vier Männern und zwei Frauen. Sie alle trugen geistliche Gewänder aus ungefärbter Wolle, und die Häupter der Männer waren vorne kahlgeschoren – eine Tonsur, die sie als Brüder der Kirche Columbans von der heiligen Insel Iona auswies. Wie auf Kommando hatten sie alle im gleichen Augenblick angehalten, saßen aufrecht in ihren Sätteln und starrten beklommen auf den Leichnam des Mannes, auf seine ängstlich aufgerissenen Augen und seine in einem letzten verzweifelten Ringen nach Luft herausgestreckte, schwarze Zunge. In den Mienen der Reisenden spiegelten sich Entsetzen und tiefe Besorgnis.

Der Grund dafür war nicht schwer zu erraten: Auf dem Haupt des Toten war ebenfalls die Tonsur Columbans zu erkennen. Und was von seiner Kleidung übriggeblieben war, deutete auf die Kutte eines Mönches hin, obgleich sowohl das Kruzifix als auch der Ledergürtel und die Ledertasche fehlten, die jeder *peregrinus pro Christo* trug.

Der Anführer ritt auf seinem Maultier noch ein Stück näher und sah mit aschfahlem Gesicht zu dem Toten auf.

Auch eine der beiden Frauen löste sich von der Gruppe und führte ihr Reittier noch dichter an die Eiche heran, um den Toten mit ruhigem Blick zu betrachten.

Sie reiste zu Pferde, was darauf hinwies, daß sie keine gewöhnliche Ordensschwester war. In ihren blassen Gesichtszügen war keine Angst, sondern eine eigentümliche Mischung aus Abscheu und Neugier zu erkennen. Sie war noch jung, hochgewachsen und von anmutiger Gestalt, eine Tatsache, die ihr schlichtes Gewand kaum zu verbergen vermochte. Ein paar widerspenstige Strähnen roten Haares lugten unter ihrer Kopfbedeckung hervor. Ihr blasses Gesicht war fein geschnitten, und ihre Augen blitzten hell. Es war schwer zu sagen, ob sie blau oder grün waren, denn sie schienen sich mit jeder Gemütslage zu verändern.

«Kommt fort, Schwester Fidelma», murmelte ihr männlicher Begleiter sichtlich bewegt. «Das ist kein schicklicher Anblick für Euch.»

Die junge Frau sah ihn verärgert an.

«Für wen sollte dieser Anblick wohl schicklich sein,

Bruder Taran?» gab sie zurück. Dann führte sie ihr Pferd noch näher an die Leiche heran und sagte: «Unser Bruder ist noch nicht lange tot. Wer könnte diese abscheuliche Tat begangen haben? Diebe?»

Bruder Taran schüttelte den Kopf.

«Wir sind in einem wilden Land, Schwester, und dies hier ist erst meine zweite Mission nach Northumbrien. Nicht mehr als dreißig Jahre ist es her, daß wir dieser gottverlassenen Einöde das Wort Christi brachten. Man trifft noch immer viele Heiden, die vor der Geistlichkeit wenig Achtung haben. Laßt uns schnellstens weiterreiten. Wer auch immer diese Tat begangen hat, hält sich vielleicht noch immer in der Nähe auf. Bis zur Abtei von Streoneshalh kann es jetzt nicht mehr weit sein, und wir sollten auf jeden Fall dort ankommen, ehe die Sonne hinter den Bergen versinkt.»

Er zitterte leicht.

Die junge Frau runzelte verärgert die Stirn.

«Ihr würdet tatsächlich weiterreiten und einen unserer Glaubensbrüder so zurücklassen? Ohne Segen und Begräbnis?»

Bruder Taran zuckte die Achseln. Die Angst stand ihm ins Gesicht geschrieben. Schwester Fidelma wandte sich zu den anderen um.

«Ich brauche ein Messer, um das Seil durchzuschneiden», erklärte sie. «Wir müssen für die Seele unseres Bruders beten und dafür sorgen, daß er ein christliches Begräbnis bekommt.»

Die anderen warfen sich unbehagliche Blicke zu.

«Vielleicht hat Bruder Taran recht», gab das zweite weibliche Mitglied der Gruppe zu bedenken. Es war ein großes, grobknochiges Mädchen, das schwer und unbeholfen auf seinem Reittier saß. «Schließlich kennt er dieses Land ebensogut wie ich. Habe ich nicht jahrelang als versklavte Geisel in Northumbrien leben müssen? Sicherlich wären wir gut beraten, wenn wir unverzüglich weiterreiten und uns in den Schutz der Abtei von Streoneshalh begeben würden. Wir können Äbtissin Hilda von der Greueltat berichten. Sie wird am besten wissen, was zu tun ist.»

Schwester Fidelma stöhnte gereizt auf.

«Wir sollten doch zuallererst an die Seele unseres verstorbenen Bruders denken, Schwester Gwid», gab sie zurück. Dann wandte sie sich an die anderen. «Hat denn niemand ein Messer?»

Zögernd kam einer der Männer näher und reichte ihr ein kleines Messer.

Schwester Fidelma nahm es, stieg von ihrem Pferd und ging zu der Stelle, wo das Seil an einen niedrigeren Ast gebunden war. Sie hatte das Messer schon angehoben, als ein schriller Schrei sie innehalten und herumfahren ließ.

Aus dem Wald auf der anderen Seite des Weges kam ein halbes Dutzend Männer. Angeführt wurden sie von einem Mann auf einem Pferd – einem kräftigen Krieger mit langem, zotteligem Haar, das unter einem polierten Bronzehelm herausquoll und in einen dichten schwarzen Bart überging. Er trug einen glänzenden Brustharnisch, und seine Körperhaltung zeugte davon, daß er es gewohnt war, Befehle zu geben. Seine Gefolgsleute trugen verschiedene Waffen, die meisten Knüppel oder Pfeil und Bogen.

Schwester Fidelma hatte keine Ahnung, was der Mann ihr zurief, aber offenbar war es ein Befehl, und allem Anschein nach wollte er sie von ihrem Vorhaben abbringen.

Sie wandte sich zu Bruder Taran um, der dem Fremden ängstlich entgegenblickte.

«Wer sind diese Leute?»

«Es sind Sachsen, Schwester.»

«Das sehe ich selbst. Aber meine Kenntnisse des Sächsischen sind unvollkommen. Ihr müßt mit ihnen sprechen und sie fragen, wer sie sind und was sie über diesen Mord wissen.»

Bruder Taran rief dem Anführer der Männer ein paar holprige Brocken in einer fremden Sprache entgegen. Der kräftige Mann mit Helm grinste und spuckte aus, ehe er einen Schwall unverständlicher Laute von sich gab.

«Er sagt, sein Name sei Wulfric von Frihop, er sei ein Than des Unterkönigs von Deira, und dies sei sein Land. Seine Halle liege auf der anderen Seite des Waldes», übersetzte Bruder Taran stockend.

«Fragt ihn, was das hier zu bedeuten hat», sagte Schwester Fidelma in kaltem, gebieterischem Ton und zeigte auf den immer noch am Seil baumelnden Toten.

Der sächsische Krieger ritt näher und musterte Bruder Taran mit einem neugierigen Stirnrunzeln. Dann verzog sich sein bärtiges Gesicht zu einem bösartigen Grinsen. Seine engstehenden Augen und sein verschlagener Blick erinnerten Fidelma an einen listigen Fuchs. Er nickte grinsend, während Taran zögernd sprach, und antwortete dann, wobei er wieder kräftig auf den Boden spuckte, als wollte er damit seinen Worten Nachdruck verleihen.

«Es bedeutet, daß der Bruder hingerichtet wurde», übersetzte Taran.

«Hingerichtet?» Fidelma zog die Augenbrauen zusammen. «Nach welchem Gesetz wagt es dieser Mann, einen Mönch aus Iona hinzurichten?»

«Nicht aus Iona. Der Mönch war ein Northumbrier aus einem Kloster auf der Insel Farne», kam die Antwort.

Schwester Fidelma biß sich auf die Unterlippe. Sie wußte, daß Colmán, der Bischof von Northumbrien, auch der Abt von Lindisfarne war und die Abtei die Hauptstütze der Kirche in diesem Königreich bildete.

«Und sein Name? Wie war der Name des Bruders?» wollte Fidelma wissen. «Und welches Verbrechen soll er begangen haben?»

Wulfric zuckte mit den Schultern.

«Nach seinem Namen habe ich ihn nicht gefragt.»

«Nach welchem Gesetz wurde er hingerichtet?» fragte sie weiter und versuchte, die in ihr aufsteigende Wut in den Griff zu bekommen.

Wulfric, der Krieger, lenkte sein Pferd näher an die junge Ordensschwester heran und beugte sich vom Sattel aus tief zu ihr hinunter. Sie rümpfte die Nase, als sie seinen schlechten Atem roch und die schwarzen Zähne hinter seinen grinsenden Lippen sah. Es beeindruckte ihn offenbar, daß diese junge Frau keine Angst vor ihm und seinen Kriegern hatte. Einen Augenblick lang ließ er beide Hände auf dem Knauf seines Sattels ruhen und betrachtete sie nachdenklich. Dann deutete er grinsend auf die Leiche.

«Das Gesetz besagt, daß ein Mann, der einen Höherstehenden beleidigt, dafür mit dem Leben bezahlen muß.»

«Einen Höherstehenden beleidigt?»

Wulfric nickte.

«Der Mönch», übersetzte Taran mit zitternder Stimme weiter, «ist gegen Mittag in Wulfrics Dorf gekommen und hat um gastfreundliche Aufnahme gebeten. Wulfric, ein guter Christ» – hatte Wulfric das tatsächlich gesagt, oder war das nur Tarans Übersetzung? –, «gewährte ihm Obdach und eine Mahlzeit. Der Met floß reichlich in der Banketthalle, als der Streit ausbrach.»

«Welcher Streit?»

«Es scheint, daß Alhfrith, Wulfrics König ...»

«Alhfrith?» unterbrach ihn Fidelma. «Ich dachte, Oswiu sei der König von Northumbrien?»

«Alhfrith ist Oswius Sohn und Unterkönig von

Deira. Das ist der südliche Teil von Northumbrien, in dem wir uns jetzt befinden.»

Fidelma bedeutete Taran, mit seiner Übersetzung fortzufahren.

«Dieser Alhfrith hat sich zu einem Anhänger Roms bekehren lassen und viele Mönche aus dem Kloster von Ripon vertrieben, weil sie sich den Lehren und der Liturgie Roms nicht unterwerfen wollten. Offenbar hat einer von Wulfrics Männern unseren Bruder in eine Debatte über die jeweiligen Vorzüge der Lehren Roms und Columbans verwickelt. Aus dem Gespräch wurde ein Streit, der Streit wurde immer hitziger, und schließlich hat sich der Mönch zu unbedachten Worten hinreißen lassen. Diese Worte wurden wohl als beleidigend empfunden.»

Schwester Fidelma starrte den Gefolgsmann des Königs ungläubig an. «Und dafür wurde der Mann hingerichtet? Für ein paar Worte?»

Wulfric strich gelassen über seinen Bart und lachte, als Taran ihm die Frage stellte.

«Dieser Mann hat den Than von Frihop beleidigt. Dafür wurde er hingerichtet. Gemeine Leute dürfen nicht ungestraft einen so edlen Mann beleidigen. Das ist das Gesetz. Und außerdem schreibt das Gesetz vor, daß der Mann von heute an noch einen Mond hier hängen muß.»

Zorn spiegelte sich in der Miene der jungen Ordensschwester. Sie wußte wenig über das sächsische Gesetz, und ihrem Eindruck nach war es in höchstem Maße ungerecht. Allerdings war sie klug genug, ihre Empörung nicht zu zeigen. Sie wandte sich um, schwang sich auf den Rücken ihres Pferdes und sah den Krieger an.

«Höre, Wulfric, ich bin auf dem Weg nach Streoneshalh, wo ich auch König Oswiu von Northumbrien treffen werde. Ich werde Oswiu wissen lassen, wie Ihr diesen Diener Gottes behandelt habt, einen heiligen Mann, der unter dem besonderen Schutz des christlichen Königs Eures Landes steht.»

Falls diese Worte dazu gedacht gewesen waren, Wulfric einzuschüchtern, hatten sie ihre Wirkung verfehlt.

Der sächsische Krieger warf den Kopf zurück und brach in brüllendes Gelächter aus.

Schwester Fidelma hatte jedoch mit wachsamem Blick nicht nur Wulfric, sondern auch seine Gefährten im Auge behalten. Während des Wortwechsels hatten sie immer wieder gespannt zu ihrem Führer geschaut, und es war klar, daß sie nur auf seinen Befehl warteten, um sich auf die Reisenden zu stürzen. Deshalb schien ihr Zurückhaltung ratsam. Gefolgt von einem sichtlich erleichterten Bruder Taran und ihren anderen Reisegefährten, lenkte sie ihr Pferd zurück auf den Weg, ließ es jedoch absichtlich im Schritt gehen. Eile würde Angst verraten, und Angst war das letzte, was man einem Rüpel wie Wulfric in einer solchen Lage zeigen durfte.

Zu ihrer Überraschung wurden sie nicht aufgehalten. Wulfric und seine Männer blieben einfach stehen und sahen ihnen nach und wechselten lachend ein paar Worte. Nachdem sie genug Abstand zwischen sich und Wulfrics Bande an der alten Eiche gelegt hatten, wandte sich Fidelma kopfschüttelnd an Taran.

«Dies ist tatsächlich ein wildes, von Heiden bevölkertes Land. Und ich dachte, Northumbrien sei befriedet und würde von Oswiu regiert?»

Es war Schwester Gwid, die Fidelma antwortete. Wie Bruder Taran stammte sie von den Cruthin im Norden ab, die viele auch Pikten nannten. Da Schwester Gwid jedoch mehrere Jahre als Gefangene hier verbracht hatte, kannte sie sich mit den Eigenheiten und der Sprache Northumbriens aus.

«Ihr habt noch viel über dieses Land zu lernen, Schwester Fidelma», begann sie.

Die Herablassung in ihrer Stimme schwand, als Fidelma sie mit funkelnden Augen ansah. «Ach ja? Dann sagt es mir.» Ihre Stimme war so kalt und klar wie das kristallene Wasser eines reißenden Bergbachs.

«Nun», fuhr Gwid in deutlich bescheidenerem Tonfall fort, «Northumbrien wurde einst von den Angeln besiedelt. Sie unterscheiden sich kaum von den Sachsen im Süden des Landes, haben die gleiche Sprache und verehrten die gleichen befremdlichen Götter, bis unsere Missionare ihnen das Wort des einzigen, wahren Gottes brachten. Aber es wurden zwei Königreiche gegründet, Bernicia im Norden und Deira im Süden. Erst vor sechzig Jahren wurden sie zu dem Königreich vereint, das jetzt Oswiu regiert. Und Oswiu hat seinen Sohn Alhfrith zum Unterkönig von Deira ernannt. Ist es nicht so, Bruder Taran?»

Bruder Taran nickte verdrießlich.

«Ein Fluch auf Oswiu und sein Haus!» rief er verbittert aus. «Als Oswald, Oswius Bruder, König war, führte er die Northumbrier in einen Krieg gegen unser Land. Ich war damals noch ein Kind. Meinen Vater, der ein Häuptling der Gododdin war, haben sie erschlagen, und meine Mutter vor den Augen des Sterbenden niedergestochen. Ich hasse sie alle!»

Fidelma hob die Augenbrauen.

«Und doch seid Ihr ein Bruder Christi und der Nächstenliebe verpflichtet. Ihr solltet keinen Haß im Herzen tragen.»

Taran seufzte. «Ihr habt recht, Schwester. Manchmal ist unser Glauben ein strenger Zuchtmeister.»

«Und ich dachte immer», fuhr Fidelma unbeirrt fort, «Oswiu sei in Iona erzogen worden und folge der Liturgie der Kirche Columcilles? Wie kann sein Sohn dann ein Gefolgsmann Roms und ein Feind unserer Sache sein?»

«Die Northumbrier nennen den heiligen Columcille ‹Columban›», warf Schwester Gwid in besserwisserischem Tonfall ein, «weil sie den Namen leichter aussprechen können.»

Es war Bruder Taran, der Fidelmas Frage beantwortete.

«Ich glaube, daß Alhfrith mit seinem Vater, der ein zweites Mal geheiratet hat, in Feindschaft lebt. Alhfrith fürchtet, sein Vater könnte ihn zugunsten von Ecgfrith, dem Sohn seiner zweiten Frau, enterben.»

Fidelma seufzte tief.

«Diese sächsischen Erbgesetze sind mir ohnehin ein Buch mit sieben Siegeln. Ich habe gehört, sie setzen den erstgeborenen Sohn als Erben ein, anstatt wie wir durch freie Wahl den Würdigsten der Familie zu bestimmen.»

In dem Augenblick stieß Schwester Gwid einen Schrei aus und deutete auf den fernen Horizont.

«Das Meer! Ich kann das Meer sehen! Und das schwarze Gebäude dort drüben am Horizont – das muß Streoneshalh sein.»

Schwester Fidelma brachte ihr Pferd zum Stehen und spähte mit zusammengekniffenen Augen in die Ferne.

«Was meint Ihr, Bruder Taran? Ihr kennt Euch in diesem Teil des Landes am besten aus.»

Erleichterung stand Taran ins Gesicht geschrieben.

«Schwester Gwid hat recht. Das ist die Abtei der Gesegneten Hilda, der Base König Oswius – Streoneshalh, das Ziel unserer Reise.»

zweifelten Stimme ließ die Äbtissin erschrocken zusammenfahren. Sie hob die Augen von dem reich bebilderten Pergament, das sie an ihrem Tisch studiert hatte, und runzelte verärgert die Stirn.

Sie saß in ihrem dunklen, mit Steinplatten ausgelegten Gemach, das von einigen Talglichtern in bronzenen Wandhaltern nur spärlich erleuchtet wurde. Es war Tag, aber das einzige hohe Fenster ließ wenig Licht herein, und trotz einiger farbenfroher Wandbehänge, die einen Teil des Mauerwerks bedeckten, wirkte der Raum kalt und karg. Auch das im großen Kamin schwelende Feuer verbreitete nicht viel Wärme.

Einen Augenblick lang verharrte die Äbtissin reglos. Ihr mageres, kantiges Gesicht mit der hohen Stirn legte sich in tiefe Falten, und ihre dunklen Augen, in denen die Pupillen kaum zu erkennen waren, funkelten zornig, während sie den Kopf zur Seite neigte, um dem Geschrei zu lauschen. Sie zog den kunstvoll gewebten Wollumhang fester um die Schultern und ließ eine Hand über das aufwendig gearbeitete goldene Kruzifix gleiten, das sie an einer Kette aus winzigen Elfenbeinperlen um den Hals trug. Ihre Kleidung und ihr Schmuck zeugten davon, daß sie eine wohlhabende Frau von hoher Stellung war.

Der Radau vor der schweren Holztür ging weiter, so daß sie sich schließlich seufzend von ihrem Tisch erhob. Obwohl die Äbtissin nur von durchschnittlichem Wuchs war, wirkte ihre Haltung gebieterisch. Die Wut ließ ihre knochigen Züge noch stärker hervortreten.

Es klopfte laut, und noch ehe die Äbtissin Zeit hatte zu antworten, schwang die Eichentür auf.

Eine Frau im schlichten braunen Wollgewand der Ordensschwestern stand verlegen auf der Schwelle.

Hinter ihr wand sich ein Bettler im festen Griff

zweier kräftiger Ordensbrüder. Die Gebärden und das hochrote Gesicht der Schwester verrieten höchste Bedrängnis, und sie schien vergebens nach den passenden Worten zu suchen.

«Was hat das zu bedeuten?»

Die Äbtissin sprach leise, doch ihre Stimme klang hart wie Stahl.

«Mutter Oberin», begann die Schwester ängstlich, aber ehe sie noch Zeit hatte, ihren Satz zu beenden, stieß der Bettler einen Schwall unverständlicher Laute aus.

«Sprich!» befahl die Äbtissin ungeduldig. «Was ist der Grund für diese ungeheuerliche Ruhestörung?»

«Mutter Oberin, dieser Bettler verlangt, Euch zu sehen. Wir haben versucht, ihn abzuweisen, aber er hat herumgeschrien und die Brüder tätlich angegriffen», stieß sie atemlos hervor.

Die Äbtissin preßte grimmig die Lippen zusammen. «Bringt ihn her», befahl sie.

Die Schwester wandte sich um und bedeutete den Ordensbrüdern, mit dem Bettler hereinzukommen. Der Mann hatte inzwischen seine Gegenwehr aufgegeben.

Er war so hager, daß er eher einem Skelett als einem Menschen aus Fleisch und Blut glich. Seine Augen waren grau, fast farblos, und auf seinem Kopf sproß eine wilde, schmutzig-braune Mähne. Die straff über seine ausgezehrten Formen gespannte Haut sah aus wie gelbliches Pergament. Seine Kleidung bestand aus zerrissenen Lumpen, und es war auf den ersten Blick zu erkennen, daß er im Königreich Northumbrien ein Fremder war.

«Was willst du?» wollte die Äbtissin wissen und musterte ihn widerwillig. «Und wie kommst du dazu, in einem Haus der stillen Einkehr ein solches Spektakel zu machen?»

«Was ich will?» wiederholte der Bettler schwerfällig. Dann wechselte er in eine andere Sprache und stieß eine rasche Folge kehliger Laute aus. Die Äbtissin neigte den Kopf vor, während sie angestrengt versuchte, ihm zu folgen.

«Sprecht Ihr meine Sprache, die Sprache der Kinder von Éireann?»

Sie nickte, während sie in Gedanken seine Worte übersetzte. Erst vor dreißig Jahren war dem Königreich Northumbrien das Christentum gebracht worden. Lesen und Schreiben hatten die Geistlichen von den irischen Mönchen der heiligen Insel Iona gelernt.

«Ich spreche deine Sprache recht gut», räumte sie ein.

Der Bettler hielt inne und nickte einige Male mit dem Kopf, als wolle er damit seine Zustimmung zu erkennen geben.

«Seid Ihr Äbtissin Hilda von Streoneshalh?»

Die Äbtissin nickte ungeduldig.

«Allerdings.»

«Dann hört mich an, Hilda von Streoneshalh! Unheil liegt in der Luft. Ehe diese Woche vorüber ist, wird in Streoneshalh Blut geflossen sein.»

Äbtissin Hilda starrte den Bettler überrascht an. Sie brauchte eine Weile, um sich vom Schrecken dieser Botschaft zu erholen, die ihr in tonlosem, nüchternem Tonfall überbracht worden war. Inzwischen hatte sich der Fremde völlig beruhigt. Er stand da und sah sie mit Augen an, die sie an das undurchsichtige Grau eines drükkenden Winterhimmels erinnerten.

«Wer bist du?» fragte sie, als sie ihre Beherrschung wiedergefunden hatte. «Und wie kannst du es wagen, in einem Hause Gottes solche Prophezeiungen zu verkünden?»

Die dünnen Lippen des Bettlers verzogen sich zu einem Lächeln.

«Ich bin Canna, der Sohn Cannas, und ich habe das

alles am nächtlichen Himmel gelesen. Schon bald werden in diese Abtei viele Große und Gelehrte kommen, von Irland im Westen, Dál Riada im Norden, Canterbury im Süden und Rom im Osten. Sie alle werden hier zusammentreffen und über die Vorzüge ihres Weges zum Verständnis des einzigen und wahren Gottes streiten.»

Äbtissin Hilda machte eine ungeduldige Geste.

«Soviel weiß in dieser Gegend selbst der unkundigste Bauerntölpel, du großer Wahrsager», erklärte sie verärgert. «Jeder weiß, daß König Oswiu die führenden Gelehrten der Kirche zusammengerufen hat, damit sie darüber debattieren, ob in seinem Königreich die Lehren Roms oder die Lehren Columbans von Iona befolgt werden sollen. Warum belästigst du uns mit diesem Küchengeschwätz?»

Der Bettler grinste verschlagen. «Was sie nicht wissen, ist, daß Tod in der Luft liegt. Denkt an meine Worte, Äbtissin Hilda. Ehe die Woche vorüber ist, wird in den Mauern dieser Abtei Blut geflossen sein. Blut wird die kalten Steine Eures Bodens beflecken.»

Äbtissin Hilda schnaubte verächtlich.

«Und ich nehme an, für einen ansehnlichen Preis bist du bereit, den Lauf des Bösen abzuwenden?»

Zu ihrer Überraschung schüttelte der Bettler den Kopf. «Ihr solltet wissen, Tochter des Hereri von Deira, daß sich der Lauf der Sterne am Himmel nicht aufhalten läßt. Auch wer ihn erkennt, kann ihn nicht ändern. An dem Tag, an dem die Sonne sich am Himmel verdunkelt, fließt Blut! Ich bin nur gekommen, um Euch zu warnen. Ich habe im Namen Christi meine Pflicht getan. Hört auf meine Worte.»

Die Äbtissin starrte den Bettler an, der die Lippen zusammenpreßte und trotzig das Kinn vorschob. Einen Augenblick lang war sie verunsichert und von der kühnen Haltung dieses Mannes und seiner schrecklichen Botschaft verstört, doch dann gewann die Verärgerung wieder Oberhand. Sie wandte sich ihren Untergebenen zu.

«Führt den unverschämten Tölpel ab und laßt ihn auspeitschen», befahl sie barsch.

Die beiden Ordensbrüder packten den sich heftig wehrenden Bettler am Arm und zerrten ihn hinaus.

Als auch die Schwester sich zum Gehen wandte, hielt Äbtissin Hilda sie mit erhobener Hand zurück. Die Schwester sah sie erwartungsvoll an, während die Äbtissin sich vorbeugte und die Stimme senkte.

«Sag ihnen, sie sollen nicht zu fest zuschlagen, ihm aus der Küche ein Stück Brot bringen und ihn in Frieden gehen lassen, wenn sie mit ihm fertig sind.»

Die Schwester zog die Augenbrauen hoch und zögerte, als wollte sie den Anweisungen widersprechen. Dann nickte sie eilig und ging ohne ein weiteres Wort davon.

Durch die geschlossene Tür hörte Äbtissin Hilda noch immer Cannas Sohn und seine durchdringende Stimme.

«Nehmt Euch in acht, Äbtissin! An dem Tag, an dem sich die Sonne am Himmel verdunkelt, fließt Blut in Eurer Abtei!»

¶ Mit aller Kraft stemmte sich der junge Mann gegen den schneidenden Wind. Schritt für Schritt kämpfte er sich vorwärts. Schließlich lehnte er sich an den Schiffsbug aus dunkler Eiche und suchte mit zusammengekniffenen Augen die ferne Küste ab. Der Wind zerzauste sein dunkles Haar, rötete seine Wangen und bauschte sein braunes Wollhabit. Der Mann umfaßte die Reling mit beiden Händen, auch wenn das Deck unter seinen Füßen nur sanft über den vom Küstenwind aufgewühlten Wellen schwankte. Überall auf der grauen Wasseroberfläche waren weiße Schaumkronen zu sehen.

«Ist das Northumbrien, Käptn?»

Er mußte schreien, um sich dem kräftigen, alten Seemann, der unmittelbar hinter ihm stand, verständlich zu machen.

Der helläugige Kapitän mit dem wettergegerbten Gesicht nickte ihm zu.

«Ja, das ist Northumbrien, Bruder Eadulf, Euer Bestimmungsort. König Oswius Reich.»

Freudig erregt wandte sich der junge Mann wieder der Küste zu. Drei Tage lang waren sie jetzt schon an den Gestaden entlanggefahren, hatten sich langsam nordwärts gekämpft und versucht, den stürmischeren Wellen der offenen Nordsee zu entgehen. Stuf, der Kapitän des Schiffes, der aus dem Königreich der Südsachsen stammte, kannte sich aus und wußte die Sicherheit der ruhigeren Küstengewässer zu schätzen. Erst jetzt war er gezwungen gewesen, ins offene Meer hinauszusteuern, um eine große Landzunge zu umschiffen, deren langgestrecktes Ufer im Nordosten der offenen, stürmischen See zugewandt war.

Stuf trat einen Schritt näher an den jungen Mönch heran und zeigte auf die Küste.

«Seht Ihr die Klippen dort?»

Bruder Eadulf ließ neugierig seinen Blick über die dunklen, gefährlich hoch und steil aussehenden Sandsteinklippen schweifen. An ihrem Fuße wurden sie von einem schmalen Gürtel aus Sand und zerklüfteten Felsen gesäumt.

«Ja.»

«Und seht Ihr auch den schwarzen Umriß oben auf den Klippen? Das ist Hildas Abtei, die man Streoneshalh nennt.»

Aus dieser Entfernung konnte Bruder Eadulf nicht viel mehr erkennen als den kleinen schwarzen Umriß, den der Kapitän ihm gezeigt hatte. Er ragte direkt oberhalb einer Spalte zwischen den Klippen in den Himmel.

«Das ist unser Hafen», sagte der Kapitän, als hätte er Bruder Eadulfs Gedanken erraten. «In der Felsspalte direkt unterhalb der Abtei liegt die Mündung des Esk, eines kleinen Flusses. In den letzten Jahren ist dort eine kleine Stadt entstanden. Wegen der Nähe zu Mutter Hildas Abtei nennt man sie Witebia, die ‹Stadt der Reinen›.»

«Wie lange wird es noch dauern, bis wir dort angekommen sind?»

Der alte Kapitän zuckte mit den Schultern. «Vielleicht eine Stunde. Das hängt ganz vom Wind und der Flut ab. In der Nähe der Hafeneinfahrt gibt es ein tükkisches Riff, das fast eine Meile weit ins Meer hinausragt. Nichts Gefährliches – wenn man ein guter Seemann ist ...»

«... wie ich», verkniff er sich hinzuzusetzen, doch Eadulf verstand die versteckte Andeutung.

Zögernd wandte Eadulf den Blick von der felsigen Küste ab.

«Dann werde ich jetzt wohl Seine Gnaden benachrichtigen müssen.»

Er geriet ein wenig ins Taumeln, als er sich umdrehte, und biß sich auf die Lippe, um den Fluch zu unterdrücken, der ihm fast entfahren wäre. Allmählich kam er sich selbst schon vor wie ein alter Seemann. Hatte er nicht bereits zweimal das große Meer zwischen Britannien und Éireann überquert, und war er nicht erst kürzlich auf der Rückkehr von seiner zweijährigen Pilgerreise nach Rom von Gallien nach Britannien gesegelt? Und dennoch hatte er feststellen müssen, daß er sich bei jeder Seereise erst wieder erneut an das Schwanken des Schiffes gewöhnen mußte. Von den drei Tagen, an denen sie jetzt vom Königreich Kent bis Northumbrien gesegelt waren, hatte Bruder Eadulf einen ganzen Tag lang krank auf seinem Strohsack gelegen, gestöhnt und sich erbrochen, bis er dachte, vor Übelkeit und Erschöpfung sterben zu müssen. Erst jetzt, am dritten Tag, konnte er aufrecht stehen, ohne daß es ihm den Magen umdrehte, konnte sich den frischen Seewind um den Kopf und in die Lungen blasen lassen, so daß ihm ganz allmählich wieder etwas menschlicher zumute war. Trotzdem brachte ihn gelegentlich eine vorwitzige Welle noch immer ins Schwanken – sehr zur Belustigung von Kapitän Stuf und seinen Matrosen.

Stuf streckte eine braune, schwielige Hand aus, um den jungen Mönch zu stützen, der fast das Gleichgewicht verloren hätte.

Bruder Eadulf lächelte dankbar und verlegen, dann drehte er sich um.

Stuf sah ihm grinsend nach, während Bruder Eadulf sich unsicheren Schrittes entfernte. Noch eine Woche, und der junge Mönch würde einen ganz passablen Seemann abgeben, dachte er. Die tägliche Arbeit würde seine Muskeln rasch wieder kräftigen. Durch die vielen Jahre des Gebets hinter dunklen Klostermauern und ohne Sonnenlicht waren sie schlaff geworden. Der junge Mann hatte den Körperbau eines Kriegers. Stuf schüttelte mißbilligend den Kopf. Das Christentum hatte die sächsischen Krieger in Schwächlinge verwandelt.

Der alte Kapitän war die Küste schon mit unzähligen Frachten abgefahren, doch dies war das erste Mal, daß er Christen an Bord hatte. Wahrhaft seltsame Passagiere, beim Odem Wotans! Stuf machte kein Geheimnis daraus, daß er es vorzog, die alten Götter zu verehren, die Götter seiner Väter. Ja, sein eigenes Land, das Königreich Südsachsen, hatte gerade erst angefangen, widerstrebend jene Männer ins Land zu lassen, die von einem Gott predigten, der keinen Namen hatte und dessen Sohn sie Christus nannten. Stuf hätte es lieber gesehen, wenn der König Südsachsens es ihnen auch weiterhin verboten hätte. Er hatte nicht viel übrig für die Christen und ihre Lehren.

Wenn seine Zeit gekommen war, wollte er wie alle gefallenen Helden mit dem Schwert in der Hand nach Walhall streben und dabei den heiligen Namen Wotans rufen, wie es seine Vorfahren schon seit Generationen getan hatten, anstatt in der absonderlichen Sprache der Römer den Namen eines fremden Gottes zu wimmern und friedlich in einem Bett zu sterben. So ging kein sächsischer Krieger ins Jenseits. Nein, einem wahren Sachsen blieb das Leben nach dem Tod verwehrt, wenn er sich nicht mit dem Schwert den Weg nach Walhall erkämpfte.

Soweit Stuf es verstanden hatte, war dieser Christus ein Gott des Friedens, ein Gott der Sklaven, der alten Männer und der Frauen.

Da war ihm ein männlicher Gott schon lieber, ein Gott der Krieger wie Tyr oder Wotan, Donar oder Freyr, der seine Feinde strafte, die Krieger an seiner Tafel willkommen hieß und die Schwachen und Kraftlosen verachtete.

Aber Stuf verstand sich auch aufs Geschäft. Sein Lebensunterhalt war sein Schiff. Und das Gold der Christen war ihm ebenso recht wie das irgendwelcher anderer Reisender. Also scherte er sich nicht weiter darum, daß seine Ladung diesmal aus ein paar christlichen Geistlichen bestand.

Er drehte dem Wind den Rücken zu, spuckte über die Reling und hob die hellen, fast farblosen Augen zum Großsegel, das über ihm flatterte. Es war an der Zeit, das Segel einzuholen und das Schiff von den achtunddreißig Sklaven zur Küste rudern zu lassen. Er ging nach achtern, um entsprechende Befehle zu erteilen.

Bruder Eadulf war auf dem Weg zu seinen Gefährten, einem halben Dutzend Männern, die am Heck des Schiffes auf ihren Strohsäcken lagen. Eadulf wandte sich an einen rundlichen, grauhaarigen Mönch. «Witebia ist in Sicht, Bruder Wighard», sagte er. «Der Kapitän sagt, wir können in einer Stunde landen. Soll ich es Seiner Gnaden melden?»

Der rundliche Mann schüttelte den Kopf.

«Seine Gnaden fühlt sich noch immer nicht wohl», erwiderte er betrübt.

Bruder Eadulf sah ihn besorgt an.

«Wir sollten ihn zum Bug bringen, damit die frische Luft ihn belebt.»

Bruder Wighard schüttelte bedauernd den Kopf.

«Ich weiß, mein Bruder, Ihr habt die Kunst der Apotheker studiert. Aber deren Kuren können auch das Gegenteil bewirken. Lassen wir Seine Gnaden noch ein wenig ruhen.»

Eadulf zögerte, hin- und hergerissen zwischen seiner Überzeugung und der Tatsache, daß Wighard ein Mann war, den man nicht ungestraft mißachtete. Wighard war der Sekretär von Deusdedit, dem Erzbischof von Canterbury. Und es war Deusdedit, von dessen Gesundheit die Rede war.

Der nicht mehr ganz junge Erzbischof war von Eugen I., Bischof von Rom und Vater der Heiligen Kirche, zum Führer der römischen Abgesandten geweiht worden, die in die angelsächsischen Königreiche Britanniens reisten.

Doch niemand konnte mit Deusdedit sprechen, ohne vorher Wighards Erlaubnis eingeholt zu haben. Hinter Wighards engelsgleichen Zügen verbargen sich ein kühl berechnender Geist und ein Ehrgeiz, der so gnadenlos war wie ein frisch geschliffenes Schwert. Soviel war Eadulf in den wenigen Tagen, die er in der Gesellschaft des Mönches aus Kent verbracht hatte, jedenfalls schon klargeworden. Wighard wachte eifersüchtig über seine Stellung als Sekretär und Vertrauter des Erzbischofs und ließ niemanden an ihn herankommen.

Deusdedit gebührte die Ehre, als erster Sachse das

Amt innezuhaben, das Augustin von Rom feierlich in Canterbury eingerichtet hatte, als er vor knapp siebzig Jahren gekommen war, um die heidnischen Sachsen zu Christus zu bekehren. Bisher hatten nur Römer als oberste römische Missionare in Britannien gewirkt. Doch Deusdedit, ein Westsachse, dessen ursprünglicher Name Frithuwine lautete, hatte sich als besonders gelehrt und geduldig erwiesen und sich unermüdlich um die Lehren Roms verdient gemacht. Bei der christlichen Taufe bekam er den Namen Deusdedit, der Gottgegebene. Der Heilige Vater hatte keine Bedenken gehabt, ihn zu seinem Stellvertreter in Britannien zu ernennen, und so leitete Deusdedit nun schon seit neun Jahren die Geschicke all jener Christen, die auf der Suche nach spiritueller Leitung den Blick nach Rom richteten.

Doch schon seit Beginn der Reise ließ Deusdedits Gesundheit zu wünschen übrig, weshalb er sich die meiste Zeit über, nur betreut von Wighard, seinem Sekretär, von seinen Glaubensbrüdern absonderte.

Einen Augenblick lang zögerte Eadulf und fragte sich, ob er entschlossener seine medizinischen Kenntnisse zur Anwendung bringen sollte. Dann zuckte er die Achseln.

«Wollt Ihr Seiner Gnaden sagen, daß wir bald landen werden?» fragte er.

Wighard nickte beruhigend.

«Ich werde dafür sorgen, daß er es rechtzeitig erfährt. Gebt mir Bescheid, wenn Ihr am Ufer irgendwelche Anzeichen für einen Begrüßungsempfang entdecken könnt.»

Bruder Eadulf neigte den Kopf. Das Großsegel war eingeholt und sicher verstaut, und die ächzenden Ruderer zogen mit voller Kraft an den langen Holzriemen, die das wendige Schiff in Richtung Küste trugen. Einige Augenblicke lang stand Eadulf einfach nur da und beobachtete das emsige Treiben an Bord, während das Schiff geradezu über das Wasser zu fliegen schien. Er dachte daran, daß es solche Schiffe gewesen waren, mit denen seine Vorfahren vor gar nicht allzu langer Zeit die grenzenlosen Meere überquert hatten, um in Britannien einzufallen und sich schließlich auf der fruchtbaren Insel niederzulassen.

Die Aufseher gingen durch die Reihen der sich kräftig gegen ihre Ruder stemmenden Sklaven und trieben sie mit knallenden Peitschen und lauten Verwünschungen zu immer größeren Leistungen an. Hier und da war ein greller Schmerzensschrei zu hören, wenn das Ende einer Peitsche mit unbedeckter Haut in Berührung kam. Eadulf beobachtete die geschäftig hin und her laufenden Seemänner mit kaum verhohlenem Neid, bis er sich seiner Gefühle gewahr wurde und sie entschlossen zu verscheuchen suchte.

Er hatte keinen Grund, irgend jemanden zu beneiden, sagte er sich. Hatte er nicht an seinem zwanzigsten Geburtstag freiwillig auf all seine Rechte als erblicher *gerefa* oder Friedensrichter am Hof des Thans von Seaxmund's Ham verzichtet? Ja, er hatte den alten Göttern im Königreich Ostanglien abgeschworen und war dem neuen Gott gefolgt, dessen Kunde von Irland zu ihnen gedrungen war. Mit jugendlichem Überschwang hatte er sich einem Iren angeschlossen, der zwar ein fürchterliches Sächsisch sprach, seine Zuhörer aber dennoch von seiner Sache zu begeistern vermochte. Fursa, der Ire, hatte Eadulf nicht nur Lesen und Schreiben in seiner Muttersprache Sächsisch beigebracht – eine Sprache, die Eadulf noch nie zuvor geschrieben gesehen hatte –, sondern ihn auch Irisch und Lateinisch gelehrt und ihn zum Glauben an Jesus Christus, den Sohn des namenlosen Gottes, geführt.

Dabei hatte sich Eadulf als ein so eifriger und begabter Schüler erwiesen, daß Fursa ihn mit entsprechenden Empfehlungsschreiben in sein Heimatland Irland geschickt hatte, und zwar zuerst in ein Kloster in Durrow, wo junge Menschen aus allen Teilen der Welt erzogen und ausgebildet wurden. Ein Jahr lang hatte Eadulf in Durrow bei den frommen Brüdern studiert, und da er in dieser Zeit viel vom Ruhm der heilkundigen irischen Apotheker hörte, hatte er anschließend vier Jahre lang das berühmte Kollegium der Medizin in Tuaim Brecain besucht. Dort erfuhr er vom legendären Midach, dem Sohn Diancechts, aus dessen dreihundertfünfundsechzig Gelenken, Sehnen und anderen Körperteilen nach seinem gewaltsamen Tod dreihundertfünfundsechzig Kräuter gewachsen waren, jedes Kraut mit der Gabe versehen, den Teil des Körpers zu heilen, dem es entsprossen war.

Während dieser Zeit hatte er in sich einen immer größeren Wissensdurst verspürt und die Entdeckung gemacht, daß er die Gabe besaß, Rätsel und schwierige Rechtsfälle zu lösen. Was für andere auf ewig ein Geheimnis blieb, war für ihn oft einfach zu durchschauen. Er nahm an, daß diese Gabe damit zusammenhing, daß er durch seine Familie, deren Oberhaupt die Stellung eines erblichen *gerefa* innehatte, eine recht genaue, mündlich überlieferte Kenntnis der Gesetze der Sachsen erworben hatte. Manchmal, wenn auch nicht sehr häufig, dachte er mit Bedauern daran, daß er, hätte er Wotan und Seaxnat nicht abgeschworen, am Hof des Thans von Seaxmund's Hall *gerefa* geworden wäre.

Wie viele andere sächsische Mönche war auch Eadulf in allen Fragen der Liturgie, in der für den christlichen Glauben so wichtigen Datierung des Osterfests und in der Form seiner Tonsur den Lehren seines irischen Mentors gefolgt. Erst nach der Rückkehr aus Irland hatte Eadulf Geistliche kennengelernt, die sich in allen diesen Dingen nach dem von Rom eingesetzten Erzbischof von Canterbury richteten. Er hatte entdeckt, daß die römisch bekehrten Christen sich in mancherlei Hinsicht von den irischen Mönchen unterschieden. Ihre Liturgie klang ungewohnt, sie feierten Ostern an einem anderen Tag, und sogar ihre Tonsuren sahen anders aus.

Eadulf hatte beschlossen, der Sache auf den Grund zu gehen und eine Pilgerreise nach Rom zu unternehmen. Zwei Jahre lang blieb er in der ewigen Stadt, um unter Anleitung der dortigen Meister zu studieren. Anschließend kehrte er mit einer *corono spinea*, einer römischen Tonsur auf dem Scheitel, nach Kent zurück und trug dem von Rom eingesetzten Deusdedit seine Dienste an.

Und nun sollte der jahrelange Streit zwischen den Lehren der irischen Mönche und den Lehren Roms bald geschlichtet werden.

Oswiu, der mächtige König Northumbriens, dessen Königreich von den irischen Mönchen aus Columbans Kloster auf der heiligen Insel Iona missioniert worden war, hatte beschlossen, in Streoneshalh eine große Versammlung abzuhalten. Vertreter der irischen und der römischen Seite sollten ihre Argumente darlegen. Anschließend wollte Oswiu nach reiflicher Überlegung ein für allemal entscheiden, ob sein Königreich der irischen oder der römischen Lehre folgen sollte. Und jedermann wußte: Northumbrien führte alle anderen an. Dem Urteil Oswius würden auch die anderen angelsächsischen Königreiche, von Mercia bis Ostanglien und von Wessex bis Sussex, folgen.

Aus allen vier Himmelsrichtungen strömten Kirchenführer nach Witebia, um sich zum Disput in der hoch über dem winzigen Hafen gelegenen Abtei von Streoneshalh zu versammeln.

Freudig erregt sah Eadulf zu, wie sich das Schiff den steilen Klippen näherte und die schwarzen Umrisse der mächtigen Abtei von Streoneshalh immer deutlicher zu erkennen waren.

ster in Streoneshalh und schaute auf den kleinen Hafen an der Flußmündung hinab. Im Hafen herrschte emsige Betriebsamkeit. Winzige Gestalten liefen eilig hin und her, um die vielen Schiffe zu entladen, die im Schutze des Hafenbeckens vor Anker gegangen waren.

«Seine Gnaden, der Erzbischof von Canterbury, und seine Gefolgschaft sind sicher gelandet», sagte sie bedächtig. «Und ich habe die Kunde erhalten, daß mein Vetter, der König, morgen mittag eintreffen wird. Unsere Beratungen können also wie geplant morgen abend beginnen.»

Hinter ihr, vor dem schwelenden Feuer in ihrem düsteren Gemach, saß ein hakennasiger, dunkelhäutiger Mann mit selbstherrlichem Gebaren. Er wirkte wie ein Mensch, der es gewohnt war, Befehle zu geben und diese Befehle auch befolgt zu sehen. Obgleich er das Gewand eines Abts trug, war an dem Kruzifix und seinem Ring unschwer zu erkennen, daß er gleichzeitig auch den Rang eines Bischofs innehatte. Und der von der Stirn bis zu einer von Ohr zu Ohr verlaufenden Linie kahlgeschorene Kopf zeigte auf den ersten Blick, daß er den Lehren Ionas verpflichtet war.

«Das ist gut», sagte er. Er sprach sächsisch und betonte dabei langsam und ausdrücklich jede einzelne Silbe. «Es kann nur Gutes verheißen, wenn wir unsere Beratungen am ersten Tag eines neuen Monats beginnen.»

Die Äbtissin wandte sich vom Fenster ab und sah ihn mit leuchtenden Augen an.

«Noch nie zuvor hat es eine so wichtige Versammlung von Kirchenführern gegeben, werter Colmán.»

Colmáns dünne Lippen zuckten verächtlich.

«Auf Northumbrien mag diese Bemerkung zutreffen. Ich kann mich allerdings an viele wichtige Synoden erinnern. In Druim Ceatt zum Beispiel, wo unser heiliger Columcille den Vorsitz führte, fand eine für unseren Glauben in Irland äußerst wichtige Versammlung statt.»

Die Äbtissin beschloß, den leicht herablassenden Ton des Abts von Lindisfarne zu überhören. Drei Jahre waren vergangen, seitdem Colmán von Iona gekommen war, um als Bischof von Northumbrien die Nachfolge des seligen Finán anzutreten. Doch die beiden Männer hätten gar nicht unterschiedlicher sein können. Finán galt manchen zwar als Mann von grimmigem Temperament, doch war er ernsthaft, höflich und eifrig darauf bedacht, den Glauben zu lehren. Vor allem aber behandelte er alle Menschen wie seinesgleichen. Auf diese Weise war es ihm sogar gelungen, den grimmigen Heidenkönig Peada von Mittelanglien, einen Sohn Pendas von Mercia, der Geißel der Christenheit, zum Glauben zu bekehren und zu taufen. Colmán dagegen war aus einem anderen Holz geschnitzt. Er behandelte Angeln wie Sachsen mit unverhohlener Herablassung, ließ sich verächtlich darüber aus, daß sie gerade erst mit den Lehren Christi in Berührung gekommen waren, und verlangte von ihnen, daß sie alle seine Anordnungen unwidersprochen befolgten. Auch ließ er es sich in seinem Stolz nicht nehmen, bei jeder Gelegenheit darauf hinzuweisen, daß es die Mönche von Iona gewesen waren, die den Northumbriern das Lesen und Schreiben beigebracht hatten. Der neue Bischof von Northumbrien begriff sich als Herrscher der Kirche und machte kein Hehl aus seiner Abneigung gegen jeden, der es wagte, seine Macht in Frage zu stellen.

«Wer wird die Eröffnungsrede für die Lehren Columcilles halten?» fragte Hilda.

Die Äbtissin machte kein Geheimnis daraus, daß sie der Kirche Columcilles folgte und den Lehren Roms widersprach. Als junges Mädchen war Hilda von dem Römer Paulinus getauft worden, der von Canterbury zur

Bekehrung der Northumbrier zur Kirche Roms ausgeschickt worden war. Aidán, dem ersten Missionar von Iona, war es jedoch gelungen, überall dort, wo Paulinus der Erfolg versagt geblieben war, die Bekehrung Northumbriens voranzutreiben. Aidán war es auch gewesen, der Hilda davon überzeugt hatte, in den Stand der Geistlichkeit einzutreten. Ja, ihre Frömmigkeit und Gelehrsamkeit erwies sich bald als so groß, daß Aidán sie zur Äbtissin eines neuen Klosters in Heruteu weihte. Ihre Frömmigkeit hatte vor nunmehr sieben Jahren zum Bau einer neuen Abtei namens Streoneshalh – «große Halle an der Küste» – geführt. Unter ihrer Leitung war die Abtei seit dieser Zeit zu einer eindrucksvollen Ansammlung mächtiger Gebäude angewachsen. Noch nie zuvor hatte Northumbrien so prächtige Bauten gesehen. Und es dauerte nicht lange, bis Streoneshalh im gesamten Königreich als eines der wichtigsten Zentren der Gelehrsamkeit galt. Dieser Ruhm hatte sicherlich dazu beigetragen, daß König Oswiu die Abtei zum Schauplatz des großen Disputs zwischen den Anhängern Ionas und Roms gewählt hatte.

Selbstgefällig faltete Colmán die Hände vor dem Bauch. «Wie Euch bekannt ist, habe ich viele Menschen von großem Wissen und höchster Begabung nach Streoneshalh berufen, um die Sache unserer Kirche würdig zu vertreten», sagte er. «Allen voran Étain, die Äbtissin von Kildare. Bei solchen Gelegenheiten stelle ich immer wieder fest, daß ich ein zu einfacher, geradliniger Mann bin und über zu wenig gelehrsamen Hintersinn verfüge. Im akademischen Disput ist derjenige, der mit einfachen Worten offen seine Ansicht vertritt, gegenüber jenen, die Geist und Witz versprühen, um das Publikum auf ihre Seite zu ziehen, deutlich im Nachteil. Äbtissin Étain ist eine Frau von großer Wortgewalt, und sie wird für uns die Eröffnungsrede halten.»

Hilda nickte zustimmend.

«Ich hatte bereits Gelegenheit, mit Étain von Kildare zu sprechen. Ihr Geist ist ebenso scharf wie ihr Äußeres anziehend.»

Colmán schnaubte mißbilligend. Äbtissin Hilda hob eine Hand, um ihr Lächeln zu verbergen. Sie wußte, daß Colmán sich nicht viel aus Frauen machte. Er gehörte zu den Asketen, die der Ansicht waren, daß die Ehe mit einem spirituellen Leben nicht zu vereinbaren sei. Dem weitaus größten Teil der christlichen Geistlichkeit in Irland und Britannien galten Ehe und Fortpflanzung nicht als Sünde. Im Gegenteil, in vielen Abteien lebten Ordensbrüder und -schwestern zusammen und wirkten gemeinsam an der Förderung ihres Glaubens. Auch Hildas Abtei Streoneshalh war ein solches Doppelhaus, in dem Männer und Frauen ihr Leben und ihre Kinder dem Werk Gottes weihten. Rom dagegen räumte zwar ein, daß selbst Petrus, der wichtigste aller Apostel, verheiratet gewesen war und der Apostel Philippus nicht nur eine Frau, sondern auch vier Töchter gehabt hatte, aber es war allgemein bekannt, daß die römischen Bischöfe den von Paulus befürworteten Zölibat am liebsten für alle Geistlichen verbindlich vorschreiben würden. Hatte Paulus den Korinthern nicht geschrieben, Ehe und Fortpflanzung seien zwar keine Sünde, aber dem Zölibat der Glaubensbrüder unterlegen? Und doch waren die meisten römischen Geistlichen, sogar Bischöfe, Äbte und andere hohe Würdenträger weiterhin verheiratet. Nur die Asketen trachteten danach, allen Versuchungen des Fleisches zu entsagen, und Colmán war einer von ihnen.

«Ich nehme an, daß Wilfrid von Ripon die Eröffnungsrede für die römische Seite halten wird, auch wenn Deusdedit von Canterbury anwesend ist. Mir wurde gesagt, Deusdedit sei kein großer Redner», wechselte Colmán das Thema.

Äbtissin Hilda schüttelte den Kopf.

«Meines Wissens wird Agilbert, der fränkische Bischof von Wessex, den Disput für sie eröffnen.»

Colmán hob überrascht die Augenbrauen.

«Ich dachte, Agilbert habe sich mit dem König von Wessex überworfen und sei in seine Heimat zurückgekehrt?»

«Nein, er hält sich schon seit mehreren Monaten bei Wilfrid in Ripon auf. Schließlich war es Agilbert, der Wilfrid zum Glauben bekehrt und getauft hat. Sie sind gute Freunde.»

«Ich habe von Agilbert gehört. Ein fränkischer Aristokrat. Sein Vetter Audo ist der fränkische Prinz, der in Jouarre eine Abtei gegründet hat, welche seine Schwester Telchilde als Äbtissin führt. Agilbert hat gute Verbindungen und ist sehr einflußreich. Ein Mann, vor dem man sich in acht nehmen muß.»

Colmán schien seine Warnung gerade bekräftigen zu wollen, als es an der Tür klopfte.

Auf Äbtissin Hildas Zuruf öffnete sich die Tür.

Eine junge Ordensschwester stand auf der Schwelle. Sie war hochgewachsen, und ihre anmutige Gestalt strahlte, wie die wachen Augen der Äbtissin sofort bemerkten, jugendliche Lebenskraft aus. Ein paar widerspenstige rote Haarsträhnen schauten unter ihrer Kopfbedeckung hervor. Sie hatte ein ansprechendes Gesicht – nicht schön, dachte Hilda, aber ansprechend. In diesem Augenblick bemerkte die Äbtissin, daß sie ebenfalls von einem Paar wachsamer, heller Augen gemustert wurde. In dem spärlichen Licht vermochte sie jedoch nicht auszumachen, ob die Augen der jungen Ordensschwester grün oder blau schimmerten.

«Was ist, mein Kind?» fragte die Äbtissin.

Fast ein wenig kampflustig schob die junge Frau das Kinn vor und stellte sich auf irisch vor.

«Ich bin gerade angekommen, Mutter Oberin, und wurde gebeten, Euch und Bischof Colmán meine Anwesenheit zu melden. Mein Name ist Fidelma von Kildare.»

Ehe die Äbtissin noch fragen konnte, warum eine irische Nonne für würdig befunden worden war, ihnen ihre Anwesenheit zu melden, hatte sich der Bischof auch schon von seinem Stuhl erhoben und ging mit ausgestreckten Händen auf die junge Frau zu, um sie willkommen zu heißen. Hilda schaute ihn verwundert an. Es sah dem hochmütigen Colmán, der für Frauen sonst häufig nur Verachtung übrig hatte, gar nicht ähnlich, sich zur Begrüßung einer jungen Ordensschwester zu erheben.

«Schwester Fidelma!» sagte Colmán mit freudig erregter Stimme. «Euer Ruf eilt Euch voraus. Ich bin Colmán.»

Die junge Ordensschwester nahm seine Hand und neigte den Kopf. Hilda hatte sich schon an die mangelnde Unterwürfigkeit der Iren gegenüber ihren Oberen gewöhnt, welche sich grundlegend von der demütigen Art der Sachsen unterschied.

«Das ist zuviel der Ehre, Euer Gnaden. Ich wußte gar nicht, daß ich einen Ruf besitze.»

Die wachen Augen der Äbtissin sahen das belustigte Lächeln, das die Lippen der jüngeren Frau umspielte. Es war schwer zu sagen, ob sie nur bescheiden war oder sich über den Bischof lustig machen wollte. Die hellen Augen – inzwischen war sich Hilda sicher, daß sie grün waren – wandten sich fragend in ihre Richtung.

Verlegen, weil er die Äbtissin vernachlässigt hatte, wandte Colmán sich um.

«Dies ist Äbtissin Hilda von Streoneshalh.»

Schwester Fidelma trat vor und neigte den Kopf über Hildas Ring.

«Seid mir willkommen, Fidelma von Kildare», sagte Hilda, «auch wenn ich gestehen muß, daß der Bischof von Lindisfarne mich bisher, was Euren Ruf betrifft, in Unkenntnis gelassen hat.»

Hilda sah den hakennasigen Colmán herausfordernd an.

«Schwester Fidelma ist eine hochangesehene *dálaigh* der irischen Brehon-Gerichtsbarkeit», erklärte Colmán.

Äbtissin Hilda runzelte die Stirn.

«Ich fürchte, ich bin mit dieser Bezeichnung nicht vertraut», erwiderte sie und sah die junge Frau fragend an.

Eine zarte Röte stieg in Schwester Fidelmas Wangen, als sie es mit leicht atemloser Stimme zu erklären versuchte.

«Ich bin eine Gesetzeskundige, eine Advokatin, berechtigt, vor den Gerichten meines Landes aufzutreten, um all jene anzuklagen oder zu verteidigen, die sich vor dem Gesetz verantworten und dem Urteil unserer Richter, den *brehon*, beugen müssen.»

Colmán nickte. «Schwester Fidelma hat den Rang einer *anruth* errungen, den zweithöchsten Rang im Rechtswesen unseres Landes. Die Kunde von ihrem Scharfsinn und ihrer Gelehrsamkeit ist bis zu den Glaubensbrüdern von Lindisfarne gedrungen. Selbst dem Hochkönig in Tara hat sie bei der Lösung einer höchst heiklen Angelegenheit hilfreich sein können.»

Fidelma hob abwehrend die Hand.

«Ihr tut mir wirklich zuviel Ehre», sagte sie. «Jeder hätte diese Sache lösen können, wenn man ihm nur Zeit genug gegeben hätte.»

Es lag keine falsche Bescheidenheit in ihrer Stimme. Sie hatte einfach nur ihre Meinung kundgetan.

Äbtissin Hilda betrachtete sie neugierig. «Eine angesehene Gesetzeskundige, so jung und eine Frau? Leider ist es unseren Frauen nicht vergönnt, solch hohe Ränge anzustreben, die ausschließlich den Männern vorbehalten sind.»

Schwester Fidelma nickte bedächtig.

«Auch mir ist schon zu Ohren gekommen, daß die Frauen bei den Angeln und Sachsen verglichen mit ihren Schwestern in Irland viele Nachteile hinnehmen müssen.»

«Mag sein», versetzte Colmán in herablassendem Ton. «Doch vergeßt nicht, was das Buch der Bücher sagt: ‹Seid ihr in die Wildnis gegangen, um einen Mann in feinen Kleidern zu sehen?›»

Hilda warf Colmán wütende Blicke zu. Daß er Northumbrien mit einer Wildnis verglich, war nur ein weiteres Zeichen seiner Überheblichkeit, die sie in den letzten Jahren mehr und mehr verärgert hatte. Fast hätte sie ihm heftige Widerworte gegeben, doch sie besann sich und wandte sich wieder Fidelma zu. Beunruhigt stellte sie fest, daß die hellen, grünen Augen sie so forschend betrachteten, als hätte die junge Frau ihre Gedanken gelesen.

Fast herausfordernd sahen die beiden einander an, dann brach Bischof Colmán schließlich das Schweigen.

«Ich hoffe, Schwester, Eure Reise ist ohne weitere Vorkommnisse verlaufen?»

Schwester Fidelma runzelte die Stirn.

«Leider nicht. Nicht weit von hier trafen wir auf einen Mann namens Wulfric. Er behauptete, dort der Herr und Richter zu sein ...»

«Ich kenne ihn», warf Äbtissin Hilda ein. «Wulfric von Frihops Halle liegt fünfzehn Meilen östlich von hier. Was war mit ihm, Schwester?»

«An einem Baum an einer Wegkreuzung fanden wir einen Bruder, den er hat hängen lassen. Wulfric behauptete, der Mönch sei hingerichtet worden, weil er ihn beleidigt habe. Der Bruder trug die Tonsur unserer Kirche,

Bischof Colmán, und Wulfric machte kein Geheimnis daraus, daß er aus Eurer Abtei in Lindisfarne stammte.»

Colmán biß sich auf die Lippe und unterdrückte ein Aufstöhnen.

«Das muß Bruder Aelfric gewesen sein. Er war auf der Rückkehr von einer Mission in Mercia und wollte sich hier mit uns treffen.»

«Aber wieso sollte Aelfric den Than von Frihop beleidigen?» fragte Äbtissin Hilda.

«Wenn Ihr erlaubt, Mutter Oberin», antwortete Schwester Fidelma, «ich hatte den Eindruck, daß das bloß eine Ausrede war. In besagtem Streit ging es um die Unterschiede zwischen Rom und Iona, und Wulfric gab sich als Anhänger Roms zu erkennen. Ich nehme an, Bruder Aelfric wurde förmlich zu einer Beleidigung gedrängt und dann dafür hingerichtet.»

Hilda musterte die junge Frau aufmerksam.

«Ihr habt viel Erfahrung mit rechtlichen Urteilen und einen scharfen Verstand, Fidelma von Kildare. Aber wie Ihr sehr wohl wißt, sind Vermutungen eine Sache, Beweise für Eure Behauptungen jedoch eine andere.»

Schwester Fidelma lächelte sanft.

«Es war nicht meine Absicht, ein rechtliches Urteil zu fällen, Mutter Oberin. Dennoch glaube ich, Ihr tätet gut daran, ein Auge auf Wulfric von Frihop zu halten. Wenn er ungestraft einen Geistlichen hängen kann, nur weil sich dieser für die Liturgie von Columcille ausspricht, schwebt jeder von uns, der nach Streoneshalh kommt, um dafür einzutreten, in Lebensgefahr.»

«Wulfric von Frihop ist uns bekannt. Er ist Alhfriths rechte Hand, und Alhfrith ist Unterkönig von Deira», erwiderte Hilda in scharfem Ton. Dann seufzte sie achselzuckend und fügte etwas freundlicher hinzu: «Und seid Ihr gekommen, um an dem Disput teilzunehmen, Fidelma von Kildare?»

Die junge Ordensschwester lachte bescheiden.

«Unter all den großen Rednerinnen und Rednern, die sich hier versammelt haben, meine Stimme zu erheben, wäre reine Anmaßung. Nein, Mutter Oberin, ich bin nur hier, um rechtliche Ratschläge zu erteilen. Unsere Kirche, deren Lehren Ihr folgt, ist den Gesetzen unseres Volkes unterworfen, und Äbtissin Étain, die für unsere Kirche sprechen wird, bat mich herzukommen, falls es eines rechtlichen Ratschlags oder einer Erklärung in dieser Sache bedarf. Das ist alles.»

«Dann seid uns um so herzlicher willkommen, denn Euer Scharfsinn wird uns auf der Suche nach der Wahrheit äußerst nützlich sein», antwortete Hilda. «Und keine Angst, was Wulfric betrifft, wird Euer Rat nicht ungehört bleiben. Ich werde über die Sache mit König Oswiu, meinem Vetter, sprechen, wenn er morgen kommt. Schließlich stehen beide, Iona und Rom, unter dem Schutz des Königshauses von Northumbrien.»

Schwester Fidelma verzog das Gesicht. Der Schutz des Königshauses hatte Bruder Aelfric wenig genutzt. Doch sie beschloß, das Thema zu wechseln.

«Fast hätte ich vergessen, warum ich Euch eigentlich gestört habe.»

Sie griff in ihr Habit und holte zwei Päckchen heraus.

«Ich bin von Irland über Dál Riada und die heilige Insel Iona gereist.»

Äbtissin Hildas Augen glänzten.

«Ihr wart auf der heiligen Insel, wo der große Columban gelebt und gearbeitet hat?»

«Und habt Ihr den Abt getroffen?» wollte Colmán wissen.

Fidelma nickte.

«Ich habe Cumméne den Gerechten gesehen. Er läßt Euch beide herzlich grüßen und hat mir diese Briefe für Euch mitgegeben.» Sie reichte ihnen die Päckchen. «Natürlich ist er sehr dafür, daß Northumbrien auch weiterhin an der von Columcille praktizierten Liturgie festhält. Außerdem hat Cumméne Finn der Abtei von Streoneshalh durch mich ein Geschenk zukommen lassen, das ich bereits bei Eurem *librarius* abgegeben habe. Es ist eine Kopie von Cumménes Schrift über Columcille und dessen wundersame Kräfte.»

Äbtissin Hilda nahm den ihr zugedachten Brief.

«Der Abt von Iona ist großmütig und weise. Wie sehr ich Euch um Euren Besuch an einem so heiligen Ort beneide. Wir verdanken dieser kleinen Insel soviel. Ich freue mich schon jetzt darauf, Cumménes Buch zu studieren. Aber zunächst will ich mich in diesen Brief vertiefen ...»

Schwester Fidelma neigte den Kopf.

«Dann werde ich mich jetzt zurückziehen und Euch mit Euren Briefen alleine lassen.»

Colmán hatte sich bereits über das Pergament gebeugt und schaute kaum auf, als Fidelma sich kurz verneigte und zur Tür hinausging.

¶ Draußen, in dem mit Steinplatten ausgelegten Kreuzgang, hielt Schwester Fidelma inne und lächelte in sich hinein. Trotz der Erschöpfung von der langen Reise war sie in einer seltsam erregten Stimmung. Noch nie zuvor hatte sie Irland verlassen, und jetzt hatte sie nicht nur die graue, stürmische See nach Iona überquert, sondern war durch Dál Riada und Rheged bis nach Northumbrien gereist und hatte in kürzester Zeit drei verschiedene Länder kennengelernt. Es gab so viel zu sehen und zu bedenken.

Nun standen sie am Vorabend des mit Spannung erwarteten Disputs zwischen den Anhängern Roms und denen ihrer eigenen Kirche. Sie würde nicht nur Zeugin dieses wichtigen Ereignisses werden, sondern sollte auch selbst ihren Beitrag leisten. Das Bewußtsein, jetzt an diesem Ort dabeizusein, während Geschichte geschrieben wurde, war überwältigend. Wenn sie nicht unter dem großen Brehon Morann von Tara das Gesetz studiert hätte, wäre sie wohl Geschichtsgelehrte geworden, dachte Fidelma oft. Aber dann hätte Äbtissin Étain von Kildare sie gewiß nicht aufgefordert, sich der Mission anzuschließen, zu der sie auf Einladung Bischof Cólmáns nach Streoneshalh aufgebrochen war.

Étains Ruf hatte Fidelma auf einer Pilgerfahrt nach Armagh erreicht. Fidelma war überrascht gewesen, denn als sie die Abtei in Kildare verlassen hatte, war Étain noch nicht Äbtissin gewesen. Sie kannte Étain seit vielen Jahren, wußte, was für eine große Gelehrte und ausgezeichnete Rednerin sie war. Deshalb war sie ihr auch als einzig richtige Wahl als Nachfolgerin der verstorbenen Äbtissin erschienen. Fidelma erfuhr, daß Étain bereits auf dem Weg nach Streoneshalh war, und beschloß daher, zunächst zum Kloster Bangor und anschließend über die stürmische Meerenge nach Dál Riada zu reisen. In Iona hatte sie sich dann Bruder Taran und seinen Gefährten angeschlossen, die ebenfalls nach Northumbrien unterwegs gewesen waren.

Außer Fidelma war nur noch eine Frau dabeigewesen: Bruder Tarans Landsmännin, die junge Schwester Gwid. Gwid war schlaksig und grobknochig, und ihre Hände und Füße waren viel zu groß, so daß sie auf den ersten Blick linkisch und unbeholfen wirkte. Dennoch schien sie stets darauf bedacht, es allen recht zu machen, und übernahm bereitwillig jede Aufgabe, mochte sie auch noch so stumpfsinnig sein. Erst später erfuhr Fidelma, daß Schwester Gwid nach ihrer Bekehrung zuerst in Iona und später in der Abtei von Emly studiert hatte, als Étain dort noch eine einfache Lehrerin gewesen war.

Besonders gut kannte sie sich, wie Fidelma mit Erstaunen hörte, mit der griechischen Sprache und den Schriften der Apostel aus.

Schwester Gwid vertraute Fidelma an, daß sie gerade auf der Heimreise nach Iona gewesen sei, als auch sie von Äbtissin Étain die Aufforderung bekommen habe, nach Northumbrien zu eilen und ihr während der Versammlung als Sekretärin zur Seite zu stehen. Gemeinsam schlossen sich Gwid und Fidelma daher auf der gefahrvollen Reise nach Süden der von Taran geführten Gruppe an.

Die Reise mit Bruder Taran hatte Fidelmas Abneigung gegen die von den Pikten abstammenden Ordensbrüder bestätigt. Taran war sich seines guten Aussehens sehr bewußt und schrecklich eitel. Er erinnerte Fidelma an einen Bantamhahn, der sich ständig putzte und wichtigtuerisch herumstolzierte. Da er sowohl die Angeln als auch die Sachsen sehr gut kannte, stellte sie seine Fähigkeit, sie durch das feindliche Land zu führen, nicht in Frage. Als Mann jedoch fand sie ihn schwach und wankelmütig. In einem Augenblick versuchte er, die Menschen um sich herum zu beeindrucken, im nächsten erwies er sich – wie beim Zusammentreffen mit Wulfric – als zaghaft und feige.

Fidelma schüttelte den Kopf. Die Reise mit Taran lag hinter ihr. Jetzt gab es anderes zu bedenken. Neue Erlebnisse, neue Eindrücke, neue Menschen.

«Oh!» rief sie erschrocken, als sie um eine Ecke bog und mit einem jungen Mönch zusammenstieß.

Nur die Tatsache, daß er sie mit starken Händen auffing, rettete sie davor, rückwärts zu stolpern und zu stürzen.

Einen Augenblick lang starrten sie sich an. Ja, ihre Blicke schienen sich gar nicht mehr voneinander lösen zu wollen. Dann bemerkte Fidelma die römische Tonsur des jungen Mannes. Offenbar war er Sachse und gehörte zur römischen Delegation.

«Verzeihung», sagte sie steif auf lateinisch, weil sie vermutete, daß er ihre Sprache nicht verstand. Dann bemerkte sie, daß er sie noch immer festhielt, und zog sanft ihren Arm zurück.

Der junge Mönch ließ sie los, machte einen Schritt zurück und kämpfte erfolgreich gegen seine Verwirrung an.

«Mea culpa», erklärte er ernst und strich mit der rechten Faust über seine Brust. In seinen dunkelbraunen Augen glaubte Fidelma jedoch ein verschmitztes Lächeln zu sehen.

Fidelma zögerte, dann neigte sie höflich den Kopf, und während sie weiterging, fragte sie sich, warum das Gesicht des jungen Sachsen sie so gefesselt hatte. Vielleicht lag es an dem hintergründigen Humor, der in seinen Blick aufgeblitzt war. Sie hatte bisher noch nicht viele Sachsen kennengelernt, doch war keiner von ihnen besonders humorvoll gewesen. Auf einen Sachsen zu treffen, der nicht mürrisch und verdrießlich und bei der kleinsten Sache eingeschnappt war, war für sie etwas Neues. Die meisten waren ihr mißmutig und reizbar erschienen. Fidelma hatte es sich stets so erklärt, daß es sich bei den Sachsen um ein Volk handelte, das vom Schwert lebte und, mit wenigen Ausnahmen, noch immer an die Götter des Krieges glaubte, nicht an den Gott des Friedens.

Fidelma ärgerte sich über ihre eigenen Gedanken. Merkwürdig, daß eine so kurze Begegnung solch alberne Überlegungen auslösen konnte.

Sie wandte sich dem Teil der Abtei zu, der den vielen Besuchern während der bevorstehenden Versammlung als Unterkunft dienen sollte, dem *domus hospitale*. Die meisten Gäste waren in großen *dormitoria* untergebracht, doch für die vielen Äbte, Äbtissinnen, Bischöfe und anderen Würdenträger hatte man eine Reihe einzelner *cubicula* bereitgestellt. Schwester Fidelma hatte das Glück, eines dieser *cubicula* zugeteilt zu bekommen, eine winzige Zelle, die acht mal sechs Fuß maß und mit einer einfachen Holzpritsche, einem Tisch und einem Stuhl ausgestattet war. Fidelma nahm an, daß sie diese Gastfreundschaft der besonderen Fürsprache Bischof Colmáns zu verdanken hatte. Sie öffnete die Tür zu ihrem *cubiculum* und blieb überrascht auf der Schwelle stehen.

Eine zierliche, auffallend schöne Frau erhob sich von dem einzigen Stuhl und kam ihr mit ausgestreckten Händen entgegen.

«Étain!» rief Schwester Fidelma, als sie die Äbtissin von Kildare erkannte.

Äbtissin Étain war Anfang Dreißig. Als Tochter von Eoghanacht, König von Cashel, hatte sie, nachdem ihr Ehemann in der Schlacht gefallen war, die Welt des Reichtums und des Müßiggangs aufgegeben und war ins Kloster eingetreten. Dort war ihr Stern sehr rasch gestiegen, denn es stellte sich heraus, daß sie aufgrund ihres Wissens und ihrer Wortgewandtheit ohne weiteres in der Lage war, mit dem Erzbischof von Armagh und allen Bischöfen und Äbten Irlands äußerst fachkundig über theologische Fragen zu debattieren. Dank dieses Rufs wurde sie zur Äbtissin des großen Klosters von St. Brigit in Kildare berufen.

Gesenkten Kopfes ging Fidelma auf sie zu, doch Étain nahm sie bei den Händen und umarmte sie herzlich. Ehe Étain ihren jetzigen Rang erlangt hatte, waren sie viele Jahre lang gute Freundinnen gewesen.

«Es ist so schön, dich wiederzusehen, auch wenn wir uns in einem fremden Land befinden.» Étain sprach in einem weichen, volltönenden Sopran. Fidelma hatte Étains Stimme oft mit einem Musikinstrument verglichen, weil sie so grundverschiedene Töne erzeugen konnte: bei Wut ganz scharf, bei Empörung zitternd und in Augenblicken wie diesem unglaublich zart. «Ich bin froh, daß du die Reise gut überstanden hast, Fidelma!»

Fidelma lächelte verschmitzt. «Wie hätte es auch anders sein sollen, wo wir doch im Namen und unter dem besonderen Schutz des einen, wahren Gottes reisen?»

Étain erwiderte ihr Lächeln.

«Außerdem hatte ich irdische Unterstützung. Ich bin mit einigen Brüdern aus Durrow gekommen, und als wir in Rheged landeten, gesellten sich noch einige Glaubensbrüder aus Britannien zu uns. Und an der Grenze zwischen Rheged und Northumbrien erwarteten uns Athelnoth und eine Gruppe sächsischer Krieger, um uns nach Streoneshalh zu begleiten. Hast du Athelnoth schon kennengelernt?»

Fidelma schüttelte den Kopf. «Ich bin selbst erst vor einer Stunde angekommen», erklärte sie.

Étain verzog mißbilligend das Gesicht.

«Athelnoth wurde von König Oswiu und dem Bischof von Northumbrien geschickt, um mich zu begrüßen und nach Streoneshalh zu begleiten. Seine Abneigung gegen die irischen Lehren und unseren Einfluß in Northumbrien trug er allerdings so offen zur Schau, daß es manchmal schon fast beleidigend war. Er ist als Priester ordiniert, aber von Rom vollkommen eingenommen. Einmal mußte ich sogar einen unserer Brüder zurückhalten, Athelnoth zu verprügeln, so unverblümt ist er über unsere Liturgie hergezogen.»

Fidelma zuckte achtlos die Achseln.

«Soweit ich gehört habe, ruft die Debatte über unsere Gebräuche überall Spannung und Streit hervor. Ich hätte es nicht für möglich gehalten, daß die unterschiedliche Datierung des Paschafests die Gemüter so erhitzen kann ...»

Étain grinste.

«Du wirst dich daran gewöhnen müssen, es als Ostern zu bezeichnen.»

Fidelma runzelte die Stirn.

«Ostern?»

«Ja. Die Sachsen haben die meisten unserer Lehren übernommen, doch was das Paschafest betrifft, bestehen sie darauf, es nach Eostre, ihrer heidnischen Gottheit der Fruchtbarkeit, zu benennen, deren Fest auf die Tagundnachtgleiche im Frühling fällt. Es gibt in diesem Land noch vieles, was heidnisch ist. Du wirst feststellen, daß die Menschen noch ihren alten Göttern und Göttinnen folgen und daß ihre Herzen mit Krieg und Haß angefüllt sind.»

Äbtissin Étain erschauderte.

«Ich empfinde vieles hier als bedrückend, Fidelma. Als bedrückend und bedrohlich.»

Fidelma lächelte beruhigend.

«Wo widersprüchliche Ansichten bestehen, kommt es immer zu Spannungen unter den Menschen. Ich glaube nicht, daß wir uns Sorgen zu machen brauchen. Während des Disputs werden sich alle mächtig in die Brust werfen. Wenn wir jedoch erst einmal eine gemeinsame Lösung gefunden haben, wird alles vergeben und vergessen sein.» Sie hielt inne. «Wann soll die Debatte beginnen?»

«König Oswiu und sein Gefolge werden nicht vor morgen mittag hier eintreffen. Äbtissin Hilda hat mir gesagt, daß sie, wenn alles nach Plan verläuft, die Versammlung am späten Nachmittag eröffnen wird. Bischof Colmán hat mich gebeten, für unsere Kirche die Eröffnungsrede zu halten.»

Einen Augenblick lang glaubte Fidelma, im Gesicht der Äbtissin Angst zu lesen.

«Macht dir das Sorgen, Étain?»

Étain lächelte und schüttelte den Kopf.

«Nein. Wie du weißt, liebe ich Streitgespräche. Außerdem habe ich hervorragende Beraterinnen – so wie dich.»

«Das erinnert mich an Schwester Gwid», erwiderte Fidelma. «Wir sind zusammen gereist. Ein ausgesprochen kluges Mädchen, obwohl man das auf den ersten Blick gar nicht glauben möchte. Gwid sagte mir, du hättest sie zu deiner Sekretärin und Dolmetscherin berufen.»

Für den Bruchteil einer Sekunde erschien ein seltsamer Ausdruck auf Étains Gesicht, den Fidelma nicht recht zu deuten vermochte.

«Die junge Gwid kann manchmal recht lästig sein. Unsicher und viel zu unterwürfig. Aber sie hat ausgezeichnete Griechischkenntnisse, obwohl ich hin und wieder den Eindruck habe, daß sie zuviel Zeit damit verbringt, für die Gedichte Sapphos zu schwärmen, anstatt die Schriften der Apostel zu studieren.» Sie hielt inne und zuckte mit den Schultern. «Ja, ich habe fähige Beraterinnen. Und doch habe ich kein gutes Gefühl bei der ganzen Sache. Ich glaube, es liegt an der feindseligen Stimmung, die ich bei den Mitgliedern der römischen Fraktion verspüre. Bei Agilbert dem Franken zum Beispiel, der viele Jahre in Irland studiert hat, sich aber inzwischen zu Rom bekennt, und bei Wilfrid, der sich sogar weigerte, mich zu begrüßen, als Äbtissin Hilda uns einander vorgestellt hat ...»

«Wilfrid? Wer ist das? Ich kann mir diese sächsischen Namen so schwer merken.»

Étain seufzte. «Das ist der junge Mann, der die römische Fraktion hier in Northumbrien anführt. Ich glaube, er ist der Sohn eines Edelmanns und gilt als äußerst jähzornig. Er war in Rom und Canterbury und wurde von Agilbert in den Glauben eingeführt und später auch zum Priester geweiht. Der Unterkönig von Deira hat ihm Kloster Ripon übergeben, nachdem er zwei unserer eigenen Glaubensbrüder, die Äbte Eata und Cuthbert, dort vertrieben hatte. Dieser Wilfrid scheint unser ärgster Feind zu sein, ein hitzköpfiger Verfechter der römischen Lehre.» Étain seufzte. «Ich fürchte, wir haben hier viele Feinde.»

Schwester Fidelma sah plötzlich wieder das Gesicht des jungen sächsischen Mönchs vor sich, mit dem sie im Hof des Klosters zusammengestoßen war.

«Und doch sind uns gewiß nicht alle, die Rom unterstützen, auch feindlich gesonnen?»

Die Äbtissin lächelte nachdenklich.

«Vielleicht hast du recht, Fidelma, und ich habe einfach nur Herzklopfen vor Aufregung.»

«Vieles hängt morgen von deiner Eröffnungsrede ab», stimmte Fidelma zu.

«Es gibt da noch etwas ...» Étain zögerte.

Fidelma wartete geduldig und betrachtete aufmerksam das Gesicht der Äbtissin. Offenbar fiel es ihr schwer, die richtigen Worte zu finden.

«Fidelma», platzte sie schließlich heraus, «ich werde heiraten.»

Fidelmas Augen weiteten sich, aber sie sagte nichts. Priester, selbst Bischöfe, waren verheiratet, und auch Nonnen und Mönche, ob sie nun in Doppelhäusern lebten oder nicht, konnten nach dem Brehon-Gesetz verehelicht sein. Bei Äbten und Äbtissinnen war dies jedoch etwas anderes, denn ihr Amt war meist an den Zölibat gebunden. So war es auch in Kildare. Nach irischer Sitte wurde der Nachfolger oder *coarb* des Gründers stets aus seiner Verwandtschaft gewählt. Da Äbte und Äbtissinnen keine unmittelbaren Nachfahren hatten, hielt man meist in einem anderen Zweig der Familie nach einer Nachfolgerin oder einem Nachfolger Ausschau. Wenn sich im

Kreise der weiteren Verwandtschaft kein Geistlicher fand, der einer solchen Stellung würdig gewesen wäre, wurde ein weltliches Mitglied der Familie zum *coarb* gewählt. Étain war mit der Familie Brigits von Kildare verwandt.

«Du müßtest Kildare aufgeben und wieder eine gewöhnliche Ordensschwester werden», stellte Fidelma fest.

Étain nickte. «Auf der langen Reise nach Streoneshalh hatte ich Gelegenheit, gründlich darüber nachzudenken. Mit einem Fremden zusammenzuleben, wird nicht einfach sein, vor allem, nachdem ich so lange allein war. Doch bei meiner Ankunft war mir klar, daß ich fest dazu entschlossen bin. Wir haben bereits die Verlobungsgeschenke ausgetauscht. Die Sache ist entschieden.»

Fidelma ergriff die Hände ihrer Freundin und drückte sie fest.

«So will ich mich mit dir freuen, Étain, vor allem darüber, daß du dir so sicher bist. Wer ist denn dieser Fremde?»

Étain lächelte scheu.

«Wenn ich es auch nur einem Menschen anvertrauen könnte, Fidelma, dann ganz gewiß dir. Aber ich bin fest entschlossen, das Geheimnis zu hüten, bis die Debatte vorüber ist. Nach der großen Versammlung sollst du es erfahren, wenn ich meinen Verzicht auf Kildare erkläre.»

Immer lauter werdendes Geschrei unter dem Fenster ihres *cubiculum* lenkte sie ab.

«Was um alles in der Welt ist da los?» fragte Schwester Fidelma und runzelte mißbilligend die Stirn. «Vor der Klostermauer scheint eine Rauferei im Gange zu sein.»

Äbtissin Étain seufzte.

«Seit meiner Ankunft habe ich schon viel zu viele Raufereien zwischen unseren Glaubensbrüdern und den Anhängern Roms mit ansehen müssen. Wahrscheinlich geht es wieder um unsere unterschiedlichen Auffassungen. Daß sich erwachsene Männer nicht anders zu helfen wissen, als zu persönlichen Beleidigungen und tätlichen Angriffen Zuflucht zu nehmen, nur weil sie über die Auslegung des Wortes Gottes uneins sind! Es ist traurig, daß unterschiedliche Antworten auf Glaubensfragen zu solchen Feindseligkeiten führen.»

Schwester Fidelma ging zum Fenster und schaute hinaus.

Unten stand ein Bettler, umringt von einer Menschenmenge. Nach der Kleidung zu urteilen, waren die meisten von ihnen Bauern, obgleich einige von ihnen das braune Habit der Mönche trugen. Sie schienen den ärmlich gekleideten Bettler zu verhöhnen, der mit heiserer Stimme ihre Spötteleien zu übertönen versuchte.

Schwester Fidelma hob die Augenbrauen.

«Der Bettler scheint ein Landsmann von uns zu sein», sagte sie.

Äbtissin Étain trat zu ihr ans Fenster.

«Bettler haben oft viel Hohn und Spott zu ertragen.»

«Hör doch nur, was er sagt.»

Die beiden Frauen lauschten angestrengt, um die heiseren Worte des Bettlers zu verstehen.

«Ich sage euch, morgen wird sich die Sonne am Himmel verfinstern, und dann wird Blut den Boden von Streoneshalh beflecken. Nehmt euch in acht! Ich habe euch gewarnt! Ich sehe Blut fließen in den Mauern dieser Abtei!»

dete davon, daß die Eröffnung der Synode unmittelbar bevorstand. Wenigstens, überlegte Schwester Fidelma, hatten sich beide Seiten auf das griechische Wort *synodos* als Bezeichnung für dieses Treffen christlicher Würdenträger einigen können. Die Synode von Streoneshalh versprach, eine der wichtigsten Versammlungen in der Geschichte der Kirchen von Iona und Rom zu werden.

Schwester Fidelma nahm ihren Platz im *sacrarium* ein, dem größten Raum der Abtei, in dem die Debatte stattfinden sollte. Es herrschte lautes Stimmengewirr, denn alle Teilnehmer der Versammlung sprachen durcheinander. Das gewaltige *sacrarium* mit den hohen Steinwänden und der wuchtigen Gewölbedecke verstärkte die Geräusche durch ein dumpfes Echo. Doch trotz der Weitläufigkeit fühlte Fidelma sich seltsam beengt beim Anblick der zahllosen Menschen, die sich auf den dunklen Eichenbänken zusammendrängten. Auf der linken Seite hatten sich all jene versammelt, die den Regeln Columbans folgten, auf der rechten Seite saßen die Anhänger Roms.

Etwas weiter vorne hatten die kirchlichen Würdenträger Platz genommen. Fidelma hatte noch nie so viele von ihnen an einem Ort gesehen. Ihre prächtige Kleidung aus wertvollen Stoffen wies sie als Edelmänner aus, die aus den verschiedensten Königreichen Britanniens hier zusammengekommen waren.

«Eindrucksvoll, nicht wahr?»

Fidelma schaute auf und sah Bruder Taran, der sich auf dem freien Platz neben ihr niederließ. Innerlich stöhnte sie auf. Sie hatte gehofft, dem selbstgefälligen Bruder aus dem Weg gehen zu können. Nach der langen Reise von Iona hatte sie nun genug von seiner Gesellschaft.

«Seit der großen Versammlung in Tara im letzten

Jahr habe ich keine so eindrucksvolle Zusammenkunft mehr gesehen», erwiderte sie kühl, als er sie fragte, was sie von dem Schauspiel halte. Ebenso eindrucksvoll, fügte sie im stillen hinzu, waren aber auch die üblen Gerüche, die das *sacrarium* trotz der vorsorglich aufgestellten Räuchergefäße durchdrangen. Um die Körperpflege der Ordensbrüder und -schwestern in Northumbrien war es traurig bestellt, dachte Fidelma tadelnd. Ganz anders war dies in Irland, wo sie täglich badeten und an jedem neunten Tag gemeinsam das *tigh 'n alluis*, das Schwitzhaus, besuchten. Dort brachte ein Torffeuer sie kräftig in Schweiß, ehe sie in kaltes Wasser tauchten und sich anschließend mit Tüchern warm rieben.

Wieder ertappte sie sich bei dem Gedanken an den sächsischen Mönch, den sie am Vorabend getroffen hatte. Er hatte reinlich gerochen, ja, Fidelma glaubte sogar, den schwachen Duft von Kräutern wahrgenommen zu haben. Wenigstens einer der Sachsen wußte also, wie man sich sauberhält. Fidelma rümpfte mißbilligend die Nase, während sie sich umsah und insgeheim fragte, ob sie den Mönch in den Reihen der Römer entdecken würde.

Plötzlich tauchte Schwester Gwid auf und schlüpfte auf der anderen Seite neben Fidelma in die Bank. Wie immer war ihr Gesicht gerötet, und sie keuchte atemlos, als wäre sie schnell gelaufen.

«Fast hättet Ihr die Eröffnung der Synode verpaßt», sagte Fidelma lächelnd, während das schlaksige Mädchen verlegen nach Atem rang. «Aber solltet Ihr nicht bei Äbtissin Étain sitzen und ihr als Sekretärin zur Seite stehen?»

Schwester Gwid schüttelte den Kopf.

«Sie sagte, sie würde mich rufen lassen, wenn sie mich braucht», entgegnete sie.

Fidelma sah nach vorn zur Stirnseite des *sacrarium*.

In der Mitte stand ein Podest mit einem reichverzierten, leeren Stuhl, der auf König Oswiu zu warten schien. Die dicht dahinter stehenden, kleineren Stühle waren bereits von Männern und Frauen besetzt, deren prächtige Kleidung von Reichtum und Einfluß kündete.

Fidelma fiel ein, daß Bruder Taran sich trotz seiner Schwächen als nützlich erweisen könnte, denn vermutlich wußte er bestens über all diese Leute Bescheid. Schließlich war dies schon seine zweite Mission nach Northumbrien, und er hatte sich stets als Kenner des Landes gerühmt.

«Nichts einfacher als das», antwortete er erwartungsgemäß, als sie auf die Menschen rund um den königlichen Thron deutete und ihn um eine Erklärung bat. «Sie alle gehören zu Oswius engster Familie. Die Dame, die jetzt gerade Platz nimmt, ist die Königin.»

Fidelma betrachtete die Frau, die mit strenger Miene auf dem Stuhl neben dem Thron Haltung einnahm. Ihr Name war Eanflaed, wie Taran ihr bereitwillig mitteilte. Eanflaeds Vater war ein früherer König von Northumbrien gewesen, aber ihre Mutter war eine Prinzessin von Kent. Eanflaed war als kleines Mädchen nach Kent gebracht und dort nach der römischen Lehre erzogen worden. Gleich hinter ihr saß ihr persönlicher Kaplan, Romanus aus Kent, der den Anordnungen Roms strikt Folge leistete und kaum einmal von ihrer Seite wich. Er war ein kleiner, dunkler Mann mit schwarzem, lockigem Haar und einem seltsam verschlagenen Gesicht. Außerdem hatte er eng zusammenstehende Augen und schmale Lippen. Gerüchten zufolge, sagte Taran, habe Eanflaed mit Romanus' Unterstützung König Oswiu so lange zugesetzt, bis dieser sich schließlich gezwungen sah, eine Versammlung einzuberufen und eine Entscheidung zu treffen.

Eanflaed war Oswius dritte Frau, und er hatte sie

kurz nach seiner Thronbesteigung vor etwa zwanzig Jahren geheiratet. Seine erste Frau war Rhiainfellt gewesen, eine Prinzessin aus Rheged, wo man den Lehren und Regeln der Kirche von Iona folgte. Nach Rhiainfellts Tod wurde Fín, Tochter von Colmán Rimid, dem Hochkönig von Irland, Oswius zweite Frau.

Fidelma war erstaunt. Von Oswius Verbindung zum Hochkönig hatte sie nichts gewußt.

«Ist Oswius zweite Frau ebenfalls gestorben?» fragte sie.

Diesmal war es Schwester Gwid, die ihr antwortete.

«Oswiu und Fín wurden geschieden», sagte sie, nicht ohne Genugtuung. «Fín erkannte immer deutlicher, wie sehr sie Northumbrien und Oswiu haßte. Oswiu und sie hatten einen Sohn namens Aldfrith, den sie mit zurück nach Irland nahm. Er wurde in dem von Comgall, dem Freund Columcilles, gegründeten Kloster in Bangor erzogen. Heute ist er ein berühmter Dichter, der unter dem Namen Flann Fína Verse in irischer Sprache verfaßt. Was den Thron von Northumbrien betrifft, hat Aldfrith auf alle Ansprüche verzichtet.»

Schwester Fidelma schüttelte den Kopf.

«Wie ich gehört habe, gibt es bei den Sachsen die unsinnige Regel, daß der erstgeborene Sohn immer auch der Erbe ist. Ist dieser Aldfrith denn der Erstgeborene?»

Schwester Gwid zuckte mit den Schultern, doch Taran zeigte auf das Podium. «Seht Ihr den jungen Mann, der gleich hinter Eanflaed sitzt, der mit den blonden Haaren und der Narbe im Gesicht?»

Fidelma sah ihn und fragte sich, warum sie sogleich eine tiefe Abneigung gegen den jungen Mann verspürte.

«Das ist Alhfrith, Oswius Sohn von Rhiainfellt, seiner ersten Frau, der jetzt als Unterkönig in der südlichen Provinz Deira regiert. Vielleicht erinnert Ihr Euch, wir haben gestern erst von ihm gesprochen. Es heißt, daß er ein Anhänger Roms ist und gegen die Verbindung seines Vaters zu Iona aufbegehrt. Er hat die Mönche, die sich zu den Lehren Columcilles bekannten, aus Ripon vertrieben und das Kloster seinem Freund Wilfrid übergeben.»

«Und Wulfric von Frihop ist seine rechte Hand», murmelte Fidelma. Alhfrith wirkte mißmutig und ungebärdig. Allein die anmaßende Art, wie er sich auf seinem Stuhl flegelte, erregte Fidelmas Widerwillen.

Die finster dreinblickende Frau neben Alhfrith war offenbar seine Frau Cyneburh, die noch immer verbitterte Tochter des Königs Penda von Mercia, der in der Schlacht von Oswiu getötet worden war. Neben ihr saß mit ebenso verdrießlichem Gesicht Alhflaed, die Schwester Alhfriths, die Peada, den Sohn Pendas von Mercia, geehelicht hatte. Er habe gehört, erklärte ihr Taran aufgeregt, daß Alhfrith für Peadas Ermordung verantwortlich sei. Kurz vor seinem Tod habe Peada zugestimmt, Oswiu den Treueeid zu schwören und Unterkönig von Mercia zu werden, aber Alhfrith habe ebenfalls ein begehrliches Auge auf das Königtum Mercia geworfen.

Neben Oswius jetziger Frau Eanflaed saß deren erstgeborener Sohn, Ecgfrith. Mit seinen achtzehn Jahren war er ein mürrischer, grüblerischer junger Mann. Seine dunklen Augen schweiften rastlos durch den Raum, und er rutschte unruhig auf seinem Stuhl hin und her. Taran sagte, Ecgfrith habe es sich zum Ziel gesetzt, Oswius Thron zu besteigen, und sei von Neid gegen seinen älteren Halbbruder Alhfrith erfüllt, der nach dem Gesetz Thronerbe war. Außer Alhfrith und Ecgfrith war von Oswius Kindern nur noch Aelflaed zugegen. Sie war in dem Jahr zur Welt gekommen, als Oswiu seinen großen Sieg über Penda errungen hatte. Ihre Eltern brachten sie Gott als Dankopfer dar und übergaben sie Äbtissin Hilda, die sie in Streoneshalh als eine dem Herrn geweihte Jungfrau aufziehen sollte.

Bruder Taran erzählte Fidelma, daß Oswiu zwei weitere Kinder hatte – Osthryth, eine fünf Jahre alte Tochter, und Aelfwine, einen drei Jahre alten Sohn. Diese Kinder waren aber noch zu klein, um bei der Versammlung anwesend zu sein.

Schwester Fidelma unterbrach Tarans unermüdlichen Redefluß.

«Sehr viel mehr werde ich mir wohl auf einmal nicht merken können. Während der Debatte werde ich bestimmt noch mehr über die Anwesenden erfahren. Ich bin nur erstaunt, wie viele Menschen hier sind.»

Bruder Taran nickte selbstgefällig.

«Es ist eine wichtige Versammlung, Schwester. Nicht nur das Königshaus von Northumbrien ist anwesend. Domangart von Dál Riada und Drust, der König der Pikten, sind ebenfalls gekommen. Zahlreiche andere Könige haben Prinzen und Abgesandte geschickt: Cenwealh von Wessex, Eorcenbreht von Kent, Wolfhere von Mercia und ...»

«Genug!» wehrte Fidelma ab. «All diese fremden sächsischen Namen werde ich sowieso nie behalten. Ich werde Euch fragen, wenn ich noch etwas wissen will.»

Einen Augenblick saß Fidelma schweigend da und ließ ihre Blicke über das Meer von Gesichtern schweifen. Dann öffnete sich die große Tür, und ein Mann mit einer großen Fahne trat herein. Wie Taran ihr sogleich zuflüsterte, war dies *thuff*, die Standarte des Königs, die ihm stets vorausgetragen wurde. Und dann kam auch schon ein hochgewachsener und muskulöser, gutaussehender Mann mit flachsblondem Haar und langem Schnurrbart herein. Er trug prächtig geschmückte Kleider und einen goldenen Reif auf dem Kopf.

Und so erblickte Fidelma zum ersten Mal Oswiu, den König von Northumbrien. Oswiu hatte den Thron bestiegen, nachdem sein Bruder Oswald von Penda mit seinen

Verbündeten in Maserfeld erschlagen worden war. Innerhalb weniger Jahre hatte Oswiu seinen Bruder gerächt und Penda und seine Gefolgsleute getötet. Inzwischen wurde er als *Bretwalda* gefeiert, ein Titel, der ihn, wie Taran ihr erklärte, zum Führer aller Königreiche der Angeln und Sachsen erhob.

Neugierig betrachtete Fidelma den hochgewachsenen Mann, dessen Vorgeschichte sie aus Erzählungen kannte. Als Kinder waren er und seine Geschwister aus Northumbrien vertrieben worden, nachdem Edwin ihren Vater ermordet und den Thron an sich gerissen hatte.

Die verbannten Königskinder waren im Königreich Dál Riada aufgewachsen und auf der heiligen Insel Iona zum Christentum bekehrt worden. Als Oswald, Oswius älterer Bruder, den Thron zurückeroberte und seine Geschwister aus dem Exil holte, sandte er auch nach Iona und bat darum, Missionare nach Northumbrien zu schikken, die sein Volk vom Heidentum abbringen und im Lesen und Schreiben unterrichten könnten. Fidelma war daher immer ganz selbstverständlich davon ausgegangen, daß König Oswiu für Iona Partei ergriff.

Aber sie wußte auch, daß Oswiu in dieser Debatte zwar das letzte Wort hatte, dabei aber unter dem Druck seiner Erben und der zahlreichen Abgesandten anderer Könige stand, die auf sein Urteil Einfluß nahmen.

In der kleinen Prozession, die Oswiu auf dem Weg zu seinem Thron an der Stirnseite des *sacrarium* begleitete, folgte als erster Colmán als Oswius Bischof und wichtigster Abt seines Königreichs. Dann kamen Hilda und eine andere Frau, deren Gesichtszüge stark an Oswiu erinnerten.

«Das ist Abbe, Oswius älteste Schwester», flüsterte Taran. «Sie war in Iona im Exil und ist eine überzeugte Verfechterin von Columcilles Liturgie. Abbe ist Äbtissin des nördlich von hier gelegenen Klosters Coldingham, eines Doppelhauses, in dem Männer und Frauen gemeinsam ihr Leben Christus weihen können.»

«Nach allem, was ich gehört habe, hat es einen ziemlich zweifelhaften Ruf», raunte Gwid ihr von der anderen Seite zu. «Es heißt, die Nonnen und Mönche in der Abtei seien allzusehr dem Feiern, Trinken und anderen weltlichen Genüssen zugetan.»

Schwester Fidelma antwortete nicht. Es gab viele *conhospitae* oder Doppelhäuser, und daran war nichts auszusetzen. Ihr mißfiel die Art, in der Schwester Gwid anzudeuten schien, daß diese Lebensform etwas Verwerfliches an sich hätte. Sie wußte, daß einige Asketen die Doppelhäuser verdammten und die Ansicht vertraten, jeder, der sein Leben in den Dienst Gottes stelle, müsse auch enthaltsam leben. Ja, man hatte ihr erzählt, einige dieser Asketen würden sogar wie Bruder und Schwester zusammenleben, um dadurch die Stärke ihres Glaubens und die übernatürliche Kraft der Keuschheit unter Beweis zu stellen – ein Gebaren, gegen das Johannes Chrysostom von Antioch mit aller Macht zu Felde gezogen war.

Fidelma hatte nichts gegen religiöse Gemeinschaften von Männern und Frauen einzuwenden. Sie teilte die Auffassung, daß Geistliche heiraten und Kinder haben sollten, mit der überwältigenden Mehrheit aller Gläubigen, nicht nur in der irischen, sondern auch in der römischen und sogar in der östlichen Kirche. Nur Asketen glaubten an den Zölibat und forderten die Trennung der Geschlechter. Daß Schwester Gwid ähnliche Ansichten zu vertreten schien, überraschte Fidelma. Sie selbst ging davon aus, daß irgendwann auch sie jemanden finden würde, mit dem sie ihr Leben und ihre Arbeit teilen konnte. Doch gab es keinen Grund zur Eile, und bisher war sie auch noch keinem Mann begegnet, der sie so gefesselt hätte, daß eine Entscheidung notwendig gewesen wäre. Vielleicht würde es auch nie zu einer solchen Entscheidung kommen. Das Leben ließ sich nicht vorausplanen. Auf gewisse Weise beneidete sie ihre Freundin Étain um die Gewißheit, mit der sie sich zu einer zweiten Heirat und zum Verzicht auf Kildare entschlossen hatte.

Hinter Äbtissin Abbe ging ein älterer Mann, dessen gelbliches Gesicht vor Schweiß glänzte. Er stützte sich auf den Arm eines jüngeren Mannes, dessen Gesicht Fidelma trotz seiner engelhaften, rosigen Rundlichkeit sofort wölfisch erschien. Mit seinen eng zusammenstehenden Augen blickte er wachsam um sich, als würde er überall Feinde wittern. Der alte Mann war offensichtlich krank. Fidelma wandte sich zu Taran um.

«Deusdedit, der Erzbischof von Canterbury, und Wighard, sein Sekretär», sagte Taran, ehe sie ihre Frage ausgesprochen hatte. «Sie stehen an der Spitze der römischen Delegation.»

«Und der Greis, der als letzter hereingekommen ist?»

Sie deutete auf einen alten Mann, der auf den ersten Blick wie ein Hundertjähriger wirkte. Sein Rücken war gebeugt, und sein Körper war so faltig und hager, daß er aussah wie ein wandelndes Skelett.

«Das ist der Mann, den es keine Mühe kosten würde, die Sachsen gegen uns aufzuwiegeln», erklärte Taran.

Fidelma zog die Augenbrauen hoch.

«Wilfrid? Ich hatte ihn mir jünger vorgestellt.»

Taran schüttelte den Kopf.

«Nein, nicht Wilfrid. Das ist Jakobus, von den Sachsen James genannt. Als Rom vor über sechzig Jahren Augustinus' Mission in Kent verstärken wollte, wurde eine Gruppe von Missionaren ausgeschickt, die von einem Mann namens Paulinus angeführt wurde. Zu dieser Gruppe gehörte auch Jakobus – er muß also heute mehr als achtzig Jahre alt sein. Als Edwin von Northumbrien und Aethelburh von Kent, die Mutter unserer heutigen Königin Eanflaed, heirateten, begleitete Paulinus sie als ihr persönlicher Kaplan. Doch sein Versuch, die Northumbrier zum römischen Glauben zu bekehren, blieb ohne Erfolg. Er floh mit Aethelburh und der kleinen Eanflaed zurück nach Kent, wo er vor zwanzig Jahren bei einem Aufstand der Heiden ums Leben kam.»

«Und Jakobus?» fragte Fidelma. «Ist er auch geflohen?»

«Nein, er ist in Catraeth geblieben, das die Sachsen Catterick nennen. Zeitweise hat er als Einsiedler, dann wieder als Missionar gelebt. Aber ich zweifele nicht daran, daß unsere Gegner ihn als lebenden Beweis dafür vorführen werden, daß Rom lange vor Iona versucht hat, Northumbrien zu missionieren, und daher die älteren Rechte hat. Sein ehrwürdiges Alter und die Tatsache, daß er ein Römer ist, der sowohl Paulinus als auch Augustinus noch persönlich kannte, fällt stark gegen uns ins Gewicht.»

Trotz aller Vorbehalte gegen Bruder Taran konnte Fidelma nicht umhin, sich von seinem Wissen beeindruckt zu zeigen.

Die kleine Prozession hatte inzwischen das Podest an der Stirnseite des großen Raumes erreicht, und Äbtissin Hilda forderte die Menge mit einer Handbewegung auf, sich von den Plätzen zu erheben.

Bischof Colmán trat vor und machte das Zeichen des Kreuzes. Dann hob er die Hand und gab der Versammlung seinen Segen. Er tat dies im Stil der Kirche Ionas, indem er mit Zeigefinger, Ringfinger und kleinem Finger die Dreieinigkeit andeutete, anstatt nach römischer Sitte Daumen, Zeigefinger und Mittelfinger zu heben. Unter den Anhängern Roms erhob sich daraufhin empörtes Gemurmel, das Colmán jedoch geflissentlich überhörte, um dann auf griechisch – der Sprache, in der die Kirche Ionas ihre Gottesdienste abhielt – den Segen Gottes zu erbitten.

Dann wurde Deusdedit nach vorne geführt. Mit schwacher Stimme, die seine Gebrechlichkeit noch unterstrich, erteilte er den Segen nach römischer Sitte auf lateinisch.

Äbtissin Hilda bedeutete allen Anwesenden, auf ihren Bänken und Stühlen Platz zu nehmen.

«Brüder und Schwestern in Jesus Christus, möge nun unsere Debatte um den rechten Glauben beginnen. Soll die Kirche von Northumbrien den Lehren der Kirche Ionas folgen, die uns aus der Dunkelheit zum Licht Christi führte? Oder soll sie sich zur Kirche Roms bekennen, die das Licht am Anfang in alle nahen und fernen Teile der Welt getragen hat? Die Entscheidung liegt in Euren Händen.»

Sie wandte sich nach rechts.

«Als erstes wollen wir die Eröffnungsreden hören. Agilbert von Wessex, seid Ihr bereit, für Eure Kirche zu sprechen?»

«Nein!» erwiderte eine krächzende Stimme. Die Versammelten hielten erstaunt den Atem an, dann erhob sich allgemeines Gemurmel.

Mit einer Handbewegung mahnte Äbtissin Hilda zur Ruhe.

Ein schlanker, dunkelhäutiger Mann mit einem schmalen, adlernasigen Gesicht erhob sich von seinem Platz.

«Agilbert ist Franke», flüsterte Taran. «Er hat lange Zeit in Irland studiert.»

«Vor vielen Jahren», begann Agilbert in einem schleppenden Sächsisch mit starkem Akzent, das Fidelma nur dank Bruder Tarans Übersetzung verstand, «berief Cenwealh von Wessex mich zum Bischof in seinem Königreich. Zehn Jahre lang habe ich dieses Amt ausgefüllt, bis Cenwealh sich auf einmal unzufrieden zeigte und behauptete, ich würde seinen sächsischen Dialekt nicht gut genug beherrschen. Er ernannte Wine zum Bischof, und ich habe sein Land verlassen. Nun werde ich gebeten, hier für die römische Lehre zu streiten. Wenn ich aber mit meiner Redeweise Cenwealh und die Westsachsen nicht zufriedenstellen kann, sehe ich mich auch nicht in der Lage, hier für meine Kirche zu sprechen. Mein Schüler Wilfrid von Ripon wird daher die Debatte für Rom eröffnen.»

Fidelma runzelte die Stirn.

«Dieser Franke scheint recht empfindlich zu sein.»

«Ich habe gehört, er sei auf dem Heimweg nach Frankreich, weil er sich inzwischen mit allen Sachsen überworfen hat.»

Ein kleiner, stämmiger Mann mit rotem Gesicht und einer schroffen, herausfordernden Art erhob sich neben ihm.

«Ich, Wilfrid von Ripon, bin bereit, unsere einleitenden Argumente vorzutragen.»

Äbtissin Hilda nickte zustimmend und wandte sich dann der anderen Seite zu.

«Und was ist mit Iona? Ist Äbtissin Étain von Kildare zur Eröffnungsrede bereit?»

Es gab keine Antwort.

Fidelma reckte den Hals. Erst jetzt fiel ihr auf, daß sie Étain noch gar nicht im *sacrarium* gesehen hatte. Wieder erhob sich allgemeines Gemurmel.

Äbtissin Abbes Stimme klang seltsam hohl, als sie verkündete: «Die Äbtissin von Kildare weilt offenbar nicht unter uns.»

In diesem Augenblick schwang eine der großen Türen auf. Atemlos und mit aschfahlem Gesicht erschien ein Glaubensbruder auf der Schwelle.

«Unheil!» rief er mit hoher, sich überschlagender Stimme. «Brüder und Schwestern, ein großes Unheil kommt über uns!»

Äbtissin Hilda funkelte den Mann zornig an.

«Bruder Agatho! Ihr vergeßt Euch!»

Der Mönch eilte nach vorn. Selbst von ihrem Platz aus konnte Fidelma die panische Angst in seinem Gesicht erkennen.

«Schaut aus den Fenstern und seht Euch die Sonne an. Gott ist dabei, sie mit eigener Hand am Himmel auszulöschen ... Die Welt verdunkelt sich. *Domine dirige nos!* Das muß ein Zeichen sein. Ein böser Fluch liegt über dieser Versammlung.»

Bruder Taran übersetzte Fidelma seine hastig auf sächsisch hervorgestoßenen Worte, die alle Anwesenden in Aufruhr versetzten. Viele von ihnen sprangen auf und eilten zu den Fenstern.

Es war der düstere Agilbert, der sich zu denen umwandte, die auf ihren Plätzen sitzen geblieben waren.

«Bruder Agatho hat recht. Das Licht der Sonne ist verloschen. Das kann nur ein Zeichen drohenden Unheils sein.»

Fidelma zu Bruder Taran um.

«Sind diese Sachsen tatsächlich so abergläubisch? Wissen sie nichts über Astronomie?»

«Sie wissen sehr wenig», erwiderte Taran in selbstgefälligem Ton. «Unser Volk hat ihnen einiges beigebracht, aber ihre Auffassungsgabe ist äußerst langsam.»

«Jemand sollte ihnen sagen, daß eine Sonnenfinsternis nichts Übernatürliches ist.»

«Sie würden es Euch nicht danken», zischte Schwester Gwid ihr von der anderen Seite zu.

«Aber viele unserer Brüder und Schwestern hier sind doch mit der Astronomie vertraut und kennen Sonnen- und Mondfinsternisse und all die anderen Himmelserscheinungen», widersprach Fidelma.

Bruder Taran bedeutete ihr zu schweigen, denn Wilfrid, der streitbare Sprecher Roms, hatte sich von seinem Platz erhoben.

«Wenn das Licht der Sonne am Himmel erlischt, meine Brüder und Schwestern, kann das nur ein böses Omen sein. Aber was will es uns sagen? Ich kann es Euch erklären, denn die Botschaft ist ganz einfach: Wenn die Kirchenmänner und -frauen dieses Landes nicht den irrigen Vorstellungen Columbans entsagen und sich der einzigen und wahrhaftigen Kirche Roms zuwenden, wird das Christentum in diesem Land ebenso ausgelöscht werden wie die Sonne am Himmel. Gott hat uns ein Zeichen gegeben. Es liegt an uns, es zu befolgen.»

Die Anhänger Roms applaudierten heftig, während von den Vertretern der Kirche Columbans ein Aufschrei der Empörung zu hören war.

Mit wutverzerrtem Gesicht sprang ein junger Mann mit der Tonsur Columbans von seinem Platz auf und ergriff das Wort.

«Woher will Wilfrid von Ripon das wissen? Hat Gott

persönlich mit ihm gesprochen und ihm die Erscheinung am Himmel erklärt? Mit gleichem Recht könnten wir behaupten, das Zeichen deute darauf hin, daß Rom sich Columban anschließen soll. Denn wenn jene, die den römischen Verfälschungen des wahren Glaubens anhängen, nicht endlich einsehen, daß Columbans Lehre den einzig heilbringenden Weg zu Gott und Jesus Christus darstellt, wird das Christentum in diesem Land wahrhaftig untergehen.»

Nun waren es die römischen Anhänger, die empört aufbegehrten.

«Das war Cuthbert von Melrose», erklärte Taran grinsend. Der Streit schien ihm sichtlich Spaß zu machen. «Es war Wilfrid, der ihn – auf Alhfriths Geheiß – von Ripon vertrieben hat, weil er nicht bereit war, den Lehren Columbans abzuschwören.»

Nun erhob sich König Oswiu. Sofort kehrte ehrfürchtige Stille ein.

«Dieser Streit führt uns nicht weiter. Die Versammlung wird ausgesetzt, bis ...»

Ein schriller Schrei hinderte ihn daran, seinen Satz zu beenden.

«Die Sonne erscheint wieder!» rief eine Stimme vom Fenster.

Begeistert liefen einige hin, um ihre Köpfe dem blauen Nachmittagshimmel entgegenzurecken.

«Ja, da ist sie wieder. Der schwarze Schatten entfernt sich», riefen sie. «Seht doch, da ist das Sonnenlicht.»

Tatsächlich schwand die trübe Dämmerung, und das Sonnenlicht flutete wieder durch die Fenster.

Schwester Fidelma schüttelte den Kopf. Das Geschehen war ihr ein Rätsel. Schließlich war sie in einem Land aufgewachsen, in dem die Bewegungen der Gestirne schon seit langem beobachtet und aufgezeichnet wurden.

«Ich kann kaum glauben, daß die Menschen hier in solchem Unwissen leben. In unseren Barden- und Klosterschulen kann jede Lehrerin und jeder Lehrer den Lauf von Sonne und Mond erklären. Jeder halbwegs vernünftige Mensch sollte doch über den Stand der Sonne im Laufe eines Jahres, die Phasen des Mondes und die Zeiten von Ebbe und Flut Bescheid wissen. Und die Sonnenfinsternisse sind dann auch kein Geheimnis mehr.»

Bruder Taran grinste.

«Ihr vergeßt, daß Euer Volk für seine Kenntnisse auf dem Gebiet der Astronomie berühmt ist, während die Sachsen noch Barbaren sind.»

«Aber sie haben doch sicherlich die Abhandlungen des großen Dallán Forgaill gelesen, der erklärt hat, wie oft der Mond vor der Sonne steht und deshalb ihr Licht verdeckt?»

Taran zuckte die Achseln.

«Nur wenige Sachsen können lesen und schreiben. Und das auch erst, seitdem der selige Aidán ins Land kam und sie darin unterrichtete. Bis dahin konnten sie nicht einmal ihre eigene Sprache niederschreiben, geschweige denn die Sprachen anderer Völker verstehen.»

Äbtissin Hilda schlug mit ihrem Amtsstab auf den Steinfußboden, um die Versammlung zur Ruhe zu gemahnen. Zögernd kehrten die Teilnehmer zu ihren Plätzen zurück, und das Gemurmel erstarb.

«Das Licht ist zurückgekehrt, also können auch wir fortfahren. Weilt die Äbtissin von Kildare inzwischen unter uns?» Fidelmas Gedanken wandten sich wieder ihrer Freundin zu. Der ihr zugedachte Platz war noch immer leer.

Hämisch grinsend erhob sich Wilfrid von Ripon.

«Wenn die Sprecherin Columbans nicht willens ist, zu uns zu sprechen, können wir getrost auch ohne sie anfangen.»

«Es gibt noch genügend andere, die für unsere Sache sprechen werden!» rief Cuthbert zurück und machte sich dabei nicht einmal die Mühe, von seinem Platz aufzustehen.

Wieder klopfte Äbtissin Hilda mit ihrem Amtsstab auf den Boden.

In diesem Augenblick schwang zum zweitenmal die große Tür auf. Diesmal war es eine junge Schwester, die kreidebleich und mit aufgerissenen Augen ins *sacrarium* stürzte. Auf den ersten Blick konnte man erkennen, daß sie schnell gelaufen war – ihr Haar war in Unordnung, und ihre Kopfbedeckung war verrutscht. Verängstigt suchte sie nach Äbtissin Hilda, die unmittelbar vor dem Thron des Königs stand.

Besorgt sah Fidelma, wie die Schwester zu Hilda eilte, um ihr etwas ins Ohr zu flüstern. Leider konnte sie Hildas Gesicht nicht sehen, da die Äbtissin gleich darauf zum König ging, sich zu ihm beugte und die Nachricht der Schwester wiederholte.

Einen Augenblick lang herrschte gespannte Stille. Dann erhob sich der König und verließ, gefolgt von Hilda, Abbe, Colmán, Deusdedit, Wighard und Jakobus, das *sacrarium*.

Kaum waren sie gegangen, brach allgemeiner Aufruhr los. Die Versammelten bestürmten einander mit Fragen. Jeder wollte wissen, ob jemand die Bedeutung dieser seltsamen Vorgänge zu deuten vermochte, und bald schwirrten die wildesten Vermutungen durch den Saal.

Zwei Nonnen aus Coldingham, die hinter Fidelma saßen, vertraten die Ansicht, ein Heer von Bretonen müsse den Aufenthalt des Königs bei der Synode genutzt und das Königreich überfallen haben; sie könnten sich noch gut an die Invasion von Cadwallon ap Cadfan, dem König von Gwynedd, erinnern, bei der Northumbrien verwüstet worden sei und viele ihr Leben gelassen hätten.

Ein Bruder aus Gilling, der vor Fidelma saß, hielt dagegen einen Überfall durch die Armee von Mercia für viel wahrscheinlicher; schließlich habe Wulfhere, der Sohn Pendas, geschworen, die Unabhängigkeit Mercias wiederherzustellen, und seine Herrschaft südlich des Humber bereits festigen können. Mercia lauere ständig auf eine Gelegenheit, sich an Oswiu zu rächen, der Penda getötet und vor drei Jahren die Herrschaft über Mercia angetreten hatte. Zwar habe Wulfhere einen Abgesandten zur Synode geschickt, doch könne sich dahinter nichts weiter als ein geschicktes Ablenkungsmanöver verbergen.

Fidelma war erstaunt über all die politischen Spekulationen. Auf jemanden, der mit dem Machtkampf der sächsischen Königreiche untereinander nicht vertraut war, wirkten sie höchst verwirrend. Wie anders war es in dieser Hinsicht doch in ihrem Heimatland, wo eine klare Ordnung herrschte, der Hochkönig von allen anerkannt wurde und das Gesetz in allen Dingen das letzte Wort hatte. Auch wenn manche Unterkönige untereinander uneins waren, die Herrschaft Taras zweifelte niemand an. Die Sachsen hingegen lagen ständig miteinander im Streit, und als oberstes Gesetz schien bei ihnen das Schwert zu gelten.

Fidelma spürte, wie sich eine Hand auf ihre Schulter legte. Eine junge Schwester beugte sich zu ihr herab.

«Schwester Fidelma? Die Mutter Oberin wünscht Euch unverzüglich zu sehen.»

Erstaunt erhob sich Fidelma von ihrem Platz. Bruder Tarans und Schwester Gwids neugierige Blicke folgten ihr, als sie in Begleitung der jungen Ordensschwester das von lauten, aufgeregten Stimmen widerhallende *sacrarium* verließ und durch die ruhigeren Flure zum Gemach der Äbtissin eilte. Mit gefalteten Händen stand Äbtissin Hilda vor dem großen Kamin. Ihr Gesicht war bleich und ernst. Bischof Colmán hatte, genau wie am Abend zuvor, auf einem Stuhl vor dem Kamin Platz genommen. Auch er wirkte wie von einer schweren Last niedergedrückt.

Beide waren so tief in Gedanken versunken, daß sie Fidelmas Ankunft kaum bemerkten.

«Ihr habt mich rufen lassen, Mutter Oberin?»

Äbtissin Hilda richtete sich seufzend auf und sah Colmán an, der sie mit einer Handbewegung zum Sprechen aufforderte.

«Bischof Colmán hat mich daran erinnert, daß Ihr in Eurem Land eine angesehene Gesetzeskundige seid, Fidelma.»

Schwester Fidelma runzelte die Stirn.

«Das ist richtig», bestätigte sie und fragte sich, worauf die Äbtissin hinauswollte.

«Er hat mich auch daran erinnert, daß Ihr die Gabe besitzt, Rätsel zu lösen und undurchsichtige Verbrechen aufzuklären.»

Eine ungute Vorahnung beschlich Fidelma.

«Meine liebe Schwester», fuhr die Äbtissin nach einer Pause fort, «auf diese Gabe sind wir nun angewiesen.»

«Ich bin gern bereit, Euch mit meinen bescheidenen Fähigkeiten zu Diensten zu sein», erwiderte Fidelma.

Äbtissin Hilda rang die Hände und suchte nach den passenden Worten.

«Ich habe schlechte Nachrichten, Schwester Fidelma. Äbtissin Étain von Kildare wurde in ihrer Zelle gefunden, und zwar mit durchgeschnittener Kehle. Was wir gesehen haben, läßt nur eine Deutung zu: Äbtissin Étain ist heimtückisch ermordet worden.»

der schrecklichen Nachricht noch immer wie benommen war, ging die Tür auf, und Fidelma nahm verschwommen wahr, daß Colmán sich eilig von seinem Stuhl erhob. Um zu sehen, was den Bischof zu dieser ungewöhnlichen Geste veranlaßt hatte, wandte sie sich zur Tür.

Oswiu von Northumbrien betrat das Zimmer.

Die Ereignisse hatten sich überstürzt, und für Fidelma war alles viel zu schnell gegangen. Sie hatte noch gar nicht richtig begriffen, daß ihre jahrelange Gefährtin, ihre Glaubensschwester und Äbtissin, einem grausamen Mord zum Opfer gefallen war. Im ersten Augenblick hatte sie sich wie gelähmt gefühlt. Jetzt spürte sie eine unendliche Trauer in sich aufsteigen, und doch versuchte sie mit aller Macht, ihre Gefühle zu unterdrücken. Es würde Étain nicht helfen, wenn sie jetzt in Trübsinn versank. Ihr Verstand war gefragt, ihre Kenntnisse und Begabungen waren gefordert, und Gefühle würden ihren Scharfsinn nur trüben. Zum Trauern hatte sie später noch reichlich Zeit.

Entschlossen sah Fidelma dem Neuankömmling entgegen.

Von nahem wirkte der König von Northumbrien längst nicht so imposant wie aus der Ferne. Zwar war er groß und muskulös, aber sein helles Haar hatte eine schmutzig gelb-graue Farbe, und die Zeichen des Alters waren nicht zu übersehen. Seine Haut war gelblich, und unzählige aufgeplatzte Äderchen bildeten ein Netz aus feinen hellroten Linien auf seinen Wangen. Seine Augen waren eingesunken, seine Stirn von Falten zerfurcht. Fidelma hatte gehört, daß bisher noch jeder König von Northumbrien einen gewaltsamen Tod auf dem Schlachtfeld gestorben war. Es war ein Vermächtnis, das schwer auf ihm lastete.

Mit gehetztem Blick schaute Oswiu sich um und ließ die Augen schließlich auf Schwester Fidelma ruhen.

«Ich habe gehört, daß Ihr eine *dálaigh* der Brehon-Gerichtsbarkeit Irlands seid?»

Zu Fidelmas Erstaunen beherrschte er die irische Sprache fast wie ein Einheimischer. Dann fiel ihr ein, daß er in Iona aufgewachsen war und mit den dortigen Ordensbrüdern vermutlich nur Irisch gesprochen hatte.

«Ja, ich habe den Rang einer *anruth* inne.»

Colmán trat einen Schritt vor, um es dem König zu erklären. «Das bedeutet ...»

Mit einer ungeduldigen Geste wehrte Oswiu ab.

«Ich weiß sehr genau, was das bedeutet, Bischof. Wer den Rang einer *anruth* erlangt hat, beherrscht das allerhöchste Wissen und kann auf gleicher Stufe mit Königen – ja, sogar mit dem Hochkönig selbst – Dispute führen.» Er lächelte selbstzufrieden über die Verlegenheit des Bischofs, ehe er sich wieder an Fidelma wandte. «Und doch bin ich, wie ich offen gestehen muß, erstaunt, einen so gelehrten Kopf auf diesen jungen Schultern vorzufinden.»

Fidelma unterdrückte ein Seufzen.

«Ich habe acht Jahre lang beim Brehon Morann von Tara studiert, einem der größten Richter unseres Landes.»

Oswiu nickte geistesabwesend.

«Ich wollte Eure Eignung nicht in Frage stellen, und Bischof Colmán hat mir von Eurem ausgezeichneten Ruf erzählt. Ihr wißt bereits, daß wir Euch brauchen?»

Schwester Fidelma senkte den Kopf.

«Man hat mir gesagt, daß Étain von Kildare ermordet wurde. Sie war nicht nur meine Äbtissin, sondern auch meine Freundin. Ich bin zur Hilfe bereit.»

«Wie Ihr wißt, sollte Äbtissin Étain die Debatte für die Kirche Ionas eröffnen. Mein Land ist in dieser Frage gespalten, Schwester Fidelma. Deshalb ist diese Angelegenheit von allergrößter Wichtigkeit. Schon jetzt gehen die wildesten Gerüchte um, und die Mutmaßungen überschlagen sich. Wenn die Äbtissin von einem Mitglied der römischen Gesandtschaft ermordet wurde, wie es unter den gegebenen Umständen naheliegend erscheint, könnte es in meinem Volk zu einem so großen Bruch kommen, daß es der Wahrheit Christi in unserem Land den Todesstoß versetzt. Ein Bruderkrieg droht, mein Volk auseinanderzureißen. Versteht Ihr das?»

«Ja», antwortete Fidelma. «Und doch gibt es etwas Wichtigeres, an das wir denken müssen.»

Oswiu hob erstaunt die Augenbrauen.

«Was könnte wichtiger sein als eine politische Zerreißprobe, die Iona, Armagh, ja möglicherweise sogar das ferne Rom erschüttern könnte?»

«Es gibt etwas, das wichtiger ist», beharrte Fidelma mit ruhiger Stimme. «Wer auch immer Étain von Kildare ermordet hat, muß sich vor dem Gesetz verantworten. Das ist das oberste Ziel, die wichtigste Moral. Was andere daraus machen, ist ihre Sache. Die Suche nach der Wahrheit steht über allen Dingen.»

Einen Augenblick sah Oswiu sie überrascht an, dann lächelte er reuevoll.

«Das sind die Worte einer unerschrockenen Vertreterin des Rechts. Fast hätte ich vergessen, daß die Brehon-Richter Eures Landes über dem Königshof stehen. Hier bei uns ist der König das Gesetz, und es gibt niemanden, der über ihn zu Gericht sitzen könnte.»

Fidelma verzog das Gesicht.

«Ich habe von den Mängeln Eurer sächsischen Ordnung gehört.»

Äbtissin Hilda fuhr erschrocken zusammen.

«Mein Kind, vergeßt nicht, daß Ihr mit dem König sprecht.»

Aber Oswiu grinste nur.

«Es gibt keinen Grund, sie zu tadeln, werte Base. Schwester Fidelma handelt in Übereinstimmung mit den Grundsätzen ihres Landes. In Irland wirkt der König nicht als Gesetzgeber, und er herrscht auch nicht durch göttliches Recht. Er ist nur der Verwalter eines Gesetzes, das von Generation zu Generation weitergegeben wurde. Jeder Gesetzeskundige, ein *anruth* oder *ollamh*, kann mit dem höchsten König des Landes rechtliche Streitgespräche führen. Ist es nicht so, Schwester Fidelma?»

Fidelma lächelte.

«Ihr habt gut begriffen, worum es uns geht, Oswiu von Northumbrien.»

«Und Ihr scheint einen scharfen Verstand zu besitzen und ohne Furcht vor einer der Parteien zu sein», entgegnete Oswiu. «Das ist gut. Meine Base hat Euch sicherlich schon gebeten, das Verbrechen aufzuklären und herauszufinden, wer Étain von Kildare ermordet hat? Wie lautet Eure Antwort? Werdet Ihr die Sache untersuchen?»

In diesem Augenblick war ein lautes Knarren zu hören. Schwester Gwid stand zitternd und verkrampft in der offenen Tür. Ihr Haar unter der Haube war zerrauft, ihre Lippen bebten, ihre Augen waren rot, und dicke Tränen liefen ihr über die bleichen Wangen. Laut schluchzend blickte sie wirr von einem zum anderen.

«Was zum ...?» hob Oswiu überrascht an.

«Ist es wahr? O Gott, sagt mir, daß es nicht wahr ist!» schrie die verzweifelte Ordensschwester und rang verzweifelt die großen, knochigen Hände. «Ist Äbtissin Étain tot?»

Schwester Fidelma erholte sich als erste von dem Schrecken, eilte zu Schwester Gwid, nahm sie am Arm und zog sie mit sich aus dem Zimmer. Draußen auf dem Flur winkte sie der besorgten Schwester zu, die für Äbtissin Hildas Wohl zuständig war und offenbar vergeblich versucht hatte, Gwid davon abzuhalten, in das Gemach zu stürmen.

«Es ist wahr, Gwid», sagte Fidelma leise. Sie verspürte Mitleid mit dem linkischen Mädchen. «Laßt Euch von der Schwester in Euer *dormitorium* bringen. Legt Euch eine Weile hin, und ich werde zu Euch kommen, sobald ich kann.»

Schluchzend ließ sich Gwid den Flur hinunterführen. Ihre breiten Schultern zuckten in schwerer Pein.

Einen Augenblick hielt Fidelma inne, ehe sie sich zurück ins Gemach der Äbtissin begab.

«Äbtissin Étain war in Emly Schwester Gwids Lehrerin», erklärte sie den anderen, als sie mit fragenden Blikken empfangen wurde. «Gwid sollte der Äbtissin während der Versammlung als Sekretärin zur Seite stehen. Sie hat Étain sehr verehrt und ist über ihren Tod verständlicherweise bestürzt. Wir alle haben mit unserer Trauer zu kämpfen.»

Äbtissin Hilda seufzte mitfühlend.

«Ich werde das arme Mädchen später trösten gehen», sagte sie. «Laßt uns vorher jedoch in dieser Sache zu einer Übereinkunft kommen.»

Oswiu nickte. «Was sagt Ihr zu dem Vorschlag, Fidelma von Kildare?»

Fidelma nickte.

«Äbtissin Hilda hat bereits angedeutet, daß ich in diesem Fall ermitteln soll. Ich bin dazu gerne bereit, wenn auch nicht aus politischen Gründen, sondern weil ich dem Gesetz zu seinem Recht verhelfen will – und weil Étain meine Freundin war.»

«Das war wohl gesprochen», entgegnete Oswiu. «Doch spielt Politik in dieser Sache unweigerlich eine große Rolle. Der Mord an einer so herausragenden Persönlichkeit kann in der Absicht geschehen sein, auf unsere Debatte Einfluß zu nehmen. Am naheliegendsten ist sicherlich die Vermutung, daß die Sprecherin Ionas von einem Anhänger Roms zum Schweigen gebracht wurde. Andererseits kann es durchaus sein, daß der Mörder gerade diese Vermutung schüren wollte, damit die Synode aus Mitgefühl Iona gegen Rom unterstützt.»

Schwester Fidelma betrachtete Oswiu nachdenklich. Vor ihr stand kein prunksüchtiger Monarch mit einfältigem Gemüt, sondern ein König, der mit eiserner Faust über zwanzig Jahre lang in Northumbrien geherrscht hatte und jeden von außen oder innen kommenden Versuch, ihn auszuschalten und vom Thron zu stoßen, erfolgreich vereitelt hatte. Inzwischen erkannten die meisten sächsischen Könige ihn als ihren Führer an, und selbst der Bischof von Rom titulierte ihn als «König der Sachsen». Fidelma schätzte die Schärfe seines Verstands.

«Das wird sich dann aus meiner Untersuchung ergeben», sagte sie ruhig.

Oswiu zögerte und schüttelte den Kopf.

«Nicht ganz.»

Fidelma hob fragend die Augenbrauen.

«Es gibt eine Bedingung.»

«Ich bin eine Gesetzeskundige der Brehon-Gerichtsbarkeit. Ich arbeite nicht unter irgendwelchen Bedingungen. Ich bin einzig und allein der Wahrheit verpflichtet.» Ihre Augen blitzten gefährlich.

Äbtissin Hilda war entsetzt.

«Schwester, Ihr scheint zu vergessen, daß Ihr nicht in Eurem Heimatland seid, dessen Gesetze hier keine Gültigkeit besitzen. Ihr müßt dem König mit Respekt begegnen.»

Wieder lächelte Oswiu nachsichtig.

«Keine Sorge, werte Base, Schwester Fidelma und ich verstehen uns schon. Und wir haben Respekt voreinander, daran zweifele ich nicht. Dennoch muß ich darauf bestehen, daß meine Bedingung erfüllt wird, denn wie ich schon sagte, ist dies auch eine politische Angelegenheit, und die Zukunft unseres Königreichs hängt von ihrer Lösung ab.»

«Ich verstehe nicht ganz …», begann Fidelma verwirrt.

«Dann laßt es mich erklären», unterbrach sie Oswiu. «In Streoneshalh gehen bereits zwei Gerüchte um. Das erste lautet, daß die römische Seite durch diesen verabscheuungswürdigen Mord die redegewandteste Fürsprecherin Ionas zum Schweigen bringen wollte. Das zweite Gerücht besagt, daß es sich um eine List der Anhänger Ionas handelt, die darauf abzielt, die Synode zu stören und dafür zu sorgen, daß Iona und nicht Rom in Zukunft Einfluß auf Northumbrien nehmen kann.»

«Beide Gerüchte sind verständlich.»

«Meine Tochter Aelflaed, die von den Glaubensschwestern der Insel Iona aufgezogen wurde, plant bereits, Söldner anzuwerben, um all jene anzugreifen, die sie von dort vertreiben wollen. Mein Sohn Alhfrith und seine Frau Cyneburh dagegen wollen mit militärischer Gewalt die Anhänger Ionas besiegen. Und mein jüngerer Sohn Ecgfrith» – er hielt inne und lachte bitter – «ist so machthungrig, daß er nur auf einen Augenblick der Schwäche lauert, um den Thron an sich zu reißen. Versteht Ihr jetzt, warum die Sache so wichtig ist?»

Fidelma hob die Schultern.

«Ja, aber mir ist immer noch nicht klar, welche Bedingung Ihr stellen wollt. Ich bin durchaus in der Lage, ein solches Verbrechen aufzuklären.»

«Um beiden Seiten zu zeigen, daß ich, Oswiu von Northumbrien, in meiner Urteilsfindung unparteiisch und unvoreingenommen bin, kann ich nicht zulassen, daß Äbtissin Étains Tod allein von einer Abgesandten Ionas untersucht wird – ebensowenig, wie ich zustimmen könnte, daß die Aufgabe nur einem Vertreter Roms anvertraut wird.»

Fidelma sah ihn fragend an.

«Was schlagt Ihr also vor?»

«Daß Ihr, Schwester, Eure Kräfte mit jemandem bündelt, der Rom nahesteht. Wenn Ihr gemeinsam ermittelt, wird uns, wenn das Ergebnis bekanntgegeben wird, niemand Parteilichkeit nachsagen können. Wollt Ihr dieser Bedingung zustimmen?»

Schwester Fidelma sah den König nachdenklich an.

«Es ist das erste Mal, daß ich je Zweifel an der Unvoreingenommenheit einer *dálaigh* vernommen habe. Der Leitspruch unseres Standes lautet: ‹Die Wahrheit gegen die Welt.› Ob die Tat von einem Mitglied meiner Kirche oder von einem Anhänger Roms verübt wurde – das Ergebnis meiner Untersuchungen wäre das gleiche. Ich habe geschworen, der Wahrheit zu dienen, sowenig diese Wahrheit manchen auch gefallen mag.» Achselzuckend hielt sie inne. «Und doch ... Ich kann den Wunsch nachvollziehen, der Eurem Vorschlag zugrunde liegt, und werde Eurer Bedingung zustimmen. Aber mit wem soll ich zusammenarbeiten? Ich muß gestehen, daß mein Sächsisch mangelhaft ist, und ich weiß, daß nur wenige Sachsen das Lateinische, Griechische oder Hebräische beherrschen – die Sprachen, in denen ich mich fließend verständigen kann.»

Ein Lächeln erschien auf Oswius Gesicht.

«In dieser Hinsicht werdet Ihr keine Schwierigkeiten haben. Im Gefolge des Erzbischofs von Canterbury befindet sich ein junger Mann, der sich hervorragend für diese Aufgabe eignet.»

Äbtissin Hilda wandte sich neugierig an ihren Vetter.

«Wer ist dieser junge Mann?»

«Ein Bruder namens Eadulf aus Seaxmund's Ham im Königreich Ostanglien. Bruder Eadulf hat fünf Jahre in Irland und anschließend zwei Jahre in Rom studiert. Er spricht also nicht nur Sächsisch, sondern auch Irisch, Lateinisch und Griechisch. Und er ist gesetzeskundig. Wäre er nicht in den Stand der Geistlichkeit eingetreten, hätte er den Rang eines *gerefa* oder Friedensrichters errungen. Erzbischof Deusdedit hat mir versichert, daß er schon so manche undurchsichtige Begebenheit aufgeklärt hat. Also, was sagt Ihr, Schwester Fidelma? Hättet Ihr etwas dagegen, mit einem solchen Mann zusammenzuarbeiten?»

Fidelma war unentschlossen.

«Solange wir beide die Wahrheit als Ziel vor Augen haben ... Wie steht er zu Eurem Vorschlag?»

«Das fragen wir ihn am besten selbst. Ich habe nach ihm rufen lassen und ihn gebeten, draußen zu warten. Ich denke, inzwischen müßte er eingetroffen sein.»

Oswiu ging zur Tür. Schwester Fidelma rang erstaunt nach Luft, als der junge Mönch, den sie am Vorabend im Kreuzgang der Abtei getroffen hatte, ins Zimmer trat und sich vor dem König verneigte. Als er den Kopf hob und sein Blick auf Fidelma fiel, spiegelte sich in seinem Gesicht ganz kurz das gleiche Erstaunen, ehe es wieder zu einer undurchdringlichen Maske wurde.

«Das ist Bruder Eadulf», stellte Oswiu auf irisch den Neuankömmling vor. «Bruder Eadulf, das ist Schweser Fidelma, die *dálaigh*, von der ich bereits gesprochen habe. Seid Ihr bereit, mit ihr zusammenzuarbeiten und dabei zu bedenken, wie wichtig es ist, daß der Fall so bald wie möglich aufgeklärt wird?»

Als Fidelmas Blick auf Bruder Eadulfs braune Augen fiel, verspürte sie dieselbe seltsame Erregung wie am vergangenen Abend.

«Ja, ich bin zur Zusammenarbeit bereit», antwortete er in einem volltönenden Bariton. «Vorausgesetzt, daß Schwester Fidelma ebenfalls einverstanden ist.»

«Schwester?» drängte Oswiu.

«Wir sollten sofort mit den Ermittlungen beginnen», entgegnete Fidelma betont ruhig und versuchte mit aller Macht, ihre Verwirrung zu verbergen.

«Ich bin ganz Eurer Meinung», stimmte Oswiu ein. «Ihr handelt von nun an in meinem Namen und habt die ausdrückliche Erlaubnis, jeden ohne Ansehen seines Ranges ausführlich zu befragen. Meine Krieger stehen bereit, Eure Befehle auszuführen. Ehe ich mich zurückziehe, möchte ich nur noch einmal betonen, wie sehr die Aufklärung des Verbrechens drängt. Jede Stunde, in der Gerüchte und Vermutungen ungehindert die Runde machen, stärkt die Feinde des Friedens und bringt uns dem Bruderkrieg näher.»

Mit einem letzten durchdringenden Blick unterstrich Oswiu die Bedeutung seiner Worte, dann wandte er sich um und verließ das Gemach der Äbtissin.

Schwester Fidelmas Gedanken überschlugen sich. Es gab so viel zu tun, und dabei hatte sie noch nicht einmal begriffen, daß Étain wirklich tot war.

Plötzlich bemerkte sie, daß Äbtissin Hilda, Bischof Colmán und Bruder Eadulf sie erwartungsvoll anstarrten.

«Verzeihung?» Offenbar hatte ihr jemand eine Frage gestellt.

«Ich wollte wissen, wie Ihr vorzugehen wünscht», wiederholte Äbtissin Hilda.

«Als erstes sollten wir wohl den Tatort in Augenschein nehmen», sprang Bruder Eadulf in die Bresche.

Verärgert darüber, daß er an ihrer Statt geantwortet hatte, knirschte Fidelma mit den Zähnen.

Der Sachse hatte natürlich recht, aber sie hatte nicht vor, sich von ihm etwas vorschreiben zu lassen. Fieberhaft sann sie auf einen anderen Vorschlag, bloß um ihm zu widersprechen, aber ihr fiel nichts Passendes ein.

«Ja», nickte sie schließlich widerwillig. «Wir werden uns Äbtissin Étains *cubiculum* ansehen. Ist dort seit dem Fund der Leiche irgend etwas verändert worden?»

Hilda schüttelte den Kopf.

«Nicht daß ich wüßte. Soll ich Euch begleiten?»

«Das ist nicht nötig», antwortete Fidelma rasch, um Bruder Eadulf die Möglichkeit zu nehmen, ein weiteres Mal für sie zu antworten. «Wir lassen es Euch wissen, wenn wir irgend etwas brauchen.»

Ohne Eadulf eines Blickes zu würdigen, wandte sie sich zum Gehen.

Eadulf verneigte sich vor Äbtissin Hilda und Bischof Colmán und beeilte sich, ihr zu folgen.

Als sich die Tür hinter den beiden schloß, schürzte Colmán die Lippen.

«Es kommt mir so vor, als würden wir einen Wolf und einen Fuchs gemeinsam auf Hasenjagd schicken», sagte er langsam.

Äbtissin Hilda lächelte schwach.

«Es würde mich interessieren, wen Ihr für den Wolf und wen für den Fuchs haltet», sagte sie.

Cubiculum hospitale blieb Fidelma stehen. Auf dem Weg durch die düsteren Gänge und Flure hatte sie mit dem sächsischen Mönch kein Wort gewechselt. Sie mußte sich überwinden, die Zelle zu betreten. Bruder Eadulf nahm an, sie sei deshalb so schweigsam, weil sie gegen ihren Willen bei der Aufklärung des Verbrechens mit ihm zusammenarbeiten mußte, und zeige ihm aus diesem Grund die kalte Schulter. Fidelma allerdings mußte all ihre Kraft zusammennehmen, um diesen gefürchteten Augenblick zu überstehen:

Wenn sie die Tür öffnete, würde sie ihre tote Freundin sehen.

Mit ihrem Schmerz über Étains Ermordung mußte sie allein zurechtkommen. Auch wenn sie einander nicht häufig gesehen hatten, waren sie doch stets gute Freundinnen gewesen. Fidelma dachte daran, wie ihr Étain noch am Vorabend anvertraut hatte, daß sie Kildare aufgeben und ihr Glück in einer Heirat suchen wollte. Fidelma überlegte angestrengt. Wer war Étains Verlobter? Und wie sollte sie diesen Mann ausfindig machen, um ihm die traurige Nachricht zu überbringen? War er ein Eoghanacht-Häuptling? Oder ein Glaubensbruder, den sie in Irland kennengelernt hatte? Sie würde noch genug Zeit haben, sich damit zu befassen, wenn sie nach Irland zurückgekehrt war.

Fidelma holte ein paarmal tief Luft, um sich zu beruhigen.

«Wenn Ihr die Tote lieber nicht ansehen möchtet, Schwester, kann ich das gern für Euch übernehmen», sagte Eadulf besänftigend. Offenbar mißdeutete er ihr Zögern als Angst davor, eine Leiche zu betrachten. Es waren die ersten Worte, die der sächsische Mönch direkt an sie gerichtet hatte.

Fidelma wußte nicht, was sie davon halten sollte.

Einerseits war sie überrascht, wie gut er Irisch sprach. Andererseits erzürnte sie sein gönnerhafter Ton.

Der Zorn gewann die Oberhand und verlieh ihr die Kraft, die sie jetzt so dringend benötigte.

«Étain war die Äbtissin meines Klosters in Kildare, Bruder Eadulf», sagte sie mit fester Stimme. «Ich kannte sie gut. Nur das läßt mich innehalten, und ich glaube, jedem anständigen Menschen würde es in dieser Lage ähnlich gehen.»

Bruder Eadulf biß sich auf die Lippen. Was für eine aufbrausende, überempfindliche Frau, dachte er. Ihre grünen Augen blitzten.

«Um so mehr Grund hätte ich, Euch diesen Anblick zu ersparen», erwiderte er so ruhig wie möglich. «Ich bin in der Kunst der Apotheker erfahren, denn ich habe an Eurem berühmten Kollegium der Medizin in Tuaim Brecain studiert.»

Seine Worte stachelten ihre Wut nur weiter an.

«Und ich bin eine *dálaigh* der Brehon-Gerichtsbarkeit», erwiderte sie steif. «Ich nehme an, ich brauche Euch nicht zu erklären, welche Pflichten mit diesem Amt verbunden sind?» Noch ehe er antworten konnte, hatte sie die Tür des *cubiculum* aufgeschoben.

In der Zelle war es düster. Zwar waren es noch zwei Stunden bis zum Einbruch der Dunkelheit, doch herrschte bereits ein trübes Dämmerlicht, denn das einzige Fenster war klein und weit oben in die dunkle Steinwand eingelassen.

«Besorgt uns eine Lampe, Bruder», wies sie ihn an.

Eadulf zögerte. Er war es nicht gewohnt, von einer Frau Befehle entgegenzunehmen. Dann nahm er achselzuckend eine Lampe von der Wand des Korridors, die dort für die nächtliche Benutzung bereithing. Es dauerte eine Weile, bis er den Zunder entflammt und den Docht richtig eingestellt hatte.

Die Lampe mit einer Hand in die Höhe haltend, betrat Eadulf hinter Fidelma die kleine Zelle.

Äbtissin Étains Leiche lag noch so, wie sie nach der Bluttat hingefallen war, auf dem Rücken quer über dem schmalen Bett. Bis auf die Haube war sie vollständig bekleidet. Langes, goldblondes Haar umrahmte in üppigen Locken das Gesicht der Toten. Ihre weit aufgerissenen Augen starrten zur Decke. Der Mund stand offen und war zu einer häßlichen Fratze verzerrt. Blut bedeckte die untere Hälfte ihres Gesichts, ihren Hals und ihre Schultern.

Die Lippen fest zusammengepreßt, schritt Schwester Fidelma auf das Bett zu. Sie zwang sich, auf den Boden zu sehen und so den kalten, offenen Augen des Todes auszuweichen. Vor dem Bett ging sie in die Knie und murmelte ein Gebet für ihre tote Äbtissin. *«Sancta Brigita intercedat pro amica mea ...»*, flüsterte sie. Dann streckte sie die Hand aus, schloß ihrer Freundin die Augen und fügte das Gebet für die Toten hinzu: *«Requiem aeternam dona ei Domine ...»*

Als sie fertig war, wandte sie sich zu dem sächsischen Mönch um, der an der Tür gewartet hatte.

«Da wir nun einmal zusammenarbeiten werden, Bruder», sagte sie kühl, «sollten wir uns darüber verständigen, womit wir es hier zu tun haben.»

Bruder Eadulf kam näher und hielt die Lampe über das Bett. Mit sachlicher Stimme bemerkte Fidelma: «Wir haben einen schartigen Schnitt, der fast wie ein Riß aussieht und vom linken Ohr bis zur Kehle reicht; ein zweiter Schnitt verläuft vom rechten Ohr bis zur Kehle, so daß beide zusammen unter dem Kinn fast ein ‹V› bilden. Seid Ihr der gleichen Ansicht?»

Eadulf nickte langsam.

«Ja, Schwester. Es scheinen zwei verschiedene Schnitte zu sein.»

«Ich kann keine weiteren Verletzungen erkennen.»

«Um ihr diese Schnitte zufügen zu können, muß der Angreifer den Kopf der Äbtissin – vielleicht an den Haaren – nach hinten gerissen haben. Dann hat er ihr neben dem Ohr in den Hals gestochen und das gleiche auf der anderen Seite wiederholt.»

Schwester Fidelma nickte nachdenklich.

«Das Messer kann nicht besonders scharf gewesen sein. Das Fleisch sieht eher eingerissen als sauber zerschnitten aus. Es muß eine kräftige Person gewesen sein.»

Bruder Eadulf lächelte schwach.

«Dann können wir ja alle Schwestern als Verdächtige ausschließen.»

Fidelma zog die Augenbrauen hoch.

«Bis jetzt können wir niemanden ausschließen. Körperkraft ist ebensowenig den Männern vorbehalten wie Klugheit.»

«Also gut. Aber die Äbtissin muß ihren Angreifer gekannt haben.»

«Woraus folgert Ihr das?»

«Es gibt kein Anzeichen eines Kampfes. Schaut Euch in der Zelle um. Alles steht an seinem Platz. Nichts ist in Unordnung geraten. Und die Kopfbedeckung der Äbtissin hängt noch ordentlich am Kleiderhaken. Wie Ihr wißt, ist es bei den Schwestern Brauch, den Schleier nicht vor Fremden abzunehmen.»

Schwester Fidelma mußte eingestehen, daß Bruder Eadulf eine gute Beobachtungsgabe besaß.

«Ihr meint, Äbtissin Étain habe ihre Kopfbedeckung abgenommen, ehe oder während der Mörder in ihre Zelle kam? Soll das heißen, sie hat den Täter gut genug gekannt, um den Schleier abzunehmen?»

«Genau.»

«Doch was, wenn der Mörder die Zelle betrat, ehe sie wußte, wer es war? Wenn sie keine Zeit hatte, nach ihrem Schleier zu greifen, weil sie sofort überfallen wurde?»

«Eine Möglichkeit, die ich bereits ausgeschlossen habe.»

«Wieso?»

«Weil es dann irgendein Anzeichen für einen Kampf geben müßte. Hätte die Äbtissin einem Fremden gegenübergestanden, hätte sie als erstes versucht, nach ihrer Kopfbedeckung zu greifen. Und wenn er sie bedroht hätte, hätte sie sich zur Wehr gesetzt. Aber in ihrer Zelle ist alles ordentlich und aufgeräumt. Das einzige, was den friedlichen Anblick stört, ist die Äbtissin selbst, die mit aufgeschlitzter Kehle auf ihrer Schlafstatt liegt.»

Schwester Fidelma preßte die Lippen zusammen. Eadulf hatte recht. Er hatte einen scharfen Blick.

«Das klingt logisch», erwiderte sie nach einigem Nachdenken, «aber nicht völlig überzeugend. Darüber, ob die Äbtissin den Angreifer kannte, würde ich lieber noch kein abschließendes Urteil fällen. Aber es spricht vieles zu Euren Gunsten.» Sie drehte sich zu ihm um und sah ihm ins Gesicht. «Ihr sagtet, Ihr seid ein Medikus?»

Eadulf schüttelte den Kopf. «Nein. Ich habe zwar am Kollegium der Medizin in Tuaim Brecain studiert und kenne mich mit vielem aus, bin aber nicht in alle Künste der Ärzte eingeweiht.»

«Verstehe. Dann werdet Ihr wohl sicherlich nichts dagegen haben, wenn wir Äbtissin Hilda bitten, Étains Leiche ins *mortuarium* bringen und von dem Medikus ihrer Abtei untersuchen zu lassen – nur für den Fall, daß es Verletzungen gibt, die wir übersehen haben?»

«Ich habe nichts dagegen», bestätigte Eadulf.

Fidelma nickte geistesabwesend. «Ich bezweifle, daß es im Augenblick noch irgend etwas gibt, was uns dieser Ort verraten könnte ...» Sie hielt inne und beugte sich zum Boden. Als sie sich wieder aufrichtete, hielt sie ein Büschel goldener Haare in der Hand.

«Was ist das?» fragte Eadulf.

«Die Bestätigung Eurer Vermutung», erwiderte Fidelma knapp. «Ihr sagtet doch, der Täter habe von hinten Étains Haar gefaßt und ihren Kopf zurückgehalten, während er ihr die Kehle durchschnitt. Dabei hätte er ihr sicherlich einige Haare ausgerissen. Hier haben wir die Haare, die der Angreifer fallen ließ, ehe er eilig aus der Zelle floh.»

Fidelma sah sich noch einmal in der kleinen Kammer um. Sorgfältig glitten ihre Augen über jeden Gegenstand, damit ihr ja nichts Bedeutsames entging. Dennoch beschlich sie das unerklärliche Gefühl, irgend etwas Wichtiges übersehen zu haben. Sie ging zu dem kleinen Tisch und betrachtete Étains wenige persönliche Dinge. Ein kleines Meßbuch gehörte dazu. Das Kruzifix war ihr einziger Schmuck. Und Fidelma hatte bereits gesehen, daß sie ihren Äbtissinnenring noch am Finger trug. Wieso hatte sie das Gefühl, daß trotzdem irgend etwas fehlte?

«Es gibt wenig, was darauf hindeuten könnte, wer der Schurke war, Schwester», unterbrach Eadulf ihre Gedanken. «Einen Raubmord aus Habgier können wir allerdings ausschließen», fügte er hinzu und deutete auf Ring und Kruzifix.

«Einen Raubmord?» Sie mußte gestehen, daß sie daran wohl als allerletztes gedacht hätte. «Wir befinden uns in einem Hause Gottes.»

«Es wäre nicht das erste Mal, daß ein Bettler oder Dieb in eine Abtei eingebrochen wäre», erklärte Eadulf. «Aber in diesem Fall gibt es dafür keinerlei Anzeichen.»

«Der Schauplatz einer solchen Untat ist wie ein Stück Pergament, auf dem der Übeltäter unweigerlich Spuren hinterlassen muß», entgegnete Fidelma. «Die

Spuren sind da. Es liegt an uns, sie zu entdecken und richtig zu deuten.»

«Die einzige Spur ist die Leiche der Äbtissin», sagte Bruder Eadulf leise.

Fidelma strafte ihn mit einem vernichtenden Blick. «Immerhin etwas, das es zu deuten gilt.»

Bruder Eadulf biß sich auf die Lippe.

Als er am Vorabend im Kreuzgang zufällig mit ihr zusammengestoßen war, hätte er schwören können, einen Augenblick tiefer Verbundenheit zwischen ihnen verspürt zu haben. Jetzt war es so, als hätte diese Begegnung nie stattgefunden. Schwester Fidelma war eine Fremde, die ihm feindlich gesonnen war.

Andererseits, so sagte er sich, brauchte er sich über ihre Feindseligkeit nicht zu wundern. Sie war eine Anhängerin Columbans, während er sich allein schon durch seine *corona spinea* als Vertreter Roms zu erkennen gab. Und die Spannungen zwischen den in der Abtei versammelten Parteien waren für niemanden zu übersehen.

Ein rauhes Hüsteln auf dem Flur vor der Zelle unterbrach seine Gedanken. Erschrocken wandten sich Fidelma und Eadulf zur offenen Tür. Eine ältere Glaubensschwester stand auf der Schwelle.

«Pax vobiscum», grüßte sie. «Seid Ihr Fidelma von Kildare?»

Fidelma nickte.

«Ich bin Schwester Athelswith, *domina* des *domus hospitale* von Streoneshalh.» Sie hielt den Blick fest auf Fidelma gerichtet, um nicht zum Bett schauen zu müssen, wo noch immer Étains Leiche lag. «Äbtissin Hilda sagte, Ihr könntet möglicherweise mit mir sprechen wollen, weil ich für die Beherbergung sämtlicher Gäste während der Synode zuständig bin.»

«Ausgezeichnet», schaltete sich Bruder Eadulf ein, nicht ohne dafür einen weiteren mißbilligenden Blick von Fidelma zu ernten. «Ihr seid genau die Frau, mit der wir uns unterhalten sollten ...»

«Aber nicht sofort», unterbrach ihn Fidelma gereizt. «Zuerst, Schwester Athelswith, möchten wir, daß der Medikus Eurer Abtei so bald wie möglich den Leichnam unserer armen Schwester untersucht. Und wenn die Untersuchung abgeschlossen ist, möchten wir mit dem Medikus sprechen.»

Schwester Athelswiths Blick wanderte unruhig zwischen Fidelma und Eadulf hin und her.

«Also gut», sagte sie schließlich widerwillig. «Ich werde Bruder Edgar, unseren Medikus, sofort benachrichtigen.»

«Und wenn wir hier fertig sind, treffen wir Euch am Nordtor der Abtei.»

Die ältere Schwester betrachtete noch immer unentschlossen abwechselnd Fidelma und den jungen sächsischen Mönch. Fidelma war verärgert über ihre Zögerlichkeit.

«Es ist Eile geboten, Schwester Athelswith», sagte sie scharf.

Die Verwalterin des Gästehauses nickte unsicher und machte sich auf den Weg.

Schwester Fidelma wandte sich zu Eadulf um. Ihre Gesichtszüge waren beherrscht, aber die grünen Augen funkelten wütend. «Ich bin es nicht gewohnt ...», begann sie, doch Eadulf entwaffnete sie mit einem Grinsen. «... mit jemandem zusammenzuarbeiten? Ja, das kann ich verstehen. Das gleiche gilt für mich. Ich finde, wir sollten einen Weg finden, unsere Ermittlungen ohne weitere Reibereien durchzuführen. Wir sollten entscheiden, wer diese Untersuchung leitet.»

Fidelma sah den Sachsen überrascht an. Sie rang nach Worten, um ihrer Wut Luft zu machen, doch fielen ihr nur zusammenhanglose Sätze ein.

«Da wir uns im Land der Sachsen befinden, wäre es vielleicht sinnvoll, wenn ich die Verantwortung übernehme», fuhr Eadulf fort, ohne den Sturm zu beachten, der jeden Augenblick loszubrechen drohte. «Schließlich kenne ich das Gesetz, die Sitten und die Sprache dieses Landes.»

Fidelma preßte die Lippen zusammen und versuchte, sich zu beherrschen, während sie sich das Hirn nach einer passenden Antwort zermarterte.

«Ich möchte keineswegs bestreiten, daß Ihr die genannten Kenntnisse besitzt. Und doch hat König Oswiu mit ausdrücklicher Billigung von Hilda, Äbtissin dieses Hauses, und Colmán, Bischof von Northumbrien, vorgeschlagen, daß *ich* diese Untersuchung durchführe. Ihr wurdet nur aus politischen Gründen hinzugezogen, um jeden Zweifel an der Ausgewogenheit meiner Arbeit zu zerstreuen.»

Bruder Eadulf zeigte sich nicht gekränkt. Er lachte nur.

«Aus welchen Gründen ich auch immer hinzugezogen wurde, Schwester, ich bin nun einmal da, und diese Tatsache könnt auch Ihr nicht leugnen.»

«Da wir uns offenbar nicht einigen können, sollten wir unverzüglich zu Äbtissin Hilda gehen und fragen, wer von uns die Untersuchungen leiten soll.»

Mehrere Sekunden lang trafen sich die Blicke von Bruder Eadulfs warmen, braunen und Fidelmas grün funkelnden Augen. Sie starrten sich herausfordernd an.

«Vielleicht», entgegnete Eadulf schließlich, «vielleicht aber auch nicht.» Sein Gesicht verzog sich zu einem Grinsen. «Warum sollten wir nicht selbst zu einer Übereinkunft gelangen?»

«Weil es den Anschein hat, als hättet Ihr schon entschieden, daß Ihr die Verantwortung übernehmen solltet», erwiderte Fidelma kühl.

«Ich werde Euch entgegenkommen. Wir bringen beide unterschiedliche Fähigkeiten und Erfahrungen mit. Versuchen wir doch, ohne Vorherrschaft des einen über den anderen auszukommen.»

Fidelma wurde klar, daß der sächsische Mönch vielleicht nur ihre Entschlossenheit und ihr Selbstvertrauen auf die Probe stellen wollte.

«Das wäre ein logischer Schluß», räumte sie zögernd ein. «Aber um zusammenarbeiten zu können, sollte man Verständnis füreinander haben und wissen, wie der andere denkt.»

«Die beste Möglichkeit, dieses Verständnis zu gewinnen, besteht darin, zusammenzuarbeiten und den anderen kennenzulernen. Wollen wir es versuchen?»

Schwester Fidelma schaute in die tiefbraunen Augen des sächsischen Mönchs und spürte, daß sie errötete. Wieder empfand sie die seltsame Erregung, die schon während ihrer Begegnung am Vorabend ihren gesamten Körper ergriffen hatte.

«Also gut», antwortete sie kühl, «wir werden es versuchen. Wir werden unsere Ideen und unser Wissen teilen und alle Schritte miteinander abstimmen. Aber jetzt sollten wir zum Nordtor gehen und uns mit Schwester Athelswith treffen. Ich finde es hier drinnen sehr bedrükkend und würde gern unter freiem Himmel sein und den Seewind auf meinen Wangen spüren.»

Ohne einen weiteren Blick auf die Zelle oder die tote Étain ging Fidelma hinaus. Nur wenn sie alle ihre Gedanken auf die Aufklärung des Mords richtete, könnte sie zumindest vorübergehend ihre Trauer überwinden.

¶ Am Nordtor des Klosters hatte sich eine große Menschenmenge versammelt. Ringsherum waren Marktbuden aufgebaut, an denen die örtlichen Kaufleute sich anschickten, aus der Zusammenkunft berühmter Kirchenführer und Prinzen der verschiedensten Königreiche Britanniens einen hübschen Gewinn zu schlagen.

Eine johlende Menge hatte sich um einen Bettler geschart, der, seiner Stimme und seinem Äußeren nach zu urteilen, aus Irland stammte. Die Leute verhöhnten ihn, während der Bettler düstere Prophezeiungen ausstieß. Fidelma schüttelte den Kopf, als sie erkannte, daß es der gleiche Mann war, den sie am Vorabend von ihrem Fenster aus gesehen hatte.

Wo man auch hinging, stieß man derzeit auf Wahrsager und selbsternannte Propheten, die Katastrophen verkündeten und Schicksalsschläge heraufbeschworen. Eigentlich glaubte niemand wirklich an Prophezeiungen, es sei denn, sie waren so grausig, daß man sich so richtig vor ihnen fürchten konnte. Die Angst vor Vernichtung und Verdammnis zog die Menschen immer wieder in ihren Bann. Die menschliche Seele war unergründlich.

Eine Weile blieben Fidelma und Eadulf wartend stehen, dann saugte das Marktgeschehen auch sie in sich auf, und ehe sie sich's versahen, hatte die bunte Menschenmenge sie mit sich fortgetragen. Sie schlenderten zwischen den vielen Zelten und Buden hindurch, die vor den hohen Klostermauern von Streoneshalh wie Pilze aus dem Boden geschossen waren.

Die Luft war würzig und roch nach Salzwasser. Trotz der vorgerückten Stunde machten die Kaufleute ein gutes Geschäft. In der Menge, die rund um die Marktstände Zerstreuung suchte, befanden sich viele wohlhabende Edelmänner, Thane, Prinzen und Unterkönige. Jenseits des Marktes, auf beiden Seiten des Tales, durch das ein breiter Fluß zum Meer floß, ragten dunkle Berge in den Himmel. Auf ihren Hängen hatte man zahlreiche Zelte errichtet, deren Wimpel von der edlen Herkunft ihrer Bewohner kündeten.

Fidelma erinnerte sich, daß Bruder Taran ihr erzählt

hatte, die Synode habe nicht nur königliche Gesandte aus allen Königreichen der Angeln und Sachsen, sondern auch aus den Königreichen der Bretonen angezogen, die mit den Sachsen ständig im Krieg lagen. Eadulf erkannte mehrere Wimpel fränkischer Edelmänner, die eigens das Meer überquert hatten, um an der Synode teilzunehmen, und Fidelma sah Wimpel aus Dál Riada und den Ländern der Cruthin, welche die Sachsen Pikten nannten. Es mußte sich wahrhaftig um eine wichtige Debatte handeln, wenn sie so viele Nationen anzog. Oswiu hatte recht – die Entscheidung von Streoneshalh würde für die nächsten Jahrhunderte über die Zukunft des Christentums nicht nur in Northumbrien, sondern in allen sächsischen Königreichen bestimmen.

Ganz Witebia schien von einer fröhlichen Karnevalsstimmung erfaßt. Eine bunte Truppe aus fahrenden Spielleuten, Gauklern, Kaufleuten und Händlern drängte in die Stadt. Bruder Eadulf meinte, die Preise, die sie verlangten, seien unverschämt hoch, und jeder, der die Gastfreundschaft des Klosters genieße, könne sich glücklich schätzen.

An den Marktständen wechselten Gold- und Silbermünzen den Besitzer. Ein friesischer Kaufmann ergriff die Gelegenheit, seiner hochgestellten Kundschaft eine ganze Schiffsladung Sklaven zu verkaufen. Bauern, gewöhnliche Freie und andere Schaulustige verfolgten das Geschehen neugierig. Wie sie sehr wohl wußten, konnte es nur allzu rasch geschehen, daß eine ganze Familie sich durch die Wirren eines Krieges oder Bruderkrieges plötzlich in der Gefangenschaft wiederfand und von den Eroberern in die Sklaverei verkauft wurde.

Fidelma betrachtete das Geschehen mit unverhohlenem Widerwillen.

«Es macht mich beklommen, wenn ich sehe, daß Menschen wie Tiere verhökert werden.»

Zum erstenmal befand sich Eadulf mit ihr in völliger Übereinstimmung.

«Wir Christen predigen schon seit langem, daß es unrecht ist, wenn ein Mensch einen anderen Menschen als Eigentum besitzt. Wir sammeln sogar Geld, um Sklaven freizukaufen, von denen bekannt ist, daß sie Christen sind. Doch viele, die sich Christen nennen, sind gegen die Abschaffung der Sklaverei, und die Kirche hat es sich leider nicht zur Aufgabe gemacht, die Sklaverei zu beenden.»

Fidelma war erfreut, daß sie in dieser Hinsicht einer Meinung waren.

«Ich habe gehört, selbst Deusdedit, Euer sächsischer Erzbischof von Canterbury, habe gesagt, Sklaven würden in wohlhabenden Haushalten besser ernährt und untergebracht als freie Arbeiter und Bauern. Außerdem sei die Freiheit eines Bauern eher relativ als tatsächlich. Solche Ansichten wären bei einem irischen Bischof unvorstellbar. Bei uns ist die Sklaverei per Gesetz verboten.»

«Und doch haltet Ihr Geiseln, und es gibt Menschen, die Ihr als Unfreie bezeichnet», erwiderte Eadulf. Er hatte plötzlich das Gefühl, die sächsische Sklaverei verteidigen zu müssen, obwohl er sie ablehnte, einfach weil sie sächsisch war. Ihm gefiel nicht, daß eine Fremde mißbilligend über sein Land herzog und sich dabei so überlegen gab.

Fidelma errötete vor Zorn.

«Ihr habt in Irland studiert, Bruder Eadulf, und Ihr kennt unsere Sitten. Wir haben keine Sklaven. Wer unsere Gesetze übertritt, kann für einen bestimmten Zeitraum seine Rechte verlieren, aber er wird nicht aus der Gemeinschaft ausgeschlossen. Er wird lediglich gezwungen, zum Wohle des Volkes zu arbeiten, bis sein Verbrechen gesühnt ist. Einige Unfreie bestellen sogar ihr eigenes Land und bezahlen Steuern. Geiseln und Kriegsgefangene bleiben so lange bei uns und arbeiten für die Gemeinschaft, bis ein Tribut oder Lösegeld bezahlt worden ist. Doch wie Ihr sehr gut wißt, Eadulf, werden bei uns selbst die niedrigsten der Unfreien als vernunftbegabte Wesen behandelt, als Menschen mit Rechten und Gefühlen, nicht bloß als bewegliches Eigentum, wie bei Euch in Sachsen die Sklaven.»

Bruder Eadulf öffnete den Mund, um zur wütenden Verteidigung einer Sitte anzusetzen, die er im Grunde zutiefst verabscheute.

«Bruder Eadulf! Schwester Fidelma!»

Eine atemlose Stimme unterbrach ihr Gespräch.

Sie wandten sich um. Als sie Schwester Athelswith keuchend herannahen sah, bekam Fidelma ein schlechtes Gewissen.

«Ich dachte, wir wollten uns am Nordtor treffen», stieß die Schwester atemlos hervor.

«Es tut mir leid», sagte Fidelma zerknirscht. «Wir haben uns wohl vom bunten Markttreiben ablenken lassen.» Schwester Athelswith verzog tadelnd das Gesicht.

«Ihr tätet gut daran, diesen Sündenpfuhl zu meiden, Schwester. Doch da Ihr in der Gegend fremd seid, kann ich auch verstehen, daß unsere northumbrischen Märkte Euch vielleicht noch etwas Neues bieten können.»

Sie drehte sich um und führte sie aus dem Teil des Klostergeländes, das für den Markt zur Verfügung gestellt worden war. Gemeinsam gingen sie östlich auf den Kamm der dunklen Klippen zu, die den Hafen von Witebia überragten. Die Sonne stand bereits tief am westlichen Himmel, und die Schatten wurden immer länger.

«Nun, Schwester Athelswith ...», begann Fidelma. Aber die *domina* des Gästehauses unterbrach sie mit noch immer atemloser Stimme.

«Ich war bei Bruder Edgar, unserem Medikus. Er wird noch in dieser Stunde die Autopsie vornehmen.»

«Gut», nickte Bruder Eadulf zufrieden. «Ich bezweifle zwar, daß er noch etwas finden wird, was uns entgangen ist, aber es ist stets das beste, wenn die Leiche sorgfältig untersucht wird.»

«Als Verwalterin des Gästehauses», ergriff Fidelma das Wort, «weist Ihr den Gästen ihre *cubicula* zu. Verfahrt Ihr dabei nach bestimmten Regeln?»

«Viele unserer Gäste haben rund um das Kloster ihre Zelte aufgeschlagen. Trotzdem sind unsere Schlafsäle überfüllt. Die *cubicula* sind ganz besonderen Gästen vorbehalten.»

«Und Ihr habt Äbtissin Étain ihre Kammer zugewiesen?»

«Jawohl.»

«Auf welcher Grundlage?»

Schwester Athelswith blinzelte verwirrt.

«Ich verstehe Eure Frage nicht.»

«Gab es irgendwelche besonderen Gründe, Étain von Kildare gerade in diesem *cubiculum* unterzubringen?»

«Nein. Die Kammern werden den Gästen nach ihrem Rang zugeteilt. Bischof Colmán zum Beispiel bat darum, daß man Euch wegen Eures Ranges ebenfalls ein *cubiculum* gibt.»

«Ich verstehe. Und wer hatte die beiden *cubicula* neben der Äbtissin?»

Schwester Athelswith brauchte nicht lange nachzudenken.

«Auf der einen Seite Äbtissin Abbe von Coldingham, auf der anderen Bischof Agilbert, der Franke.»

«Also eine überzeugte Verfechterin der Kirche Columbans», sagte Bruder Eadulf, «und ein erklärter Anhänger Roms.»

Fidelma hob die Augenbrauen und sah ihn fragend an. Eadulf zuckte mit den Achseln.

«Ich sage dies nur, Schwester Fidelma, falls Ihr nach pro-römischen Schuldigen sucht.»

«Ich suche nach der Wahrheit, Bruder», entgegnete Fidelma gereizt und wandte sich dann wieder der sichtlich verwirrten Athelswith zu: «Wird irgendwie festgehalten, wer die *cubicula* Eurer Gäste besucht? Oder kann jedermann nach Gutdünken das Gästehaus betreten und auch wieder verlassen?»

Schwester Athelswith hob die Schultern.

«Warum sollten wir so etwas festhalten? Im Hause Gottes kann jeder nach Belieben kommen und gehen.»

«Männer und Frauen?»

«Streoneshalh ist ein Doppelhaus. Männer und Frauen dürfen einander in ihren *cubicula* besuchen, wann immer sie wollen.»

«Ihr habt also keine Kenntnis davon, wer die Äbtissin Étain in ihrer Kammer besucht hat?»

«Was den heutigen Tag betrifft, weiß ich von sieben Besuchern», antwortete die ältere Schwester selbstzufrieden.

Fidelma versuchte, ihre Aufregung zu verbergen.

«Und wer waren diese sieben?» fragte sie betont ruhig.

«Bruder Taran, der Pikte, und Schwester Gwid, die Sekretärin der Äbtissin, kamen bereits am Morgen. Gegen Mittag erschienen Äbtissin Hilda und Bischof Colmán. Später verlangte dann ein Bettler, ein Landsmann von Euch, Schwester Fidelma, die Äbtissin zu sehen. Er machte ein solches Spektakel, daß er mit Gewalt fortgeschafft werden mußte. Es war der gleiche Bettler, der gestern morgen auf Befehl Äbtissin Hildas ausgepeitscht worden war, weil er die Ruhe des Klosters gestört hatte.»

Sie hielt inne.

«Ihr habt von sieben Personen gesprochen», drängte Schwester Fidelma sanft.

«Fehlen noch die Brüder Seaxwulf und Agatho. Seaxwulf ist der Sekretär von Wilfrid von Ripon.»

«Und wer ist Agatho?»

Es war Eadulf, der darauf die Antwort wußte.

«Agatho ist ein Priester im Dienst des Abts von Icanho. Jemand hat ihn mir heute morgen als ziemlich eigenwilligen Burschen beschrieben.»

«Ein Mitglied der römischen Gesandtschaft also?» schloß Fidelma. Eadulf nickte kurz.

«Könnt Ihr ungefähr die Zeit benennen, wann diese Besucher bei der Äbtissin waren? Und wißt Ihr auch, wer als letzter bei ihr gewesen ist?»

Schwester Athelswith rieb sich die Nase, als könnte sie damit ihrem Gedächtnis auf die Sprünge helfen.

«Schwester Gwid ist am frühen Morgen dagewesen. Ich erinnere mich noch gut daran, denn Äbtissin Étain und sie standen an der offenen Tür des *cubiculum* und stritten sich heftig. Schließlich ist Schwester Gwid in Tränen ausgebrochen und an mir vorbei den Flur entlang in ihr *dormitorium* gerannt. Ein ziemlich überspanntes Mädchen. Ich nehme an, die Äbtissin hatte allen Grund, sie zu tadeln. Dann kam Bruder Taran. Äbtissin Hilda und Bischof Colmán trafen gemeinsam ein, und als die Glocke zum *prandium* läutete, begleiteten sie Äbtissin Étain ins Refektorium. Der Bettler tauchte nach dem Mittagessen auf. Um diese Zeit muß auch Bruder Seaxwulf dagewesen sein, aber ich bin mir nicht mehr sicher, ob es vor oder nach dem Mittagessen war. Der letzte Besucher, an den ich mich erinnere, war Bruder Agatho. Er kam am frühen Nachmittag.»

Fidelma hatte dem Bericht der älteren Frau mit einem leichten Schmunzeln gelauscht. Schwester Athelswith war offenbar recht übereifrig, was ihre Aufgaben als Verwalterin des Gästehauses betraf, und verfolgte ganz genau, wer ihr Refugium betrat.

«Dieser Agatho war also Eures Wissens nach der letzte, der Äbtissin Étain lebend gesehen hat?»

«Falls er tatsächlich der letzte Besucher war», sprang Eadulf in die Bresche.

Schwester Fidelma lächelte sanft.

«Natürlich.»

Schwester Athelswith machte ein unglückliches Gesicht.

«Ich habe nach Bruder Agatho keinen Besucher mehr gesehen», erwiderte sie schließlich mit fester Stimme.

«Könnt Ihr denn von dort aus, wo Ihr Euch aufhaltet, alle Besucher sehen?» wollte Eadulf wissen.

«Nur wenn ich in meinem *officium* bin», antwortete sie und errötete leicht. «Ich habe viel zu tun. *Domina* des Gästehauses zu sein, ist eine große Verantwortung. Für gewöhnlich beherbergen wir höchstens vierzig Pilger auf einmal. Ein Bruder und drei Schwestern stehen mir bei der Erledigung meiner Pflichten zur Seite. Wir müssen die *dormitoria* und *cubicula* sauberhalten, die Betten machen und darauf achten, daß unsere hochgestellten Besucher auch mit allem zufrieden sind. Deshalb bin ich oft im Gästehaus, um nachzusehen, ob auch alle Aufgaben erfüllt werden. Wenn ich jedoch in meinem *officium* bin, kann mir niemand entgehen, der ins Gästehaus geht oder es verläßt.»

Fidelma lächelte beruhigend. «Und das ist unser Glück.»

«Würdet Ihr einen Eid darauf schwören», drängte Eadulf weiter, «daß niemand sonst bei Äbtissin Étain gewesen ist?»

Schwester Athelswith schob trotzig das Kinn vor.

«Natürlich nicht. Wie ich schon sagte, bei uns steht es jedermann frei, zu kommen und zu gehen, wie es ihm beliebt. Ich kann nur bestätigen, daß die von mir genannten Personen bei der Äbtissin von Kildare gewesen sind.»

«Und wann und von wem wurde die Leiche entdeckt?»

«Ich selbst habe sie gefunden, und zwar heute abend um halb sechs.»

Fidelma zeigte offen ihr Erstaunen.

«Wie könnt Ihr Euch dieses Zeitpunkts so sicher sein?»

Schwester Athelswith schwoll sichtlich vor Stolz.

«Zu den Pflichten der *domina* des *domus hospitale* von Streoneshalh gehört auch das Zeitnehmen. Das heißt, ich muß dafür sorgen, daß unsere Klepsydra immer richtig geht.»

Bruder Eadulf runzelte verwirrt die Stirn.

«Eure was?»

«Klepsydra ist das griechische Wort für eine Wasseruhr», erklärte Fidelma und gönnte sich dabei einen leicht herablassenden Ton.

«Einer unserer Glaubensbrüder hat sie aus dem Osten mitgebracht», sagte Schwester Athelswith stolz. «Es ist ein Mechanismus, bei dem die Zeit durch das Auslaufen von Wasser gemessen wird.»

«Und wieso habt Ihr Euch ausgerechnet diesen Zeitpunkt gemerkt?» fragte Eadulf.

«Ich hatte gerade die Klepsydra überprüft, als ein Bote vom *sacrarium* zu mir kam, um mir mitzuteilen, daß die Versammlung eröffnet, die Äbtissin von Kildare jedoch nicht anwesend sei. Also ging ich in ihr *cubiculum*, um sie zu holen. Ich fand die Leiche und schickte sofort eine Botin zu Äbtissin Hilda. Nach unserer Klepsydra fehlte noch eine halbe Stunde zum Läuten der Abendglocke, eine Aufgabe, die ich als Zeitnehmerin von Streoneshalh ebenfalls zu versehen habe.»

«Das stimmt mit dem Zeitpunkt überein, zu dem die

Botin in die Versammlungshalle kam, um Äbtissin Hilda von dem Vorfall zu unterrichten», bestätigte Eadulf.

«Ich war ebenfalls dort», nickte Fidelma. «Und Ihr, Schwester Athelswith, habt nichts verändert? Étains Zelle blieb genauso, wie Ihr sie vorgefunden habt?»

Die *domina* des *domus hospitale* nickte mit Nachdruck.

«Ich habe nichts verändert.»

Schwester Fidelma biß sich nachdenklich auf die Lippe.

«Nun, die Schatten werden länger. Ich glaube, wir sollten in die Abtei zurückkehren», sagte sie und fügte nach einer kurzen Pause hinzu: «Und dann sollten wir Priester Agatho ausfindig machen und hören, was er zu sagen hat.»

In dem Augenblick kam aus der Richtung des Klosters eine Gestalt durch die Dämmerung auf sie zugeeilt. Es war einer der Klosterbrüder, ein gedrungener, mondgesichtiger junger Mann.

«Ah, Bruder, Schwestern! Äbtissin Hilda hat mich geschickt, um Euch zu suchen.»

Er blieb stehen, um Atem zu schöpfen.

«Was gibt es?» fragte Fidelma.

«Ich soll Euch sagen, daß Äbtissin Étains Mörder gefunden ist und bereits hinter Schloß und Riegel sitzt.»

betrat Fidelma das Gemach der Äbtissin. Hilda von Witebia saß am Kamin. Vor ihr stand ein großer Bursche mit blondem Haar und einer Narbe im Gesicht, in dem Fidelma sofort den jungen Mann erkannte, den Bruder Taran ihr im *sacrarium* gezeigt hatte: Alhfrith, Oswius erstgeborenen Sohn. Als sie ihn jetzt von nahem sah, dachte sie sofort, daß die Narbe gut zu ihm paßte, denn seine Gesichtszüge waren zwar nicht häßlich, wirkten aber auf merkwürdige Weise grausam. Vielleicht lag es daran, daß seine Lippen auffallend schmal waren und seine Augen eisblau, kalt und leblos aussahen – wie die Augen einer Leiche.

«Das ist Alhfrith von Deira», stellte die Äbtissin ihren Besucher vor.

Bruder Eadulf verbeugte sich tief, wie es die Art der Sachsen war, wenn sie ihren Prinzen gegenübertraten. Fidelma hingegen blieb aufrecht stehen und schenkte ihm nicht mehr als ein kurzes, ehrerbietiges Nicken. Anders hätte sie es auch nicht getan, wenn sie einem Provinzkönig in Irland begegnet wäre, denn ihr Rang berechtigte sie, selbst mit dem Hochkönig auf gleicher Stufe zu verkehren.

Alhfrith streifte Schwester Fidelma mit einem kurzen, gleichgültigen Blick und wandte sich dann auf sächsisch an Bruder Eadulf. Fidelma konnte nur wenig Sächsisch, und Alhfrith sprach so schnell und mit einem so breiten Akzent, daß sie kaum etwas verstand. Sie hob eine Hand und unterbrach den Thronerben von Northumbrien.

«Es wäre sicherlich besser», sagte sie auf lateinisch, «wenn wir uns auf eine Sprache einigen könnten, die wir alle beherrschen. Ich kann kein Sächsisch. Wenn wir keine gemeinsame Sprache finden, käme Euch, Bruder Eadulf, die Aufgabe zu, für mich zu dolmetschen.»

Alhfrith hielt in seinem Redefluß inne und machte

durch seinen Gesichtsausdruck mehr als deutlich, daß er es nicht gewohnt war, unterbrochen zu werden.

Äbtissin Hilda unterdrückte ein Lächeln.

«Da Alhfrith kein Lateinisch kann», sagte sie, «schlage ich vor, daß wir miteinander Irisch sprechen. Ich denke, das ist eine Sprache, derer wir alle mächtig sind.»

Mit zusammengezogenen Augenbrauen wandte sich Alhfrith an Fidelma.

«Columbans Mönche haben mich ein wenig Irisch gelehrt, als sie unserem Land das Christentum brachten. Wenn Ihr kein Sächsisch könnt, werde ich eben Irisch sprechen.» Er sprach langsam und mit einem starken Akzent, aber seine Kenntnisse reichten aus, um sich verständlich zu machen.

Mit einer Handbewegung forderte Fidelma ihn auf fortzufahren. Verärgert mußte sie jedoch feststellen, daß er sich wieder Eadulf zuwandte, um seine Worte an ihn zu richten.

«Es gibt keinen Grund mehr, Eure Untersuchung fortzusetzen. Der Übeltäter sitzt hinter Schloß und Riegel.»

Bruder Eadulf wollte gerade antworten, als Schwester Fidelma ihm das Wort abschnitt.

«Und werdet Ihr uns auch verraten, wer dieser Übeltäter ist?»

Alhfrith blinzelte erstaunt. Sächsische Frauen kannten den ihnen gebührenden Platz. Aber er hatte schon mehrfach Bekanntschaft mit der Kühnheit irischer Frauen geschlossen. Nicht zuletzt war Fin, seine Stiefmutter, eine Beispiel für die Anmaßung der Irinnen gewesen, sich den Männern ebenbürtig zu fühlen. Er unterdrückte die scharfe Erwiderung, die ihm auf den Lippen lag, und beschränkte sich darauf, Fidelma strafend anzusehen.

«Aber gewiß doch. Es ist ein Bettler aus Irland. Er nennt sich Canna, Sohn Cannas.»

Fidelma hob fragend die Augenbrauen.

«Und wie habt Ihr ihn entdeckt?»

Bruder Eadulf fühlte sich bei ihrem herausfordernden Tonfall sichtlich unwohl. Zwar hatte er in ihrem Heimatland mit der selbstbewußten Art der irischen Frauen Bekanntschaft geschlossen, doch wenn er ihr in seinem eigenen Land begegnete, löste sie bei ihm stets Unbehagen aus.

«Das war ganz einfach», erwiderte Alhfrith kühl. «Der Mann ist überall herumgelaufen und hat den Leuten erzählt, wann und auf welche Weise Äbtissin Étain ermordet werden würde. Entweder ist er ein großer Hexenmeister, oder er muß der Mörder sein. Als christlicher König, der sich zur Kirche Roms bekennt, glaube ich nicht an Hexerei», sagte er mit Nachdruck. «Den genauen Zeitpunkt des Todes konnte nur der voraussagen, der auch vorhatte, das Verbrechen zu begehen.»

Eadulf nickte zögernd, doch Fidelma sah den sächsischen Prinzen zweifelnd an.

«Gibt es Zeugen dafür, daß er die genaue Stunde des Mordes an Äbtissin Étain vorausgesagt hat?»

Mit großer Geste zeigte Alhfrith auf Äbtissin Hilda.

«Da habt ihr eine Zeugin, die über jeden Zweifel erhaben ist.»

Schwester Fidelma musterte die Äbtissin fragend.

Hilda wirkte überrascht und errötete leicht.

«Es stimmt, daß dieser Bettler mich gestern morgen aufsuchte und voraussagte, daß heute in der Abtei Blut fließen würde.»

«Genauere Angaben hat er nicht gemacht?»

Alhfrith schnaubte ärgerlich, als Hilda verneinen mußte.

«Er sagte nur, daß an dem Tag, an dem sich die

Sonne am Himmel verfinsterte, Blut die Steine der Abtei beflecken würde. Ein gelehrter Bruder aus Iona hat mir erklärt, daß es heute nachmittag zu einer Sonnenfinsternis kam, weil der Mond zwischen uns und die Sonne trat.»

«Hat er vorausgesagt, daß es Äbtissin Étains Blut sein würde, und hat er den genauen Zeitpunkt ihres Todes prophezeit?» hakte Fidelma nach.

«Nicht in meiner Gegenwart ...», begann Äbtissin Hilda.

«Aber es gibt andere Zeugen, die genau das beschwören werden», fiel Alhfrith ihr ins Wort. «Wollt Ihr mein Wort in Frage stellen?»

Mit einem entwaffnenden Lächeln wandte sich Schwester Fidelma an den sächsischen König. Nur bei genauer Betrachtung hätte man bemerkt, wie falsch dieses Lächeln war.

«Euer Wort ist kein Beweis im rechtlichen Sinne, Alhfrith von Deira. Selbst unter sächsischem Gesetz muß es für eine Missetat unmittelbare Beweise geben, die nicht bloß auf Hörensagen oder Mutmaßungen beruhen. Wenn ich Euch richtig verstehe, berichtet Ihr uns nur, was andere Euch gesagt haben. Ihr habt diesen Zeugen nicht selbst vernommen.»

Alhfrith errötete. Offenbar wußte er nicht, was er darauf erwidern sollte.

In diesem Augenblick ergriff Bruder Eadulf zum erstenmal das Wort.

«Schwester Fidelma hat recht. Niemand hat Euer Wort in Frage gestellt, weil Ihr kein Zeuge seid und daher auch nicht bestätigen könnt, was dieser Mann gesagt hat.»

Fidelma verbarg ihr freudiges Erstaunen darüber, daß der sächsische Mönch für sie in die Bresche sprang. Sie wandte sich zu Äbtissin Hilda um.

«An unserem Auftrag, in dieser Angelegenheit zu ermitteln, hat sich nichts geändert, Mutter Oberin, außer daß wir jetzt einen Verdächtigen haben. Seht Ihr das nicht auch so?»

Äbtissin Hilda stimmte zu, auch wenn es ihr sichtlich unangenehm war, sich gegen ihren jungen Verwandten stellen zu müssen.

Alhfrith stöhnte verärgert auf. «Das ist die reinste Zeitverschwendung. Die Irin wurde von einem ihrer Landsleute getötet. Je eher diese Nachricht verkündet wird, desto besser. Zumindest wird es den Gerüchten und ungerechtfertigten Anschuldigungen ein Ende setzen, daß sie von einem Anhänger Roms getötet wurde, damit sie bei der Eröffnung der Synode nicht das Wort ergreifen kann.»

«Wenn diese Nachricht der Wahrheit entspricht, wird sie auch verkündet werden», versicherte ihm Fidelma. «Erst einmal müssen wir jedoch klären, ob es sich überhaupt um die Wahrheit handelt.»

«Vielleicht», beeilte sich Bruder Eadulf hinzuzufügen, als der sächsische Prinz drohend die Stirn runzelte, «könnt Ihr uns sagen, wer die Zeugen sind und unter welchen Umständen der Verdächtige verhaftet wurde?»

Alhfrith zögerte.

«Wulfric, einer meiner Thane, hörte, wie der Mann auf dem Markt damit prahlte, er habe Étains Tod vorausgesagt. Er fand drei Leute, die bereit sind, unter Eid auszusagen, sie hätten den Bettler Étains Tod prophezeien hören, noch ehe ihre Leiche entdeckt worden war. Der Bettler wurde festgenommen und muß mit dem Tod auf dem Scheiterhaufen rechnen, weil er es wagte, Gottes Gesetz zu verhöhnen und sich als allwissender Prophet auszugeben.»

Fidelma sah Alhfrith von Deira offen ins Gesicht.

«Ihr habt den Mann bereits verurteilt, ehe er überhaupt gehört worden ist?»

«Ich habe ihn gehört, und ich habe ihn zum Tod durch das Feuer verurteilt!» versetzte Alhfrith.

Schwester Fidelma öffnete den Mund, um zu widersprechen, doch Eadulf schnitt ihr das Wort ab.

«Das steht in Übereinstimmung mit unseren Sitten und Gesetzen, Fidelma.»

Fidelmas Augen waren kalt.

«Ausgerechnet Wulfric», sagte sie mit gepreßter Stimme. «Ich habe diesen Wulfric von Frihop bereits auf dem Weg nach Streoneshalh kennengelernt. Er hat einen Bruder Columbans einzig und allein zu seinem Vergnügen an einem Straßenbaum aufgeknüpft. Gegen einen Einwohner unseres Landes und einen Anhänger unseres Glaubens würde er wahrlich einen guten Zeugen abgeben.»

Alhfrith riß die Augen auf, und sein Mund öffnete sich, aber es kam kein Laut heraus. Fidelmas Unverfrorenheit hatte ihm die Sprache verschlagen.

Äbtissin Hilda hatte sich unruhig von ihrem Stuhl erhoben. Selbst Bruder Eadulf wirkte verstört.

«Schwester Fidelma!» Hilda war die erste, die ihre Sprache wiederfand. «Ich weiß, daß es Euch mitgenommen hat, Bruder Aelfric von Lindisfarne tot an einem Baum hängen zu sehen, doch wie ich Euch schon sagte, die Sache wird untersucht.»

«Schön», erwiderte Fidelma. «Allerdings wird sich diese Untersuchung unweigerlich auf die Glaubwürdigkeit eines Zeugen namens Wulfric stützen, obwohl der Than von Frihop in dieser Sache kaum als zuverlässig gelten kann. Ihr habt noch drei andere Zeugen genannt. Sind sie unabhängig, oder hat der Than sie sich durch Drohung oder Bestechung gefügig gemacht?»

Als Alhfrith die Bedeutung ihrer Frage begriff, verfinsterte sich sein Gesicht, und seine Augen funkelten vor Zorn.

«Ich habe nicht die Absicht, hierzubleiben und mich von einer ... Frau beleidigen zu lassen, ganz egal, welchen Rang sie bekleidet», fauchte er. «Stünde sie nicht unter dem besonderen Schutz meines Vaters, würde ich sie für ihre Frechheit auspeitschen lassen. Und was den irischen Bettler betrifft, wird er morgen bei Tagesanbruch auf dem Scheiterhaufen brennen.»

«Ob er schuldig ist oder nicht?» gab Fidelma hitzig zurück.

«Er ist schuldig.»

«Hoheit», Bruder Eadulfs ruhige Stimme ließ den Vizekönig von Deira auf dem Weg zur Tür innehalten. «Hoheit, es mag ja sein, wie Ihr sagt, nämlich daß der Bettler schuldig ist. Aber wir sollten auf jeden Fall mit unserer Untersuchung fortfahren dürfen. Es handelt sich um eine Angelegenheit von höchster Wichtigkeit. Unser Auftrag kommt direkt vom König, Eurem Vater. Die Augen der Christenheit richten sich auf Witebia, und es steht viel auf dem Spiel. Die Schuld des Mörders muß ohne jeden Zweifel bewiesen sein, sonst kann es leicht geschehen, daß ein Krieg das Königreich verheert und Northumbrien Raub und Plünderung zum Opfer fällt. Nicht nur aus diesem Grund haben wir die Pflicht, Eurem Vater, dem König, zu gehorchen.»

Den letzten Satz hatte er besonders nachdrücklich gesprochen.

Alhfrith blieb stehen und blickte, Schwester Fidelma geflissentlich übersehend, erst Bruder Eadulf und dann Äbtissin Hilda an. «Ihr habt bis zur Morgendämmerung Zeit zu beweisen, daß der Bettler unschuldig ist ... Wenn Euch das nicht gelingt, wird er sterben. Und haltet die Frau im Zaum.» Er deutete auf Fidelma, ohne sie anzusehen. «Meine Geduld hat ihre Grenzen.»

Mit diesen Worten ging er hinaus und ließ die Tür laut hinter sich ins Schloß fallen.

Äbtissin Hilda sah Fidelma vorwurfsvoll an.

«Schwester, Ihr scheint zu vergessen, daß Ihr nicht in Eurem Land seid und wir andere Sitten und Gesetze haben.»

Schwester Fidelma senkte den Kopf.

«Ich werde mein Bestes tun, mich daran zu erinnern, und hoffe, daß Bruder Eadulf mir mit seinem Rat zur Seite stehen wird, wenn ich im Unrecht bin. Mein oberstes Ziel ist es jedoch, die Wahrheit zu ergründen. Der Wahrheit gebührt mehr Respekt als den Prinzen.»

Die Äbtissin seufzte tief. «Ich werde König Oswiu über die neuesten Entwicklungen unterrichten. In der Zwischenzeit mögt Ihr mit Eurer Untersuchung fortfahren. Aber denkt daran, Alhfrith ist König von Deira, der Provinz, zu der nun einmal auch diese Abtei gehört, und das Wort eines Königs ist und bleibt Gesetz.»

¶ Im Gang vor dem Gemach der Äbtissin blieb Bruder Eadulf stehen und sah Fidelma an. In seinem Lächeln lag auch ein gewisses Maß an Bewunderung.

«Äbtissin Hilda hat recht, Schwester. Bei unseren sächsischen Prinzen kommt Ihr nicht weit, wenn Ihr ihre überlegene Stellung nicht anerkennt. Ich weiß, in Irland ist es anders, aber Ihr seid jetzt in Northumbrien. Jedenfalls habt Ihr dem jungen Alhfrith reichlich Stoff zum Nachdenken gegeben. Er scheint jedoch ein äußerst nachtragender junger Mann zu sein. Ihr tätet gut daran, Euch vorzusehen.»

Fidelma erwiderte sein Lächeln.

«Ihr müßt mir sagen, wenn ich etwas falsch mache, Bruder Eadulf. Aber es ist schwer, jemanden wie Alhfrith zu mögen.»

«Könige und Prinzen kommen nicht auf den Thron, um gemocht zu werden», erwiderte Eadulf. «Welchen Schritt wollt Ihr als nächstes unternehmen?»

«Ich würde gern mit dem Bettler sprechen», erwiderte sie prompt. «Wollt Ihr zu dem Medikus gehen, um seinen Bericht über die Autopsie entgegenzunehmen, oder möchtet Ihr mich begleiten?»

«Ich habe das Gefühl, daß Ihr mich brauchen könntet», antwortete Eadulf ernst. «Ich traue diesem Alhfrith nicht.»

Kurz darauf trafen sie Schwester Athelswith, die ihnen berichtete, Bruder Edgar habe die Untersuchung vorgenommen, aber nichts weiter gefunden. Die Leiche sei in die Katakomben der Abtei gebracht worden, um später dort bestattet werden zu können.

Schwester Athelswith war es auch, die sie hinunter ins *hypogeum* führte, wie sie das riesige unterirdische Gewölbe des Klosters nannte. Über eine steinerne Wendeltreppe gelangten sie in einen großen Kellerraum mit einer hohen Decke. Durch dunkle Torbögen konnte man von hier aus in weitere unterirdische Räume gelangen. Eine Öllampe in der zitternden Hand, ging Athelswith ihnen durch ein Labyrinth modrig riechender Gänge voraus, bis sie zu den Katakomben kamen, wo in langen Reihen von Steinsarkophagen die Toten der Abtei bestattet lagen. Der unverwechselbare und doch schwer zu beschreibende Geruch des Todes lag in der Luft.

Als sie plötzlich einen menschlichen Klagelaut hörten, blieb Athelswith wie angewurzelt stehen und vollführte eine hastige Kniebeuge.

Schwester Fidelma legte der furchtsamen *domina* eine Hand auf den Arm. «Das ist jemand, der um die Tote weint», sagte sie mit besänftigender Stimme.

Zögernden Schrittes führte Schwester Athelswith sie weiter voran.

Bald darauf wurde klar, woher das Schluchzen kam. In einer kleinen Nische im hinteren Teil der Katakomben brannten zwei Kerzen. Dort hatte man den Leichnam von Äbtissin Étain aufgebahrt. In ein schlichtes Totenhemd gekleidet, lag sie auf einer Steinplatte. Zu ihren Füßen kauerte Schwester Gwid. Ein ums andere Mal erhob sich das Mädchen schluchzend, warf sich auf den Boden und schrie: *«Domine miserere peccatrice!»*

Schwester Athelswith wollte zu ihr gehen, aber Fidelma hielt sie zurück.

«Lassen wir sie ruhig noch eine Weile mit ihrer Trauer allein.»

Die *domina* senkte den Kopf und führte sie weiter.

«Die arme Schwester ist völlig verzweifelt. Sie muß wirklich sehr an der Äbtissin gehangen haben», bemerkte sie nach einer Weile.

«Jeder von uns hat seine eigene Art zu trauern», erwiderte Fidelma.

Jenseits der Katakomben befand sich eine Reihe von Lagerräumen mit dem Weinkeller, auch *apotheca* genannt, in dem große, aus Franken, Gallien und Iberia eingeführte Fässer standen. Fidelma blieb stehen und kräuselte angewidert die Nase. Außer dem Geruch nach Wein durchdrangen noch andere Dünste die unterirdischen Räume.

«Wir befinden uns unmittelbar unter der großen Küche der Abtei, Schwester», erklärte Athelswith entschuldigend. «Die Gerüche ziehen durch die Mauern bis hier hinunter.»

Fidelma antwortete nicht darauf, sondern bedeutete der *domina* weiterzugehen. Nach einer Weile kamen sie zu einer Reihe kleiner Kammern, die, wie ihnen Schwester Athelswith erklärte, der Aufbewahrung von Vorräten dienten, unter besonderen Umständen jedoch auch als Gefängniszellen zum Einsatz kamen. Pechfackeln erleuchteten die grauen, kalten Wände.

In ihrem spärlichen Licht hockten zwei Männer und würfelten.

Schwester Athelswith sprach sie in gebieterischem Tonfall auf sächsisch an.

Die beiden Männer erhoben sich murrend, und einer von ihnen nahm einen Schlüssel von einem Haken.

Schwester Athelswith, deren Aufgabe erfüllt war, wandte sich um und verschwand in der Düsternis.

Der Mann wollte Eadulf gerade den Schlüssel geben, als sein Blick auf Fidelma fiel. Er grinste anzüglich und sagte etwas, das sein Gefährte offenbar sehr lustig fand.

In scharfem Ton wies Eadulf sie zurecht. Die beiden Krieger zuckten mit den Schultern, und der eine warf den Schlüssel auf den Tisch. Fidelma verstand genug Sächsisch, um zu begreifen, daß Eadulf sich nach den Namen der Zeugen erkundigte, die gegen den Verdächtigen aussagen würden. Der erste Krieger grunzte und nannte ein paar Namen, darunter den Wulfrics von Frihop. Dann kehrten sie zu ihrem Würfelspiel zurück und beachteten die beiden nicht weiter.

«Was hat er gesagt?» flüsterte Fidelma.

«Ich habe nach den Namen der Zeugen gefragt.»

«Das habe ich verstanden. Aber was hat er davor gesagt?»

Sichtlich verlegen zuckte Eadulf mit den Schultern. «Es waren die Worte eines Unwissenden», antwortete er ausweichend.

Fidelma drang nicht weiter in ihn, sondern sah schweigend zu, wie er die schwere Eichentür aufschloß.

In der winzigen, übelriechenden Zelle gab es kein Licht.

Auf einem Bündel Stroh in einer Ecke saß ein Mann mit langem Haar und struppigem Bart. Man hatte ihn offenbar recht unsanft behandelt, denn sein Gesicht war von blauen Flecken übersät, und auf seinen zerlumpten Kleidern waren Blutflecken zu sehen.

Mit dunklen, stumpfen Augen blickte er zu Fidelma

auf, und ein Geräusch, das an ein Kichern erinnerte, gurgelte in seiner Kehle.

«Willkommen in meinem prächtigen Heim!» Er versuchte, spöttisch und zuversichtlich zu klingen, doch seine krächzende Stimme zitterte.

«Bist du Canna?» fragte Fidelma.

«Canna, der Sohn Cannas aus Ard Macha», bestätigte der Bettler. «Will mir die Kirche ihren Segen mit auf den Weg geben?»

«Deshalb sind wir nicht hier», erwiderte Bruder Eadulf scharf.

Der Bettler betrachtete ihn eingehend.

«Wen haben wir denn da? Einen sächsischen Bruder, und dazu noch einen, der sich zu Rom bekennt. Falls Ihr mich dazu bringen wollt, ein Geständnis abzulegen, kommt Ihr vergebens. Ich habe Äbtissin Étain nicht umgebracht.»

Fidelma sah auf die jämmerliche Gestalt hinunter.

«Wißt Ihr, weshalb man Euch anklagt?»

Canna schaute auf. Seine Augen weiteten sich, als er in der jugendlichen Schwester eine Landsmännin erkannte.

«Weil ich meine Kunst ausgeübt habe.»

«Was für eine Kunst sollte das sein?»

«Ich bin Astrologe. Durch die Deutung der Gestirne ist es mir möglich, Ereignisse vorauszusehen.»

Eadulf seufzte ungläubig.

«Ihr gebt also zu, daß Ihr den Tod der Äbtissin vorausgesagt habt?»

Der Mann nickte selbstzufrieden.

«Und das war nicht einmal besonders schwer. In Irland ist unsere Kunst uralt, wie Euch die gute Schwester hier bestätigen wird.»

Fidelma nickte zustimmend.

«Ja, unsere Astrologen besitzen die besondere Gabe ...»

«Das ist mehr als eine Gabe», unterbrach sie der Bettler. «Die Astrologie muß studiert werden wie jede andere Wissenschaft oder Kunst. Und ich habe viele Jahre damit zugebracht.»

«Nun gut», lenkte Fidelma ein. «In Irland gibt es die Kunst der Astrologie seit Menschengedenken. Früher gehörte die Deutung der Sterne zu den Vorrechten der Druiden, heute durchdringt sie das gesamte Leben, und viele Häuptlinge und Könige beginnen nicht einmal mit dem Bau eines neuen Hauses, ohne ein Horoskop erstellen und die günstigste Zeit für ein solches Unterfangen ermitteln zu lassen.»

Eadulf schnaubte verächtlich. «Behauptet Ihr etwa, daß Ihr Étains Tod aus einem Horoskop herausgelesen habt?»

«Genau das.»

«Und Ihr habt ihren Namen und die Stunde ihres Todes genannt?»

«Ja.»

«Und es gibt Leute, die Eure Prophezeiungen hörten, noch ehe Äbtissin Étain gestorben ist?»

«Ja.»

Eadulf starrte Canna ungläubig an.

«Und dennoch schwört Ihr, sie nicht getötet oder irgendeinen Anteil an ihrem Tod gehabt zu haben?»

Canna schüttelte den Kopf.

«Ich bin unschuldig. Darauf schwöre ich tausend Eide.»

Eadulf wandte sich an Fidelma.

«Ich bin ein einfacher Mann, der nur das glaubt, was er sieht. Deshalb meine ich, daß Canna der Mörder sein oder in den Mordplan eingeweiht gewesen sein muß. Kein Mensch kann die Zukunft voraussagen.»

Mit ernster Miene schüttelte Schwester Fidelma den Kopf.

«In unserem Volk ist die Wissenschaft der Astrologie weit fortgeschritten. Selbst einfache Leute kennen die Himmelserscheinungen und stellen im täglichen Leben einfache astronomische Beobachtungen an. Viele können die jeweilige Stunde der Nacht an der Stellung der Gestirne ablesen.»

«Aber vorauszusagen, daß die Sonne sich ausgerechnet in dem Augenblick am Himmel verfinstert ...», begann Eadulf.

«Das ist nun wirklich keine besondere Kunst», unterbrach ihn Canna, verärgert über den Tonfall des Sachsen.

«In Irland würde es niemand als schwierig ansehen, eine Sonnenfinsternis vorauszusagen», stimmte ihm Fidelma zu.

«Und den Mord an einem Menschen zu prophezeien?» beharrte Eadulf. «Soll das ebenfalls nicht schwierig sein?»

Fidelma zögerte und biß sich auf die Lippen.

«Das ist tatsächlich etwas anderes. Aber ich weiß, daß guten Astrologen auch so etwas gelingen kann.»

Canna unterbrach sie mit einem keuchenden Lachen.

«Wollt Ihr wissen, wie es gemacht wird?»

Schwester Fidelma nickte. «Sagt uns, wie Ihr zu Euren Schlußfolgerungen gekommen seid.»

Ächzend griff Canna in die Tasche seines zerlumpten Wamses, zog ein Stück Pergament hervor, auf dem zahlreiche Linien und Zahlen verzeichnet waren, und hielt es ihnen entgegen.

«Es ist ganz einfach. Am ersten Tag dieses Monats, der in Irland den heiligen Feuern des Bel geweiht ist, stand der Mond zur siebten Stunde des Tages zwischen uns und der Sonne, vielleicht auch einige Minuten vor oder nach der siebten Stunde. Das ließ sich nicht sagen, die Minuten oder Sekunden können wir bei so etwas nie genau angeben. Und hier, im achten Haus, stand der Stier. Das achte Haus bedeutet Tod. Der Stier ist das Sinnbild Irlands, aber auch das Tierkreiszeichen, das beim menschlichen Körper den Bereich der Kehle bezeichnet. Die Sterne kündigten also einen Tod durch Erwürgen, Erhängen oder Durchschneiden der Kehle an. Und aus dem Sternbild Stier schloß ich darauf, daß dieser Tod ein Kind Éiranns betreffen würde.»

Eadulf sah nicht überzeugt aus, aber Schwester Fidelma, die der Logik des Astrologen zu folgen schien, nickte nur und bedeutete Canna fortzufahren.

«Schaut her.» Canna deutete auf seine Berechnungen. «Zur gleichen Zeit empfingen die Planeten Merkur und Venus einander in ihren jeweiligen Häusern. Beherrscht Merkur nicht das zwölfte Haus, das für Mord, Heimlichtuerei und Verrat steht? Und Venus das achte Haus, das Haus des Todes? Und symbolisiert Venus nicht gleichzeitig auch alles Weibliche? Außerdem stand Venus auch noch im neunten, ebenfalls von Merkur beherrschten Haus, das alles Religiöse bezeichnet. Und als ob all diese Fingerzeige noch nicht ausreichten, gab es eine Konjunktion zwischen Merkur und der vom Mond verdeckten Sonne.»

Canna lehnte sich zurück und sah die beiden triumphierend an.

«Jedes Kind kann diese Zeichen lesen.»

Eadulf schnaubte verächtlich, um seine Unwissenheit zu verbergen.

«Da ich kein Kind bin, muß ich Euch wohl bitten, mir in einfachen Worten zu erklären, was all das zu bedeuten hat?»

Canna zog wütend die Brauen zusammen.

«Wenn Ihr es noch immer nicht verstanden habt: Die Position der Gestirne zeigte an, daß die Sonne sich um fünf Uhr nachmittags verfinstern und es zur gleichen Zeit einen Todesfall durch Erwürgen, Erhängen oder Durchschneiden der Kehle geben würde. Die Gestirne offenbarten weiter, daß das Opfer eine Frau und aller Wahrscheinlichkeit nach eine Irin sein würde, die in enger Beziehung zur Religion stand. Und der Stand der Planeten deutete darauf hin, daß es sich bei diesem Tod um einen Mord handeln würde. Habe ich mich einfach genug ausgedrückt?»

Eine Weile starrte Eadulf den Bettler nachdenklich an, dann wandte er sich an Fidelma.

«Obgleich ich lange Zeit in Eurem Land studiert habe, Schwester, kenne ich diese Wissenschaft nicht. Wißt Ihr etwas darüber?»

Fidelma schürzte die Lippen.

«Viel zu wenig. Aber es reicht aus, um zu erkennen, daß Cannas Worte nach den Regeln seiner Kunst Sinn ergeben.»

Eadulf schüttelte zweifelnd den Kopf.

«Und doch sehe ich keine Möglichkeit, ihn vor Alhfriths Scheiterhaufen zu retten. Selbst wenn er die Wahrheit sagt und er Étain nicht umgebracht hat, wird jemand, der auf solche Weise die Zeichen des Himmels deutet, meinen sächsischen Landsleuten unheimlich sein.»

Schwester Fidelma seufzte.

«Was ich nach und nach über Eure sächsische Kultur erfahre, stimmt mich sehr nachdenklich. Aber mein Ziel muß es sein, Étains Mörder zu finden, und nicht, Euren Aberglauben zu bekämpfen. Canna gibt zu, daß er Étains Tod prophezeit hat. Jetzt müssen wir die Zeugen finden, die ihren Namen und die genaue Stunde ihres Todes gehört haben wollen. Kurz, wir müssen herausfinden, wie genau seine Prophezeiung gewesen ist. Ich fürchte, er ist ein eitler Mann.»

Wütend spuckte Canna aus.

«Ich habe Euch erzählt, was ich gesagt habe und warum ich es gesagt habe. Ich habe keine Angst vor den Sachsen und ihren Strafen. Mit dieser Prophezeiung werde ich als einer der größten Seher meiner Zeit in die Geschichte eingehen.»

Schwester Fidelma zog die Augenbrauen hoch.

«Legt Ihr es darauf an, Canna? Wollt Ihr zum Märtyrer werden, um Euch einen Platz in der Geschichte zu sichern?»

Canna kicherte heiser.

«Soll die Nachwelt das gerechte Urteil über mich fällen.»

Schwester Fidelma schob Eadulf zur Tür der Zelle, wandte sich aber noch einmal um.

«Warum habt Ihr heute Äbtissin Étain besucht?»

Canna erschrak. «Nun ...», begann er unsicher, «um sie zu warnen natürlich.»

«Ihr wolltet sie vor ihrer eigenen Ermordung warnen?»

«Nein ...» Canna streckte trotzig das Kinn vor. «Doch. Warum hätte ich sonst zu ihr gehen sollen?»

Vor der Zelle wandte sich Eadulf an Fidelma.

«Kann es sein, daß dieser Mann Étain getötet hat, um seine eigene Prophezeiung zu erfüllen?» fragte er. «Immerhin gibt er zu, bei ihr gewesen zu sein, und Schwester Athelswith kann dies bezeugen.»

«Ich bezweifele es. Ich habe große Achtung vor der Kunst, die er ausübt. Die Astrologie ist in meinem Land seit Menschengedenken hoch angesehen. Niemand könnte die Sterne willkürlich mit solcher Logik auslegen. Nein, ich habe das Gefühl, Canna erkannte an der Konstellation der Sterne tatsächlich, daß ein Unheil nahte. Die Frage ist bloß, ob er wirklich so genau gewußt hat, wem der Tod drohte. Hat Äbtissin Hilda nicht bezeugt, er habe, als er bei ihr war, keine genauen Angaben gemacht, sondern nur prophezeit, daß zur Zeit der Sonnenfinsternis in der Abtei Blut fließen würde?»

«Aber wenn Canna nicht wußte, wer der Untat zum Opfer fallen würde, was hat er dann bei Äbtissin Étain gewollt?»

«Es ist schon spät. Wenn Alhfrith entschlossen ist, diesen Mann am frühen Morgen hinzurichten, bleibt uns nur wenig Zeit. Laßt uns nach den Zeugen suchen und herausfinden, was sie tatsächlich gehört haben. Ich schlage vor, Ihr nehmt Euch die drei Sachsen und den Than von Frihop vor, und ich spreche noch einmal mit Schwester Athelswith über Cannas Besuch bei Étain. Um Mitternacht treffen wir uns dann im *domus hospitale.*»

Auf dem Weg zurück zur Abtei dachte Fidelma kopfschüttelnd daran, wie bereitwillig Canna sich zum Opfer der sächsischen Gerichtsbarkeit machte. Sie war überzeugt davon, daß er, was den Mord an Étain betraf, unschuldig war. Sein einziger Fehler lag in seiner übertriebenen Geltungssucht. Durch eine große Prophezeiung, von der die Chronisten noch nach Generationen berichten würden, versuchte er, Unsterblichkeit zu erlangen.

Sie war wütend auf Canna, denn so beeindruckend seine Weissagung auch sein mochte, hielt sie doch alle Beteiligten davon ab, den echten Bösewicht, den Mörder ihrer Freundin und Mutter Oberin, Étain von Kildare, zu finden.

Inzwischen war ihr klargeworden, daß viele Teilnehmer der großen Versammlung Étains Redegewandtheit fürchteten. War diese Furcht so groß, daß sie beschlossen hatten, sie auf ewig zum Schweigen zu bringen? Fidelma hatte in den letzten Tagen genug Gewalt zwischen den Anhängern Columbans und Roms gesehen, um zu wissen, daß der Haß sehr tief saß – vielleicht sogar tief genug, um Étain das Leben zu kosten.

gang betrat, der zum *domus hospitale* führte, läutete die Glocke gang zum Mitternachtsgebet. Den Kopf über seinen Rosenkranz gebeugt, kniete Bruder Eadulf in Schwester Athelswiths *officium* und stimmte das römische Angelus an.

Angelus Domini nuntiavit Mariae.
Der Engel des Herrn brachte Maria die Botschaft.
Et concepit de Spiritu Sancto.
Und sie empfing vom Heiligen Geist.

Schwester Fidelma wartete, bis Eadulf sein Gebet beendet und den Rosenkranz wieder in der Tasche seines Gewandes verstaut hatte.

«Nun?» fragte sie ohne weitere Einleitung.

Bruder Eadulf schürzte die Lippen.

«Es scheint, als hättet Ihr recht. Nur Wulfric behauptet, Canna habe den Namen der Äbtissin und die genaue Todesart genannt. Von den restlichen dreien sagt einer, er habe Canna gar nicht selbst gehört, sondern nur das vernommen, was Wulfric ihm über Cannas Prophezeiungen erzählte. Die anderen beiden erklären, Canna habe nur allgemeine Andeutungen gemacht. Ihr Bericht deckt sich genau mit dem von Äbtissin Hilda. Mit anderen Worten: Wir haben nur Wulfrics Aussage gegen Canna.»

Fidelma seufzte leise.

«Und Schwester Athelswith hat mir berichtet, Canna habe Äbtissin Abbe und zahlreiche andere Teilnehmer der Versammlung vor einem bevorstehenden Unheil gewarnt. Mit keinem Wort habe er Étain eigens erwähnt. Das haben auch die beiden Glaubensbrüder bestätigt, die Schwester Athelswith gerufen hatte, um Canna mit Gewalt aus Étains *cubiculum* fortschaffen zu lassen. Canna scheint wirklich darauf versessen zu sein, sein Leben für den eigenen Ruhm zu opfern. Was für ein dummer, geltungssüchtiger Mensch!»

«Was sollen wir tun?»

«Ich glaube, daß Canna außer seiner Eitelkeit kein Verbrechen vorzuwerfen ist. Die Vorstellung, daß er dafür hingerichtet werden soll, ist abscheulich. Wir müssen Canna sofort befreien. Dann kann er vor dem Morgengrauen längst über alle Berge sein.»

Eadulf sah sie erschrocken an.

«Aber was ist mit Alhfrith? Er ist der Sohn Oswius und der Herrscher von Deira.»

«Und ich bin eine *dálaigh* der Brehon-Gerichtsbarkeit», entgegnete Fidelma hitzig, «und handele im Auftrag von Oswiu, dem König Northumbriens. Ich werde die volle Verantwortung übernehmen. Dieser Canna hat uns schon viel zuviel Zeit gekostet – Zeit, in der wir den wirklichen Mörder hätten finden können.»

Eadulf biß sich auf die Lippen.

«Das stimmt, aber Canna zu befreien ...?»

Doch Fidelma hatte sich bereits umgewandt und war auf dem Weg zum *hypogeum* der Abtei. Sie sann fieberhaft auf eine Möglichkeit, Canna trotz der beiden Wachen vor der Tür aus seiner Zelle zu holen. Eadulf, der mit ihr Schritt zu halten versuchte, mußte sich klarmachen, daß Fidelma eine selbstbewußte, zu allem entschlossene Frau war. Am Anfang hatte er sich von ihrer Jugend und ihrer Zartheit täuschen lassen. Jetzt bekam er ihren unbeugsamen Willen zu spüren.

Sie hatten Glück: Die beiden Wachen waren längst in einen weinseligen Schlaf gesunken. Die Nähe zur *apotheca* der Abtei hatte sich als allzu große Versuchung erwiesen. Sie hatten sich großzügig bedient und schnarchten nun fröhlich um die Wette. Fidelma grinste triumphierend, als sie einer der schlafenden Wachen den Schlüssel abnahm.

Dann wandte sie sich dem äußerst besorgt dreinblikkenden Eadulf zu.

«Wenn Ihr an dem, was ich jetzt tun werde, keinen Anteil haben wollt, solltet Ihr jetzt besser gehen.»

Eadulf schüttelte den Kopf, wenn auch mit einigem Zögern.

«Wir müssen zusammenhalten.»

¶ «Canna, der Hexer, ist verschwunden», verkündete Alhfrith. «Er ist aus seiner Zelle geflohen.»

Schwester Fidelma und Bruder Eadulf waren nach dem morgendlichen *jentaculum* zu Äbtissin Hilda gerufen worden. Die Äbtissin saß mit verhärmtem Gesicht an ihrem Tisch, während Alhfrith mit langen Schritten aufgeregt das Zimmer durchmaß. König Oswiu hockte vor dem schwelenden Feuer und starrte mißmutig in den qualmenden Torf.

Ohne weitere Einleitung hatte Alhfrith sie gleich mit dieser Nachricht empfangen.

Schwester Fidelma gab sich ungerührt.

«Er ist nicht geflohen. Ich habe ihn freigelassen. Er war keines Verbrechens schuldig.»

Dem Herrscher von Deira fiel vor Erstaunen der Unterkiefer herunter. Er mochte mit allem möglichen gerechnet haben, auf diese Antwort war er jedoch nicht gefaßt gewesen. Auch König Oswiu wandte sich erstaunt zu Schwester Fidelma um.

«Ihr habt es gewagt, ihn freizulassen?» Alhfriths Stimme klang wie das Grollen eines fernen Donners vor dem Sturm.

«Gewagt? Ich bin eine *dálaigh* vom Rang einer *anruth*. Wenn ich davon überzeugt bin, daß jemand unschuldig ist, bin ich berechtigt, ihm die Freiheit zu schenken.»

Der Herrscher von Deira war so überrascht von ihrer Dreistigkeit, daß ihm die Worte fehlten.

Oswiu hingegen schlug sich auf die Schenkel und brach in Gelächter aus.

«Bei den Wunden Christi, Alhfrith! Sie ist im Recht!»

«Was redest du da?» versetzte sein Sohn mit wütender Stimme. «Sie kann doch nicht einfach die Gesetze ihres Heimatlandes in unserem Königreich anwenden. Niemand außer mir hätte die Freilassung des Bettlers anordnen können. Sie muß bestraft werden. Wachen!»

Von einer Sekunde zur anderen wich das Lachen aus Oswius Gesicht.

«Alhfrith! Du vergißt, daß ich sowohl dein Suzerän als auch dein Vater bin. Herrscher dieser Provinz bist du nur von meinen Gnaden und unter meiner Schirmherrschaft. *Ich* bin hier der Herr über das Gesetz, *ich* entscheide darüber, wer bestraft wird und wer nicht. Und Schwester Fidelma handelt in *meinem* Auftrag.»

Auf Alhfriths Ruf hin war Wulfric ins Gemach der Äbtissin getreten. Mit einer heftigen Handbewegung forderte ihn Oswiu auf, es wieder zu verlassen. Der dunkelhäutige Than warf Alhfrith einen fragenden Blick zu, doch als er das von Scham und Zorn tief errötete Gesicht seines Herrn sah, zog er sich rasch zurück.

Alhfrith mußte offenbar seine ganze Kraft aufbringen, um sich zu beherrschen. Die bleiche Narbe auf seiner Wange bildete einen unheimlichen weißen Striemen auf seinem rotglühenden Gesicht.

Eadulf trat unruhig von einem Fuß auf den anderen.

«Wenn es denn eine Strafe geben soll, Sire», ergriff er zum erstenmal das Wort, «dann soll sie mich treffen. Ich übernehme die volle Verantwortung. Ich habe Schwester Fidelmas Ansicht zugestimmt, daß der Astrologe, was den Mord an Étain betrifft, unschuldig ist. Und ich habe ihre Entscheidung, ihn freizulassen, um ihm einen unnötigen und ungerechtfertigten Tod auf dem Scheiterhaufen zu ersparen, voll und ganz unterstützt.»

Fidelma schenkte dem sächsischen Mönch einen dankbaren Blick. Sie hatte nicht damit gerechnet, daß er mit so starken Worten für sie in die Bresche springen würde.

Alhfrith rang empört nach Luft.

«Ihr wollt unbedingt bestraft werden?» wandte Oswiu sich belustigt an den sächsischen Glaubensbruder.

«Nein, Sire. Ich möchte nur zum Ausdruck bringen, daß ich für Cannas Freilassung ebenso verantwortlich bin.»

Oswiu schüttelte grinsend den Kopf und wandte sich dann wieder Fidelma zu. Fidelma blickte dem northumbrischen König ruhig in die Augen. Eadulf zitterte – ein Wort von Oswiu, und sie hatten beide ihr Leben verwirkt.

«Es ist Euer Glück, Fidelma von Kildare, daß ich mit Euren Sitten und Gebräuchen vertraut und außerdem in der Lage bin, meinen hitzköpfigen Sohn im Zaum zu halten. Aber Ihr hättet Euch fast übernommen. In meinem Königreich besitzt Ihr nicht die Macht, Gefangene freizulassen, ehe ich es nicht ausdrücklich gebilligt habe.»

Fidelma senkte den Kopf.

«Dann tut es mir aufrichtig leid, Oswiu von Northumbrien. Es war wohl ein Fehler, wie selbstverständlich davon auszugehen, daß Ihr, als Ihr mich als *dálaigh* beauftragt habt, diesen Mord aufzuklären, mir auch die Erlaubnis gabt, diese Aufgabe so auszuführen, wie ich es in meinem Heimatland getan hätte.»

Oswiu runzelte die Stirn. Hatten die Worte der jungen Frau einen leicht spöttischen Unterton?

«Ihr wußtet, daß Ihr ohne Befugnis handelt», sagte er ernst. «Ich kann einfach nicht glauben, daß Euch die Gesetze unseres Landes so fremd sind, wie Ihr es uns weismachen wollt.»

Fidelma schlug bescheiden die Augen nieder.

«Wirklich?» fragte sie mit fast übertriebener Unschuldsmiene.

«Beim Donner! Ich glaube es einfach nicht.» Oswiu hielt inne, dann verzog sich sein Gesicht zu einem Grinsen. «Vielmehr glaube ich, Schwester Fidelma, daß Ihr eine sehr kluge Frau seid.»

«Dafür danke ich Euch, König Oswiu.»

Wütend schaltete sich Alhfrith ein.

«Was ist mit dem Hexer? Laßt mich Wulfric und seine Krieger schicken, damit sie ihn wieder einfangen.»

Oswiu brachte ihn mit einer Geste zum Schweigen, ohne seine blauen Augen von Schwester Fidelma abzuwenden.

«Ihr sagt, dieser Bettler sei unschuldig?»

«Ja», antwortete Fidelma. «Seine einzige Schuld bestand in der Sünde des Stolzes. Er ist Astrologe. Aus der Stellung der Gestirne hat er ein bevorstehendes Unheil abgelesen. Aber wir haben jene befragt, die ihn vor dem Ereignis gehört haben. Seine Prophezeiungen sind eher allgemeiner Natur gewesen. Erst nach Étains Tod hat er damit geprahlt, er habe den Tod der Äbtissin genau vorhergesagt, und damit den Mordverdacht auf sich gelenkt.»

Oswiu nickte.

«Ich habe die irischen Astrologen bei der Arbeit gesehen. Ich war stets beeindruckt von der Genauigkeit ihrer Voraussagen. Aber Ihr behauptet, er habe den Namen des Opfers vor dem Mord nicht genannt?»

«Das kann nicht stimmen. Wulfric hat ihn gehört!» unterbrach Alhfrith laut.

«Aber auch *nur* Wulfric», schaltete sich Eadulf ein. «Der einzige Zeuge, der erklärt, Canna habe den Mord an Étain und die Art ihres Todes vorausgesagt, ist Wulfric von Frihop – ein Than, der es darauf angelegt hat, die

Iren im allgemeinen und alle, die mit der Kirche von Columban in Zusammenhang stehen, in Mißkredit zu bringen. Wulfric brüstet sich überall damit, vor nicht einmal zwei Tagen Bruder Aelfric von Lindesfarne gehängt zu haben, und verspricht öffentlich, das gleiche mit jedem Mönch Columbans zu tun, der es wagt, in sein Gebiet einzudringen.»

«Bruder Eadulf hat recht», stimmte Fidelma zu. «Wir haben drei Zeugen befragt, die übereinstimmend ausgesagt haben, daß Canna sich bei seinen Prophezeiungen ganz allgemein ausgedrückt hat. Vier Zeugen, darunter Äbtissin Hilda, können das beschwören. Erst nach dem Mord sagte Canna, er habe eine genaue Vorhersage getroffen.»

«Aber warum sollte der Bettler lügen?» fragte Oswiu. «Er muß doch gewußt haben, daß er sich damit verdächtig macht – und daß, wer im Verdacht steht, durch schwarze Magie den Tod eines anderen Menschen herbeigeführt zu haben, sein Leben verwirkt hat.»

«Er lügt, weil er sich durch eine große Prophezeiung, an die man sich noch nach Generationen erinnern wird, unsterblich machen will», antwortete Fidelma. «Er hat die Wahrheit verdreht und behauptet nun, seine Voraussage sei genauer gewesen, als sie es in Wirklichkeit war.»

«Selbst um den Preis des Todes?» fragte Oswiu ungläubig.

«Die Iren haben wenig Angst vor dem Jenseits», warf Eadulf ein. «Sie gehen freudig in den Tod. Schon in der Zeit, ehe sie sich dem Wort Christi zuwandten, glaubten sie an ein zweites Leben der ewigen Jugend, das alle Lebewesen nach ihrem irdischen Tod erwartet. Canna suchte Ruhm in dieser Welt und war bereit, in der anderen Welt ein neues Leben zu beginnen.»

«Ein Irrer also?»

Fidelma zuckte mit den Schultern.

«Wer könnte das mit Bestimmtheit sagen? Ruhm und Unsterblichkeit – ein wenig sind wir doch alle davon besessen. Jedenfalls sollte er nicht für eine Tat bestraft werden, die er nicht begangen hat, und so habe ich ihn freigelassen. Ich riet ihm, sich in Zukunft an die Wahrheit zu halten, wenn er nicht wolle, daß er wegen seiner Eitelkeit in allen fünf Königreichen Irlands zum Gespött der Leute wird.» Sie hielt inne und lächelte zufrieden. «Inzwischen dürfte er ein gutes Stück Weg zum Königreich Rheged hinter sich gebracht haben.»

«Vater!» meldete sich Alhfrith wieder zu Wort. «Das darfst du nicht dulden. Es ist eine Beleidigung meiner ...»

«Ruhe!» donnerte Oswiu. «Ich habe die Angelegenheit entschieden.»

«Unser wichtigstes Ziel muß darin bestehen herauszufinden, wer Äbtissin Étain tatsächlich getötet hat. Warum mit den Folgen einer alltäglichen menschlichen Schwäche noch weiter Zeit vergeuden?» sagte Fidelma und bedachte Alhfrith mit einem kühlen Blick.

Oswiu hob die Hand, um den Zornesausbruch abzuwehren, der seinem Sohn schon auf den Lippen lag.

«Ihr habt recht. Ich, König Oswiu, billige Euer Tun, Schwester. Canna, der Astrologe, hat seine Freiheit wieder. Er kann in Frieden gehen oder bleiben. Lieber wäre es mir allerdings, er würde tatsächlich das Weite suchen.» Er sah seinen wutschnaubenden Sohn eindringlich an. «Und deshalb soll in dieser Sache auch nichts weiter unternommen werden. Ist das klar, Alhfrith?»

Alhfrith schlug schweigend die Augen nieder.

«Ist das klar?» wiederholte der König drohend.

Alhfrith hob den Kopf und nickte stumm.

«Gut.» Oswiu lehnte sich lächelnd auf seinem Stuhl zurück. «Dann werden wir jetzt weiter der Synode beiwohnen, während Ihr und der gute Bruder Eadulf Eure Untersuchung fortsetzt.»

Schwester Fidelma nickte zustimmend.

«Viel Zeit ist vergeudet worden», erwiderte sie ruhig. «Deshalb werden Eadulf und ich uns unverzüglich an die Arbeit machen.»

Als sie vor das Gemach der Äbtissin traten, wischte Bruder Eadulf sich mit der Hand den Schweiß von der Stirn.

«Ihr habt Euch in Alhfrith einen erbitterten Feind geschaffen, Schwester Fidelma.»

Die junge Frau schien davon unbeeindruckt.

«Ich habe diesen Streit nicht angezettelt. Alhfrith ist ein verbitterter Mann und hadert mit sich und der Welt. Es fällt ihm sehr viel leichter, sich Feinde zu schaffen als Freunde zu finden.»

«Dennoch», sagte Eadulf, «Ihr solltet Euch in acht nehmen. Wulfric ist ihm treu ergeben und tut alles, was Alhfrith ihm sagt. Wahrscheinlich hat er, was Canna betrifft, auf Alhfriths Anweisung gelogen. Könnte Alhfrith Étain getötet haben, um die Synode dadurch in seinem Sinne zu beeinflussen?»

Fidelma schloß diese Möglichkeit nicht aus und sagte dies auch, als sie gemeinsam in den Kreuzgang einbogen.

«Was nun?» fragte Eadulf.

«Wir wissen von sieben Personen, die Étain am Tag ihres Todes in ihrer Zelle aufgesucht haben. Mit einem von ihnen haben wir gesprochen – mit Canna, dem Astrologen. Ich denke, wir sollten jetzt die anderen sechs befragen.»

Eadulf nickte.

«Schwester Gwid, Bruder Taran, Äbtissin Hilda, Bischof Colmán, Bruder Seaxwulf und Priester Agatho aus Icanho», sagte er.

Fidelma grinste.

«Ihr habt ein hervorragendes Gedächtnis, Bruder. Das ist gut. Von Colmán und Hilda werden wir wohl kaum etwas Neues erfahren. Ich nehme an, sie haben Étain zum Mittagsmahl begleitet und über die bevorstehende Debatte gesprochen.»

«Wie wäre es, wenn wir mit der Befragung von Schwester Gwid beginnen?» schlug er vor. «Als Sekretärin der Äbtissin weiß sie vielleicht etwas, das uns weiterhelfen könnte.»

Schwester Fidelma schüttelte den Kopf.

«Ich bezweifle es. Ich bin mit ihr von Iona nach Streoneshalh gereist. Ich glaube nicht, daß sie eine enge Vertraute der Äbtissin war. Eher war sie ihr in kindlicher Schwärmerei ergeben. Die Äbtissin war in Irland ihre Lehrerin.»

«Trotzdem sollten wir mit ihr sprechen. Schwester Athelswith sagte, Étain und Gwid hätten sich heftig gestritten. Worum mag es dabei gegangen sein?»

Die von Schwester Athelswith erwähnte Auseinandersetzung hatte Fidelma vergessen.

Inzwischen waren sie beim *officium* des Gästehauses angekommen. Schwester Athelswith saß am Tisch und beugte sich über ihre Wirtschaftsbücher.

«Wir würden uns gerne ungestört mit einigen Leuten unterhalten, Schwester», erklärte ihr Fidelma freundlich. «Mit Eurer Erlaubnis werden wir Euer *officium* dafür benutzen. Ich bin sicher, Ihr werdet dagegen keine Einwände haben?»

Ihrem Gesichtsausdruck nach zu urteilen, hatte Schwester Athelswith jede Menge Einwände, aber sie wußte, daß Fidelma und Eadulf unter dem besonderen Schutz von Äbtissin Hilda standen. Also seufzte sie nur und schlug ihre Bücher zu.

«Dürfen wir Euch außerdem bitten, uns dabei zu

helfen, diese Leute herzurufen?» fragte Eadulf und schenkte ihr sein gewinnendstes Lächeln.

Die ältere Schwester schnaufte in dem vergeblichen Versuch, ihr Mißfallen über die Unterbrechung ihrer täglichen Aufgaben zu verbergen.

«Wie Ihr wünscht, Bruder. Wenn ich Euch damit behilflich sein kann, werde ich es gerne tun.»

«Sehr gut», lächelte Fidelma freundlich. «Dann bringt uns doch als erstes Schwester Gwid. Ich nehme an, daß sie in ihrem *dormitorium* ist.»

Kurze Zeit später trat das schlaksige Mädchen herein. Offenbar hatte Schwester Gwid ihre Gefühle inzwischen besser im Griff, ihre Augen waren jedoch noch immer vom Weinen gerötet. Mit dem hilflosen Blick eines verirrten Kindes sah sie Fidelma und Eadulf an.

«Wie fühlt Ihr Euch heute morgen, Schwester?» fragte Fidelma und deutete auf einen freien Stuhl.

Gwid senkte den Kopf und setzte sich.

«Ich möchte mich für meinen Gefühlsausbruch entschuldigen», erwiderte sie. «Étain war meine Freundin. Die Nachricht ihres Todes hat mich schwer erschüttert.»

«Und doch werdet Ihr Euer Bestes tun, um uns behilflich zu sein?» Fidelmas Tonfall klang fast schmeichlerisch. Schwester Gwid zuckte die Achseln, und Eadulf hatte das Gefühl, ihr erklären zu müssen, mit welchen Aufgaben und Befugnissen sie betraut waren.

«Leider kann ich Euch nur wenig sagen», meinte Schwester Gwid schon ein wenig zugänglicher. «Ihr werdet Euch daran erinnern, Schwester Fidelma, daß ich mit Euch im *sacrarium* war und auf die Eröffnung der Debatte wartete, als die Nachricht vom Tod der Äbtissin eintraf.»

«Gewiß», stimmte Fidelma zu. «Aber Ihr wart ihre Sekretärin und habt sie gestern morgen noch in ihrem *cubiculum* gesehen.»

«Ja, das stimmt», bestätigte Gwid und fügte mit plötzlich sehr heftiger Stimme hinzu: «Ich hoffe inständig, Ihr werdet den Unhold finden, der sie getötet hat!»

«Deshalb sind wir hier», schaltete sich Bruder Eadulf ein, «und müssen Euch einige Fragen stellen.»

Mit einer linkischen Geste, welche ihre derben Hände noch betonte, forderte sie ihn auf, mit der Vernehmung zu beginnen.

«Fragt nur.»

Fidelma wechselte einen Blick mit Eadulf. Offenbar wollte sie ihm den ersten Schritt überlassen. Der Sachse lehnte sich über den Tisch und sah Schwester Gwid eindringlich an.

«Es heißt, Ihr hättet Euch gestern mit Étain vor deren *cubiculum* gestritten.»

«Étain war meine Freundin», erwiderte Gwid verlegen.

«Habt Ihr Euch gestritten?» hakte Eadulf nach.

«Nein!» antwortete Gwid, ohne zu zögern. «Étain war ... war bloß verärgert über mich, weil ich bei der Vorbereitung ihrer Rede für die Debatte etwas vergessen hatte. Das ist alles.»

Es leuchtete ein, daß Étain vor der Begegnung mit Wilfrid reizbar und aufbrausend gewesen war.

«Ihr stammt aus dem Land der Pikten?»

Fidelma war erstaunt über Eadulfs plötzlichen Themawechsel.

Auch Schwester Gwid schien überrascht.

«Aus dem Land der Cruthin, die ihr Pikten nennt. Diese Bezeichnung geht auf einen lateinischen Spitznamen zurück und bedeutet ‹die Angemalten›», erwiderte sie schließlich in schulmeisterlichem Ton. «In früheren Zeiten hatten unsere Krieger nämlich die Angewohnheit, sich zu bemalen, ehe sie in die Schlacht zogen – eine Sitte, die es inzwischen schon lange nicht mehr gibt. Ich kam zur Welt, als Garnait, der Sohn Foths, in Cruthin regierte und Herrschaft über die Könige von Strath-Clòtha gewann.» Fidelma konnte sich ein Lächeln über den Heimatstolz des Mädchens nicht verkneifen.

«Aber nicht alle Pikten sind Christen», bemerkte Eadulf.

«Ebensowenig wie alle Sachsen», gab Gwid zurück.

«Gewiß, gewiß. Ihr wurdet in Irland ausgebildet?»

«Ja. Ich war zuerst im Kloster Iona, dann ging ich nach Irland, um in Emly zu studieren, und kehrte anschließend nach Iona zurück. In Emly war Étain meine Lehrerin.»

«Und?» mischte sich Fidelma ein. «Wie lange hat Étain Euch unterrichtet?»

«Nur drei Monate. Sie lehrte Philosophie unter Rodan dem Weisen. Dann kam von ihrem Mutterhaus in Kildare die Nachricht, daß Äbtissin Ita gestorben und sie zu deren Nachfolgerin gewählt worden sei. Nachdem Étain nach Kildare zurückgekehrt war, habe ich sie nur noch einmal wiedergesehen.»

«Und wann war das?» fragte Eadulf.

«Als ich meine Studien bei Rodan beendet hatte und nach Bangor zurückreiste, um mit dem Schiff nach Iona überzusetzen. Damals bat ich in Kildare um Herberge.»

«Und wie kam es zu der Entscheidung, daß Ihr während der Synode Äbtissin Étain als Sekretärin zur Seite stehen sollt?» bohrte Eadulf weiter.

«Äbtissin Étain wußte von meinen Fähigkeiten als Dolmetscherin. Schließlich war ich fünf Jahre lang als Gefangene in Northumbrien, ehe Finán von Lindisfarne mich befreien und in mein Heimatland zurückschicken konnte. Außerdem kann ich Griechisch und deshalb die Evangelien ohne Schwierigkeiten in dieser Sprache zitieren. Aus diesen Gründen hat Étain mich zu ihrer Sekretärin bestimmt.»

«Ich habe nicht gefragt, *warum* Ihr bestimmt wurdet, sondern *wie.*»

«Das weiß ich selbst nicht. Ich wartete in Bangor auf mein Schiff, als die Botschaft mich erreichte. Es hieß, ich sollte zur Synode von Witebia kommen, um Étain als Sekretärin zu dienen. Dazu war ich natürlich nur allzugern bereit. Tags darauf segelte ich nach Iona, wo ich Euch traf, Schwester Fidelma. Bruder Taran sammelte gerade einige Brüder und Schwestern für die Reise nach Northumbrien, und wir beide haben uns angeschlossen.»

Schwester Fidelma nickte. «Und wann habt Ihr Äbtissin Étain zum letztenmal lebend gesehen?» fragte sie.

Schwester Gwid legte die Stirn in nachdenkliche Falten, während sie die Antwort auf Fidelmas Frage erwog.

«Nach dem Mittagsmahl, dem *prandium*, eine Stunde nach dem mittäglichen Angelus. Die Äbtissin, die mit Äbtissin Hilda und Bischof Colmán gespeist hatte, bat mich, sie zu ihrem *cubiculum* zu begleiten.»

«Das war also nach Eurem Streit?» hakte Fidelma nach.

«Ich sagte doch schon, es hat keinen Streit gegeben», versetzte Gwid ärgerlich. «Außerdem war Étain alles andere als nachtragend. Sie war eine äußerst gütige Frau.»

«Aus welchem Grund bat sie Euch, nach dem Mittagsmahl zu ihr zu kommen?» fragte Eadulf.

«Um die bevorstehende Debatte zu erörtern», antwortete Gwid. «Wie Ihr wißt, sollte Étain für die Kirche Columbans die Eröffnungsrede halten. Sie wollte mit mir ihre Rede durchgehen und vor allem über die Äußerungen der Apostel sprechen, die sie zitieren wollte, um die Sachsen von unserer Sache zu überzeugen. Ihr Griechisch wies so manche Lücke auf.»

«Und wie lange wart Ihr bei ihr?» fragte Fidelma.

«Eine Stunde. Nicht länger als eine Stunde. Wir

sprachen über die Zitate, mit denen sie ihre Begründung untermauern wollte. Und für den Fall, daß es in diesem Zusammenhang irgendwelche Zweifel geben sollte, stand ich als Übersetzerin bereit.»

«Wie wirkte sie auf Euch, als Ihr sie verlassen habt?» fragte Eadulf und rieb mit dem Zeigefinger seine Nasenspitze.

Gwid runzelte die Stirn.

«Was meint Ihr damit.»

«War sie ängstlich oder aufgeregt? Wie war sie gestimmt?»

«Sie wirkte ruhig. Natürlich war sie in Gedanken sehr mit der bevorstehenden Debatte beschäftigt, aber im großen und ganzen war es nicht anders als damals in Emly, wenn sie sich auf ein Tutorium vorbereitete.»

«Sie drückte keine Besorgnis aus? Machte keine Andeutungen, daß sie seit ihrer Ankunft bedroht worden sei?»

«Ah, Ihr wollt auf Drohungen der Anhänger Roms hinaus? Étain erzählte mir, sie sei ein paarmal von einem römischen Bruder beleidigt worden. Von Athelnoth. Aber er ...»

Gwid biß sich auf die Lippen.

Fidelmas Augen flackerten wachsam auf.

«Ihr wolltet etwas sagen, Schwester?» Ihre Stimme klang ruhig, aber eindringlich.

Gwid schaute verlegen zu Boden.

«Nein, nichts. Etwas ganz Persönliches und Unbedeutendes.»

Eadulf blickte streng.

«Das Urteil darüber, was bedeutend oder unbedeutend ist, könnt Ihr getrost uns überlassen. Was wolltet Ihr sagen?»

«Athelnoth hegte einen Groll gegen Étain.»

«Und warum?» drängte Fidelma, die deutlich spürte,

wie unangenehm es dem jungen Mädchen war, über diese Sache zu sprechen.

«Es ist nicht schicklich, daß ich auf diese Weise von der toten Äbtissin spreche.»

Eadulf stöhnte.

«Aber Ihr habt doch noch gar nichts gesagt.»

«Wir wissen, daß Athelnoth sich nicht nur der Sache Roms verschrieben hat, sondern auch denkt, daß die Northumbrier allen anderen Völkern überlegen sind», fügte Fidelma hinzu, die sich daran erinnerte, was Étain ihr an ihrem ersten Abend in Streoneshalh berichtet hatte.

Gwid errötete leicht.

«Bei diesem Groll ging es eher um persönliche als um theologische Unstimmigkeiten.»

Fidelma war überrascht.

«Das werdet Ihr uns erklären müssen. Was meint Ihr mit ‹persönlichen Unstimmigkeiten›?»

«Ich glaube, daß Athelnoth der Äbtissin den Hof gemacht hat.»

Es trat eine kurze Stille ein.

Schwester Fidelmas Lippen spitzten sich zu einem stummen Pfiff. Étain war unbestritten eine äußerst gutaussehende Frau gewesen, und sie hatte sich nicht dem Zölibat verschrieben. Im Gegenteil, Étain war männlicher Verehrung nicht abhold. Fidelma dachte an Étains Zukunftspläne und ihren Wunsch, wieder zu heiraten und das Amt in Kildare aufzugeben.

Eadulf schüttelte überrascht den Kopf.

«Seid Ihr Euch da ganz sicher, Schwester Gwid?»

Die junge Piktin zuckte mit den breiten Schultern – eine Geste, die zugleich Unsicherheit als auch Schicksalsergebenheit auszudrücken schien.

«Ich kann nicht behaupten, daß ich mir ganz sicher wäre. Ich weiß nur, daß Étain eine große Abneigung gegen ihn empfand und mir sagte, unter gewissen Umständen wäre sie einigen der neuen Lehren Roms durchaus nicht abgeneigt.»

«Und was hat sie Eurer Meinung nach damit gemeint?»

«Ich glaube, sie meinte damit die Lehre vom Zölibat, Bruder», antwortete Gwid beschämt.

«Wußtet Ihr, daß Äbtissin Étain vorhatte, nach der Synode von ihrem Amt als Äbtissin von Kildare zurückzutreten?» platzte Fidelma plötzlich heraus. «Wußtet Ihr, daß sie darüber nachdachte, einen Ehemann zu nehmen ...?»

«Wann hat Étain diese Bemerkung über den Zölibat gemacht?» unterbrach sie Eadulf.

Fidelma strafte ihn mit einem wütenden Seitenblick. Er hatte die Möglichkeit einer unüberlegten Antwort zunichte gemacht. Die junge Piktin rutschte unruhig auf ihrem Stuhl herum.

«Wir sprachen darüber, was sie entgegnen sollte, falls die römische Seite ihre üblichen Argumente für den Zölibat vorbrachte. Viele von ihnen sind der Ansicht, daß es keine Doppelhäuser geben sollte und daß alle Geistlichen, Nonnen und Mönche, ja sogar Bischöfe ein Keuschheitsgelübde ablegen müßten. In diesem Zusammenhang kam es zu der genannten Bemerkung. Ich hatte keine Ahnung, daß Étain selbst an eine Eheschließung dachte und Kildare aufgeben wollte.» Gwid runzelte die Stirn. «Und das wäre auch ein großes Unrecht gewesen.»

«Unrecht?»

«Wäre es denn keine Sünde, wenn eine Frau mit Étains Fähigkeiten ihr Amt aufgeben würde, um mit einem Mann zusammenzuleben? Vielleicht war ihr Tod eine Art Absolution von der Sünde, die mit dieser verwerflichen Absicht verbunden war.»

Fidelma sah sie eindringlich an.

«Woher wußtet Ihr, daß sie Athelnoth meinte, als sie ihre Bemerkung machte? Und wie kamt Ihr darauf, daß der Sachse ein Auge auf sie geworfen hatte?»

«Weil Athelnoth uns bei der Vorbereitung der Debatte störte und darum bat, allein mit Étain sprechen zu dürfen. Étain sagte ihm, sie sei beschäftigt, also ging er wieder fort. Zufällig hatten wir gerade über den Zölibat gesprochen. Soweit ich mich erinnern kann, sagte sie: ‹Solange ein Mann wie dieser Athelnoth eine Frau einfach nicht in Ruhe läßt, bin ich einigen der neuen Lehren Roms gar nicht so abgeneigt› – oder etwas Ähnliches.»

«Und Ihr seid Euch sicher, daß sie das nicht bloß ganz allgemein sagte, sondern damit andeuten wollte, daß Athelnoth tatsächlich Annäherungsversuche unternommen hatte?» fragte Eadulf.

Schwester Gwid zuckte die Achseln.

«Bei mir ist jedenfalls der deutliche Eindruck entstanden, daß Athelnoth der Äbtissin nachgestellt hat.»

Es trat Stille ein, während Fidelma und Eadulf über die Bedeutung von Schwester Gwids Worten nachdachten.

Nach einer Weile brach Fidelma schließlich das Schweigen.

«Und hat Étain im Zusammenhang mit einer Bedrohung durch die römische Seite noch eine andere Person oder einen Vorfall erwähnt?»

«Nein, sie hat nur über Athelnoth gesprochen.»

«Also, gut. Vielen Dank, Schwester. Es tut uns leid, wenn wir Euren Kummer noch vergrößern mußten.»

Schwester Gwid erhob sich und ging zur Tür.

«Übrigens ...»

Fidelmas Stimme ließ sie innehalten ...

«... Ihr scheint andeuten zu wollen, daß eine Eheschließung zwischen Glaubensbrüdern und -schwestern etwas Verwerfliches oder gar Sündiges sei. Wie steht Ihr zur Debatte über den Zölibat in der Kirche?»

«Ich halte es mit den Worten des heiligen Paulus von Tarsus und den Lehren Maighanns, des Abts von Kilmainham. Laßt die Geschlechter im Dienst des Allmächtigen einander nicht durch niedere Fleischeslust entweihen!»

Eadulf wartete, bis Gwid gegangen war, ehe er Schwester Fidelma verärgert anfuhr:

«Wenn Ihr mit mir zusammenarbeiten wollt, Schwester, dürft Ihr mir so etwas Wichtiges nicht vorenthalten.»

Fidelma wollte schon im gleichen Tonfall antworten, hielt sich jedoch vor Augen, daß Eadulf mit Recht wütend auf sie war. Sie hatte Étains Entscheidung, ihr Amt aufzugeben und zu heiraten, nicht erwähnt. Sie hatte es einfach nicht für wichtig erachtet und war auch jetzt noch nicht davon überzeugt, daß es von Bedeutung war. Sie seufzte tief.

«Es tut mir leid. Ich war mir nicht sicher, ob Étains persönliche Überlegungen überhaupt Einfluß auf unsere Untersuchung haben. Étain hat mir am Vorabend ihres Todes davon erzählt.»

«Und wen wollte sie heiraten?»

«Jemanden, den sie in Irland kennengelernt hat, nehme ich an. Sie hatte vor, nach Kildare zurückzukehren und ihr Amt niederzulegen. Anschließend wollte sie wohl in einem Doppelhaus leben und wie zuvor in Emly als Lehrerin tätig sein.»

«Und Ihr wißt wirklich nicht, wer ihr Bräutigam war?»

«Sie wollte es mir nicht sagen. Aber was sollte das hier, in Northumbrien, auch schon für eine Rolle spielen?»

Eadulf biß sich auf die Lippe und schwieg eine Weile.

«Es fällt mir schwer, das zu glauben», sagte er plötzlich.

Fidelma hob die Augenbrauen.

«Was meint Ihr?»

«Die Sache mit Athelnoth. Er steht in dem Ruf, ein besonders hochmütiger Mann zu sein, hält alle anderen Völker für unterlegen und ist ein glühender Anhänger Roms. Warum sollte ausgerechnet er ein Auge auf Äbtissin Étain werfen?»

«Ist er nicht dennoch ein Mann?» entgegnete Fidelma spöttisch.

Eadulf spürte, wie seine Wangen zu glühen begannen.

«Gewiß ... Aber trotzdem ...»

«Étain war eine sehr gutaussehende Frau», erklärte Fidelma. «Trotzdem kann ich Euren Einwand verstehen. Aber manchmal ziehen sich Gegensätze eben an.»

«Das stimmt», nickte Eadulf. «Ihr habt Schwester Gwid auf Eurer Reise kennengelernt. Können wir Ihrer Beobachtungsgabe trauen? Oder kann es sein, daß sie Étains Äußerung über Athelnoth falsch gedeutet hat?»

«Gwid ist ein ziemlich geschicktes Mädchen. Und sie ist eifrig darum bemüht, es allen recht zu machen. Aber in ihrem unbeholfenen Körper steckt ein scharfer Geist. Und sie legt einen großen Wert auf Einzelheiten, der manchmal schon an Pedanterie grenzt. Was sie sagt, müssen wir unbedingt ernst nehmen.»

«Dann sollten wir uns wohl als nächstes mit diesem Athelnoth befassen», schlug Bruder Eadulf vor.

der Nachricht zurück, daß Athelnoth im *sacrarium* der Debatte beiwohne und sie ihn unmöglich holen könne, ohne die gesamte Synode zu stören. Fidelma und Eadulf beschlossen, die Zeit damit zu überbrücken, daß sie ebenfalls ins *sacrarium* gingen und eine Weile dem Disput lauschten. Offenbar hatte Bischof Colmán anstelle von Äbtissin Étain mit einer kurzen, schnörkellosen Zusammenfassung der Lehren Ionas die Synode eröffnet. Wilfrid hatte auf die nüchterne Rede des Bischofs mit scharfem Spott geantwortet und sich die schlichte Geradlinigkeit seines Gegners zunutze gemacht.

Fidelma und Eadulf blieben an einer Seitentür stehen, wo ihnen die beißenden Weihrauchschwaden am wenigsten in den Augen brannten.

Als sie eintraten, hatte sich gerade ein hochgewachsener, kantiger Mann von seinem Sitz erhoben. Eine auskunftswillige Schwester zu Fidelmas Linken erklärte ihnen, daß dies der ehrwürdige Bischof Cedd sei, der zu den ersten Jüngern Aidáns zählte. Cedd sei gerade von einer Mission im Land der Ostsachsen zurückgekehrt, flüsterte ihnen die Schwester zu, und sei dazu bestimmt worden, während der Synode im Bedarfsfall vom Sächsischen ins Irische zu dolmetschen. Cedd sei der älteste von vier Brüdern, die allesamt von Aidán bekehrt worden seien und in der keltischen Kirche Northumbriens eine wichtige Rolle spielten. Chad habe seine Ausbildung in Irland erhalten und sei jetzt Bischof von Lastingham. Caelin und Cynebill, die anderen beiden Brüder, nähmen ebenfalls an der Versammlung teil.

«Was das Datum unserer Osterfeier betrifft», sagte Cedd, «herrscht große Verunsicherung. Eanflaed, unsere gute Königin, begeht sie nach den Regeln Roms, und Oswiu, unser guter König, feiert nach den Lehren Columbans. Wer hat recht, wer hat unrecht? So, wie die

Dinge liegen, kann es leicht geschehen, daß der König seine Fastenzeit beendet hat und schon den Ostersabbat begeht, während die Königin und ihr Gefolge noch fasten. Mit dieser Unklarheit können sich vernünftige Menschen nicht zufrieden geben.»

«Wie wahr, wie wahr!» rief der kampfeslustige Wilfrid, ohne sich die Mühe zu machen, von seinem Platz aufzustehen. «Und sie ließe sich sofort beheben, wenn Ihr Euren Irrtum bei der Berechnung des Osterfests endlich eingesteht.»

«Eine Berechnung, die Anatolius, einer der gelehrtesten Männer unserer Kirche, ausdrücklich gebilligt hat», entgegnete Cedd. Auf seinem wettergegerbten, hageren Gesicht traten in Höhe seiner Wangenknochen zwei leuchtende, hellrosa Flecken hervor.

«Anatolius von Laodikeia? Unsinn!» Wilfrid sprang auf und breitete die Arme aus. «Ich habe keinen Zweifel daran, daß Ihr Euch Eure sogenannten kalendarischen Berechnungen erst vor zwei Jahrhunderten auf Euren einsamen Inseln ausgedacht habt. Roms Berechnungen dagegen wurden sorgfältig ausgearbeitet und gehen auf Viktorius von Aquitanien zurück.»

«Viktorius!» Ein sonnengebräunter, kaum mehr als dreißig Jahre alter Mann aus den Reihen der Anhänger Columbans schnellte von seinem Sitz. Er hatte blondes Haar, und seine Miene war äußerst angespannt. «Jedes Kind weiß, daß diese Berechnungen auf einem Irrtum beruhen.»

Die auskunftsfreudige Schwester beugte sich zu Fidelma.

«Das ist Cuthbert von Melrose. Er ist dort Prior, seitdem unser seliger Bruder Boisil gestorben ist. Cuthbert gehört zu unseren besten Rednern.»

«Auf einem Irrtum?» schnaubte Wilfrid ärgerlich. «Diesen Irrtum müßt Ihr uns erklären.»

«Wir stehen zu den Berechnungen, auf die sich die Synode von Arles geeinigt hat, und halten es mit unserem Osterfest wie die frühesten Christen», erwiderte Cuthbert. «Rom ist im Irrtum. Rom hat sich von der ursprünglichen Datierung des Osterfests entfernt, indem es die von Viktorius aufgestellten Behauptungen übernahm. Dieser Viktorius von Aquitanien hat aber nichts anderes getan, als in der Amtszeit von Papst Hilarius ein paar Veränderungen durchzusetzen. Er hat nicht einmal gründliche Berechnungen angestellt.»

«Jawohl», pflichtete ihm Äbtissin Abbe von Coldingham, Oswius Schwester, bei. «Und hat Dionysius Exiguus während des Pontifikats Felix' III. nicht noch weitere Veränderungen eingeführt? Die ursprünglichen Regeln für die Bestimmung des Osterfests, über die in Arles völlige Übereinstimmung herrschte, sind in den letzten dreihundert Jahren von Rom mehrfach abgewandelt worden. Wir dagegen halten an der Berechnung fest, auf die man sich in Arles geeinigt hat.»

«Ihr wagt es, im Angesicht Gottes Unwahrheiten zu verbreiten!» versetzte Agilbert, der fränkische Bischof, aufgebracht.

Es herrschte allgemeiner Aufruhr, bis der ehrwürdige Cedd durch eine Handbewegung zu verstehen gab, daß er noch einmal das Wort zu ergreifen wünschte.

«Brüder und Schwestern, wir sollten uns doch an diesem heiligen Ort in Barmherzigkeit üben. Diejenigen, die gegen die Kirche Columbans zu Felde ziehen, tun dies nicht aus Bosheit, sondern aus reiner Unwissenheit. Auch nach dem Konzil von Arles ist sich die christliche Welt immer in einem einig gewesen, nämlich daß unsere Ostergedenktage auf dem Kalender des Landes beruhen müssen, in dem Christus geboren worden und zum Mann herangereift ist. Unsere Berechnungen müssen sich also zwangsläufig auf den jüdischen Mondkalender stützen, und danach fällt das Passahfest – der Zeitpunkt, an dem unser Heiland gekreuzigt wurde – in den Monat Nisan. Im jüdischen Kalender war dies der siebte Frühlingsmonat, die Zeit, die nach unserer Jahresaufteilung in die Monate März und April fällt. Deshalb nennen wir unseren Feiertag auch ‹Pasca›, einen Namen, den wir vom hebräischen *Pesach* oder *Passah* abgeleitet haben. Hat nicht Paulus in seinen Briefen an die Korinther von Christus als ihrem Passahlamm gesprochen, weil allgemein bekannt war, daß er an diesem Festtag gekreuzigt worden ist? Seit jeher fällt das Passahfest an den vierzehnten Tag des Nisan. Aufgrund dieser Berechnung feiern wir das Fest an dem Sonntag, der zwischen dem vierzehnten und zwanzigsten Tag dem ersten Vollmond nach der Frühlings-Tagundnachtgleiche folgt.»

«Aber Rom hat es für gesetzeswidrig erklärt, ein christliches Fest am gleichen Tag zu feiern, auf den auch ein jüdisches fällt», unterbrach ihn Wilfrid.

«Genau», entgegnete Cedd ruhig. «Und das war völliger Unsinn, hat doch das Konzil von Nicaea, das auf das Konzil von Arles folgte, es ausdrücklich für gesetzlich erklärt. Christus war im Fleisch ein Jude …»

Die Versammlung hielt erschrocken den Atem an.

Cedd ließ den Blick über seine Zuhörer schweifen.

«Oder war er das etwa nicht?» fragte er bissig. «War er Nubier? Franke vielleicht? Oder gar Sachse? Nein! In welchem Land wurde Christus geboren, und wo wuchs er zum Manne heran, wenn nicht im Land der Juden?»

«Er war der Sohn Gottes!» rief Wilfrid aufgebracht.

«Und der Sohn Gottes wählte das Land Israel als seine Geburtsstätte, er wählte Juden zu seinen irdischen Eltern, und sein Wort brachte er zuallererst denen, die von Gott erwählt waren. Erst als sie ihren Messias töteten, wandten sich die Juden von seinem Wort ab und überließen es den Nichtjuden, es an ihrer Stelle aufzugreifen. Ist es vor diesem Hintergrund nicht völlig widersinnig, die Tatsache zu leugnen, daß Christus während eines jüdischen Festtages hingerichtet wurde? Wie kommen wir dazu, ein vollkommen willkürliches Datum zu setzen, an dem die christliche Welt seiner Hinrichtung gedenken soll, obwohl dieses Datum mit dem tatsächlichen Tag seiner Hinrichtung in keinerlei Zusammenhang steht?»

Äbtissin Abbe nickte zustimmend.

«Wie ich hörte, haben die Anhänger Roms es auch darauf angelegt, unseren Ruhetag zu verlegen, weil er auf den gleichen Tag fällt wie der hebräische Sabbat», rief sie empört.

Wilfrids Augen funkelten wütend.

«Sonntag, der erste Tag der Woche, ist mit Recht der christliche Ruhetag, denn er steht symbolisch für die Auferstehung.»

«Und doch ist der Sonnabend der traditionelle Tag der Ruhe, weil er der letzte Tag der Woche ist», warf ein anderer Bruder ein – Chad, der Abt von Lastingham, wie Fidelmas Nachbarin ihr bereitwillig zuflüsterte.

«Die vielen von Rom durchgesetzten Veränderungen führen uns immer weiter von unseren ursprünglichen Gedenktagen fort. Sie lassen unsere Feiertage willkürlich erscheinen und rauben ihnen jeglichen Sinn», rief Abbe laut. «Warum nicht zugeben, daß Rom im Irrtum ist?»

Wilfrid mußte warten, bis der heftige Beifall unter den Anhängern Columbans verebbt war.

Cedds Gelehrsamkeit brachte Wilfrid sichtlich in Verlegenheit. Wohl aus diesem Grund versuchte er, die Worte des altehrwürdigen Abts ins Lächerliche zu ziehen.

«Rom ist also im Irrtum?» schnaubte er. «Wenn Rom im Irrtum ist, ist auch Jerusalem im Irrtum, Alexandria und Antiochia ebenfalls, ja die ganze Welt ist im Irrtum, nur die Iren und Bretonen wissen, was richtig ist ...»

Abt Chad war sofort auf den Beinen.

«Vielleicht wird es den edlen Wilfrid von Ripon erstaunen zu hören», begann er mit unüberhörbar spöttischem Unterton, «daß die Kirchen des Ostens die neue römische Datierung des Osterfests bereits zurückgewiesen haben. Sie folgen den gleichen Berechnungen wie wir. Und sie sind weit davon entfernt, den Namen Anatolius von Laodikeia zu verhöhnen. Weder die Kirche der Iren und Bretonen noch die Kirchen des Ostens haben sich von der ursprünglichen, in Arles beschlossenen Datierung abgewandt. Einzig und allein Rom versucht, die alte Tradition aus den Angeln zu heben.»

«Euer Fehler ist, daß Ihr Rom für den Mittelpunkt der Welt haltet», meldete sich Bischof Colmán zu Wort. «Ihr tut gerade so, als hätten wir uns mit dem Rest der Christenheit überworfen. Und doch haben sich die Kirchen Ägyptens und Syriens, ja die Kirchen des gesamten Ostens auf ihrem Konzil von Chalcedon geweigert, die römischen Vorschriften ...»

Empörte Zwischenrufe aus den Rängen der Anhänger Roms übertönten den Rest seiner Rede. Der Aufruhr wurde so groß, daß man kein einziges Wort mehr verstand.

Schließlich stand König Oswiu auf und hob die Hand.

Nur allmählich kam der Saal zur Ruhe.

«Brüder und Schwestern, unsere Debatte am heutigen Vormittag war lang und anstrengend, und zweifellos haben wir viel Stoff zum Nachdenken ausgetauscht. Ich denke, wir sollten uns eine Pause gönnen, um neben der geistigen auch körperliche Nahrung zu uns zu nehmen. Den Nachmittag sollten wir in Meditation verbringen und uns erst heute abend wieder hier versammeln.»

Das allgemeine Stimmengewirr schwoll erneut an, als sich die Menge erhob, sich aber nur zögernd zu zerstreuen begann.

«Wo ist Athelnoth?» fragte Fidelma ihre Nachbarin.

Angestrengt ließ die Schwester ihren Blick über die Menge schweifen.

«Dort drüben, Schwester, auf der anderen Seite der Halle. Neben dem jungen Mann mit dem strohblonden Haar.»

Mit einem kurzen Seitenblick auf Eadulf wandte Schwester Fidelma sich in die angegebene Richtung und bahnte sich einen Weg durch die noch immer in zahlreichen Grüppchen debattierende Menge auf die Gestalt zu, die ihre Nachbarin ihr gezeigt hatte. Athelnoth stand dicht hinter dem streitlustigen Wilfrid von Ripon, und es sah ganz so aus, als wartete er auf eine Gelegenheit, mit ihm zu sprechen. Daneben stand ein hellblonder Mönch, der für Wilfrid mehrere Bücher und Dokumente bereitzuhalten schien.

«Bruder Athelnoth?» sprach Fidelma ihn von hinten an.

Athelnoth schrak zusammen. Fidelma konnte sehen, wie sich die Muskeln in seinem Nacken anspannten. Dann wandte er sich langsam zu ihr um.

Obgleich er nicht sehr groß war, schien er seine Begleiter dennoch zu überragen. Er hatte ein breites Gesicht, eine hohe Stirn, eine feine Adlernase und dunkle Augen. Fidelma nahm an, daß viele Frauen ihn anziehend fanden. Auf sie wirkten seine düsteren Züge jedoch eher unheimlich.

«Ihr wollt mich sprechen, Schwester?» fragte er mit volltönender, angenehmer Stimme.

Eadulf, der ihr in dem Gedränge nur mit Mühe hatte folgen können, erschien keuchend neben ihr.

«*Wir* wollten Euch sprechen.»

«Der Zeitpunkt ist denkbar ungünstig.» Athelnoths Tonfall deutete kühle Überlegenheit an, und jetzt, da er Eadulf sah, richtete er seine Worte ausschließlich an den sächsischen Mönch. Fidelma störte die Angewohnheit der Sachsen, sie, sobald ein Mann zugegen war, einfach zu übersehen. «Ich warte darauf, mit Abt Wilfrid sprechen zu können.»

Bruder Eadulf ergriff das Wort, ehe Fidelma antworten konnte. Vielleicht hatte er das wütende Funkeln in ihren Augen gesehen.

«Es wird nicht lange dauern, Bruder. Es geht um den Tod von Äbtissin Étain.»

Athelnoth konnte seine Züge nicht ganz beherrschen. Ein merkwürdiger Ausdruck huschte über sein Gesicht und verschwand, ehe Schwester Fidelma ihn deuten konnte.

«Was hat ihr Tod mit Euch zu tun?» erwiderte Athelnoth ungehalten.

«König Oswiu hat uns mit der Untersuchung des Mordfalles betraut, und zwar mit ausdrücklicher Billigung von Bischof Colmán und Äbtissin Hilda.»

Schwester Fidelmas ruhige, klare Worte reichten aus, um Athelnoths Einwände zu entkräften. Solcher Machtbefugnis konnte auch er nichts entgegensetzen.

«Und was wollt Ihr von mir?» Fidelma konnte sich des Eindrucks nicht erwehren, daß sich ein angriffslustiger Ton in seine Stimme schlich.

«Laßt uns hinausgehen. Hier versteht man sein eigenes Wort nicht», schlug Eadulf vor und deutete auf die Seitentür des *sacrarium*. Die versammelten Glaubensbrüder und -schwestern debattierten noch immer hitzig und schienen das Mittagsmahl vergessen zu haben, das im Refektorium auf sie wartete.

Athelnoth zögerte. Er sah Wilfrid an, der in ein ernstes Gespräch mit Agilbert, dem rundlichen Wighard und dem gebrechlichen Erzbischof von Canterbury vertieft war und niemanden sonst wahrzunehmen schien. Schließlich wandte er sich seufzend um und folgte Eadulf und Fidelma zur Tür. Sie gelangten in den *hortus olitorius*, den ausgedehnten Küchengarten, der jenseits des *sacrarium* lag.

Die warme Maisonne warf ihr helles Licht auf die bunten Beete. Der Duft unzähliger Pflanzen und Kräuter lag in der Luft.

«Laßt uns ein wenig zwischen den Beeten wandeln und nach der Enge in der Versammlungshalle Gottes frische Luft genießen», schlug Eadulf in fast salbungsvollem Ton vor.

Die anderen beiden nickten. Sie schritten einen der breiten Gartenwege entlang, wobei Fidelma und Eadulf Athelnoth in ihre Mitte nahmen.

«Kanntet Ihr Äbtissin Étain?» eröffnete Eadulf fast beiläufig das Gespräch.

Athelnoth warf ihm einen raschen Seitenblick zu.

«Das kommt darauf an, was Ihr unter ‹kennen› versteht», gab er zurück.

«Ich kann die Frage ja noch einmal anders stellen», entgegnete Eadulf geduldig. «*Wie* gut kanntet Ihr Étain von Kildare?»

Athelnoth errötete leicht. Er zögerte, dann antwortete er knapp: «Nicht besonders gut.»

«Aber Ihr kanntet sie?» fragte Fidelma, zufrieden mit der Art, wie der sächsische Mönch die Befragung eingeleitet hatte.

«Ich bin ihr vor vier Tagen das erste Mal begegnet.»

Als niemand darauf etwas erwiderte, sprach Athelnoth hastig weiter.

«Bischof Colmán rief mich vor einer Woche zu sich und sagte mir, er habe gehört, Äbtissin Étain von Kildare sei auf dem Weg nach Witebia, um an der großen

Synode teilzunehmen. Ihr Schiff sei im Hafen von Ravenglass im Königreich Rheged eingelaufen, und die Reise würde sie über die Berge nach Catraeth führen. Colmán bat mich, gemeinsam mit einigen Brüdern nach Catraeth zu reiten, die Äbtissin dort in Empfang zu nehmen und sicher nach Witebia zu geleiten. Und genau das habe ich auch getan.»

«Es war Euer erstes Zusammentreffen mit der Äbtissin?» hakte Fidelma noch einmal nach.

Athelnoth runzelte die Stirn.

«Weshalb stellt Ihr all diese Fragen?» fragte er vorsichtig.

«Wir möchten uns ein klares Bild von Étains letzten Tagen verschaffen», erklärte Eadulf.

«Also gut, dann lautet die Antwort ja. Es war unser erstes Zusammentreffen.»

Fidelma und Eadulf wechselten argwöhnische Blicke. Beide waren sich ziemlich sicher, daß Athelnoth log. Aber warum?

«Und auf Eurer Reise nach Streoneshalh gab es keine besonderen Vorkommnisse?» fragte Ealdulf nach einer Weile.

«Nein.»

«Ihr seid nicht mit der Äbtissin oder ihren Anhängern in Streit geraten?»

Athelnoth biß sich auf die Lippe.

«Ich weiß nicht, wovon Ihr redet», erwiderte er grimmig.

«Ach, kommt schon, Athelnoth», sagte Fidelma gutmütig. «Ihr seid als glühender Verfechter der Lehren Roms bekannt, und Äbtissin Étain sollte die Debatte für die Kirche Columbans eröffnen. Gewiß habt Ihr Euch das eine oder andere Wortgefecht geliefert? Schließlich wart Ihr einige Tage mit ihr und ihrem Gefolge unterwegs.»

Athelnoth zuckte mit den Schultern.

«Ach so. Natürlich gab es das eine oder andere Gespräch.»

«Gespräch?»

Athelnoths Seufzer kündete von kaum verhohlener Verärgerung.

«Wir hatten einen Streit, das war alles. Ich habe ihr meine Meinung gesagt. Das ist ja wohl kein Verbrechen.»

«Natürlich nicht. Ist es durch Euren Streit auch zu tätlichen Übergriffen gekommen?»

Athelnoth errötete. «Ein junger Mönch im Gefolge der Äbtissin mußte zurückgehalten werden. Sein jugendliches Ungestüm machte sein unbotmäßiges Gebaren verzeihlich. Er besaß noch nicht die nötige Reife, um zu wissen, daß sich Meinungsunterschiede nicht mit Gewalt austragen lassen. Ein hitzköpfiger Knabe. Der Vorfall blieb ohne Folgen.»

«Und was geschah, nachdem Ihr hier angekommen seid?»

«Ich hatte meine Pflicht gegenüber meinem Bischof erfüllt. Die Äbtissin und ihr Gefolge hatten Streoneshalh wohlbehalten erreicht, und meine Aufgabe war erfüllt.»

«Wirklich?» fragte Fidelma scharf.

Athelnoth sah sie an, antwortete jedoch nicht.

«Habt Ihr sie nach Eurer Ankunft noch einmal gesehen?» fragte Eadulf.

Athelnoth schüttelte den Kopf.

«Hm.» Fidelma atmete tief. «Ihr habt Étain also nicht in ihrer Zelle aufgesucht und den Wunsch geäußert, mit ihr alleine zu sprechen?»

Fidelma konnte förmlich sehen, wie sich die Gedanken des Mannes überschlugen. Seine Augen weiteten sich, als er an die Zeugin seines Auftritts dachte.

«Ach ja …»

«Also doch?»

«Ich habe sie einmal aufgesucht.»

«Wann und zu welchem Zweck?»

Athelnoth war vorsichtig geworden. Fidelma verspürte sogar ein gewisses Mitleid mit ihm, während er verzweifelt auf eine passende Ausrede sann.

«Gleich nach dem *prandium*, am ersten Tag der Debatte, ihrem Todestag. Ich wollte etwas zurückgeben, das ihr gehörte. Etwas, das sie während der Reise von Catraeth nach Streoneshalh verloren hatte.»

«Wirklich?» Eadulf kratzte sich am Ohr. «Warum habt Ihr es nicht schon vorher zurückgegeben?»

«Ich ... hatte es gerade erst entdeckt.»

«Und Ihr habt ‹es› ihr zurückgeben – was auch immer es war?»

«Eine Brosche.» Athelnoths Stimme klang jetzt sicherer. «Und ich habe sie nicht zurückgegeben.»

«Warum?»

«Als ich die Äbtissin aufsuchte, war sie nicht allein.»

«Warum habt Ihr die Brosche nicht trotzdem dort gelassen?»

«Ich wollte mit ihr persönlich sprechen.» Athelnoth zögerte. «Deshalb beschloß ich, sie ihr später zurückzugeben.»

«Und das habt Ihr dann auch getan?»

«Wie bitte?»

«Ihr habt sie ihr später zurückgegeben?»

«Nein. Später war die Äbtissin tot.»

«Ihr besitzt ihre Brosche also noch immer?»

«Ja.»

Schwester Fidelma streckte stumm die Hand aus.

«Ich habe sie nicht bei mir.»

«Auch gut», meinte Fidelma lächelnd. «Dann werden wir Euch zu Eurem *cubiculum* begleiten. Ich nehme an, die Brosche ist dort?»

Athelnoth nickte zögernd.

«Wir folgen Euch», sagte Eadulf.

Gemeinsam wandten sie sich zum Gehen. Athelnoth schien sich äußerst unwohl in seiner Haut zu fühlen.

«Was ist an der Brosche denn so wichtig?» fragte er zögernd.

«Solange wir sie nicht gesehen haben, läßt sich das schwer feststellen», gab Fidelma mit ruhiger Stimme zurück. «Im Augenblick verfolgen wir alles, was mit der Äbtissin im Zusammenhang steht.»

Athelnoth schnaubte wütend. «Falls Ihr nach verdächtigen Personen sucht, kann ich Euch eine nennen. Als ich zur Äbtissin kam, um ihr die Brosche zu bringen, war diese seltsame Schwester bei ihr.»

Fidelma hob die Augenbrauen.

«Ihr meint Schwester Gwid?»

Athelnoth nickte. «Die mißgünstige Piktin, die so grobschlächtig aussieht und sich ständig über jede Kleinigkeit ereifert. Die Pikten sind die Erzfeinde unseres Volkes. Mein Vater hat im Krieg gegen sie sein Leben gelassen. Jedenfalls ist diese Gwid der Äbtissin nicht von der Seite gewichen.»

«Wen sollte das wundern?» gab Eadulf zurück. «Sie war ihre Sekretärin.»

Athelnoth verzog das Gesicht.

«Mir war es von Anfang an ein Rätsel, warum Äbtissin Étain sie zu ihrer Sekretärin berufen hatte. Aus Mitleid vielleicht? Das Mädchen folgte der Äbtissin wie ein Hund. Fast hatte man das Gefühl, sie hielt Étain für die Wiedergeburt einer Heiligen.»

«Aber Étain hat Gwid ausdrücklich eingeladen, nach Witebia zu kommen und ihr als Sekretärin zu dienen», sagte Fidelma. «Hätte sie so etwas aus Mitleid getan?»

Athelnoth zuckte mit den Schultern und führte sie stumm durch den schattigen Kreuzgang zu seinem *cubiculum*.

Es war eine kleine, zweckmäßig eingerichtete Zelle, die sich in nichts von den anderen *cubicula* in der Abtei unterschied. Doch daß Athelnoth eine eigene Kammer anstelle eines einfachen Bettes in einem *dormitorium* zugewiesen worden war, zeugte von seiner wichtigen Stellung in der Kirche Northumbriens – eine Tatsache, die Fidelma wortlos zur Kenntnis nahm.

Athelnoth stand zögernd auf der Schwelle und blickte auf die kargen Sandsteinwände.

«Die Brosche ...?» erinnerte ihn Fidelma an den Grund ihres Kommens.

Mit einem Nicken ging Athelnoth zu dem Holzhaken, an dem seine Sachen hingen. Darunter befand sich auch die *epera*, eine Ledertasche, in der reisende Glaubensbrüder ihre Habseligkeiten aufbewahrten.

Er griff mit der Hand in die Tasche, runzelte die Stirn und durchsuchte ihren Inhalt noch einmal gründlich.

Mit verwirrter Miene wandte er sich zu Fidelma und Eadulf um.

«Sie ist nicht da. Ich kann sie nirgends finden.»

«Und Ihr habt die Brosche eigenhändig in Eure Tasche gesteckt?»

«Ja. Gestern nachmittag.»

«Wer könnte sie herausgenommen haben?»

«Keine Ahnung. Niemand wußte, daß sie sich in meinem Besitz befand.»

Eadulf wollte schon eine spitze Bemerkung machen, als Fidelma ihn zurückhielt.

«Nun gut, Athelnoth. Sucht noch einmal gründlich nach der Brosche, und wenn Ihr sie gefunden habt, laßt es uns sofort wissen.»

Nachdem sie Athelnoth in seiner Zelle zurückgelassen hatten, wandte sich Eadulf an Fidelma.

«Ihr glaubt ihm doch nicht, oder?»

Fidelma zuckte die Achseln.

«Meint Ihr, er hat die Wahrheit gesagt?»

«Beim lebendigen Gott, nein! Natürlich nicht!»

«Dann hat Gwid also recht. Als Athelnoth zu Étains *cubiculum* kam, ging es um mehr als die Rückgabe einer einfachen Brosche.»

«Ganz gewiß. Athelnoth lügt.»

«Aber beweist das, daß er Étain ermordet hat?»

«Nein», räumte Eadulf ein. «Doch es könnte auf das Mordmotiv hinweisen.»

«Richtig. Auch wenn irgend etwas daran nicht schlüssig ist. Ich war mir sicher, daß Athelnoth die Geschichte mit der Brosche erfunden hat, bis er behauptete, das Schmuckstück sei noch immer in seinem *cubiculum*. Ihm mußte doch klar sein, daß das sofort auffliegen würde.»

«Er stand unter dem Druck, uns möglichst rasch eine glaubhafte Geschichte auftischen zu müssen. Deshalb hat er die erstbeste Ausrede gebraucht, ohne sich deren Schwachpunkte klarzumachen.»

«Das klingt überzeugend. Und doch können wir es uns leisten, Athelnoth für eine Weile sich selbst zu überlassen. Kennt Ihr jemanden unter den sächsischen Geistlichen, der Euch ein wenig mehr über Athelnoth erzählen könnte? Vielleicht sogar jemanden, der ihn begleitete, als er Étain an der Grenze nach Rheged abholte? Ich würde gern mehr über diesen Athelnoth erfahren.»

«Eine gute Idee. Ich werde mich beim Abendessen umhören», stimmte Eadulf zu. «Wollen wir in der Zwischenzeit Bruder Seaxwulf vernehmen?»

Fidelma nickte.

«Warum nicht? Seaxwulf und Agatho gehören zu denen, die Étain zuletzt lebend gesehen haben. Laßt uns in Schwester Athelwiths *officium* zurückkehren und die gute Schwester bitten, Seaxwulf für uns ausfindig zu machen.»

Auf dem Weg zum Gästehaus war plötzlich lautes Geschrei zu hören. Eadulf spitzte besorgt die Ohren.

«Gibt es etwa schon wieder Schwierigkeiten?»

«Das werden wir mit Sicherheit nicht herausfinden, wenn wir hier stehenbleiben», versetzte Fidelma und wandte sich der Quelle des Lärms zu. Sie trafen auf eine Gruppe Geistlicher, die sich an mehreren Fenstern des Klostergebäudes drängten. Eadulf bahnte ihnen beiden einen Weg zu einem der Fenster, so daß sie nach draußen schauen konnten. Im ersten Augenblick konnte Fidelma nicht feststellen, was sich dort tat. Eine wütende Menschenmenge hatte sich um ein auf dem Boden liegendes Bündel schmutziger Lumpen versammelt. Unter lautem Gebrüll bewarfen sie es mit Steinen, wobei sie seltsamerweise einen Sicherheitsabstand hielten. Erst als Fidelma bemerkte, daß sich das Bündel bewegte, wurde ihr mit Schrecken klar, daß es sich um einen Menschen handelte. Die Menge steinigte jemanden zu Tode.

«Was geht hier vor?» erkundigte sie sich entsetzt.

Eadulf wandte sich fragend an einen der anderen Brüder, der ihm mit ängstlicher Miene antwortete.

«Ein Opfer der Gelben Pest», übersetzte Eadulf, «der Seuche, die unser Land ins Unglück reißt und Männer, Frauen und Kinder ohne Ansehen von Alter, Geschlecht oder Stellung trifft. Offenbar hat sich jemand hergeschleppt, um im Kloster Hilfe zu suchen, ist aber dem Markt zu nahe gekommen, den die Kaufleute im Schutz der Klostermauer aufgebaut haben.»

Fidelma sah ihn entgeistert an.

«Ihr meint, die Leute steinigen einen kranken Menschen zu Tode? Und niemand setzt dieser Greueltat ein Ende?»

Eadulf sah beschämt zu Boden.

«Würdet Ihr es wagen, Euch dieser aufgehetzten Meute in den Weg zu stellen?» Er zeigte auf die von Wut und Angst verzerrten Gesichter. «Außerdem», sagte er, «ist es ohnehin vorbei.»

Fidelma preßte die Lippen zusammen. Die Reglosigkeit des Bündels bestätigte Eadulfs Worte.

«Wenn der Menge klar wird, daß der Kranke tot ist, wird sie sich zerstreuen, und jemand wird die Leiche fortschleifen, damit sie verbrannt werden kann. In letzter Zeit sind einfach zu viele von uns an der Seuche gestorben, als daß man mit diesen Leuten noch vernünftig reden könnte.»

Wie Fidelma wußte, handelte es sich bei der Gelben Pest um eine meist tödlich verlaufende Form der Gelbsucht, die seit Jahrzehnten in Europa wütete und inzwischen auch Britannien und Irland erreicht hatte. In Irland, wo sie *buidhe chonaill* genannt wurde, war sie vor acht Jahren zum erstenmal aufgetreten – eingeleitet, wie die Gelehrten behaupteten, von einer totalen Sonnenfinsternis. Sie griff vor allem im Hochsommer um sich und hatte bereits die Hälfte der irischen Bevölkerung dahingerafft. Zwei Hochkönige, die Provinzkönige von Ulster und Munster sowie zahlreiche andere Persönlichkeiten von Rang zählten zu ihren Opfern, und auch kirchliche Würdenträger wie Fechin von Fobhar, Ronan, Aileran der Weise, Cronan, Manchan und Ultan von Clonard waren ihr erlegen. Ja, es waren so viele Eltern gestorben und hatten hungernde Kinder zurückgelassen, daß Ultan von Ardbraccan ein Waisenhaus eröffnet hatte, um den jüngsten Opfern der Seuche Obdach zu geben und sie zu nähren.

Fidelma kannte die Schrecken der Gelben Pest.

«Steht Euer sächsisches Volk denn so wenig über den Tieren?» schnaubte Fidelma. «Wie kann es zu seinen eigenen Mitgeschöpfen so unbarmherzig sein? Und schlimmer noch, wie können Brüder und Schwestern Christi dabeistehen und seelenruhig zuschauen, als ob es um eine Belustigung auf einem Jahrmarkt ginge?»

Die anderen Glaubensbrüder und -schwestern hatten mit einem gleichgültigen Achselzucken ihre Plätze an den Fenstern verlassen und waren zu ihren jeweiligen Aufgaben zurückgekehrt. Falls sie Fidelmas unmißverständlichen Tadel gehört hatten, ließen sie es sich nicht anmerken.

«Eure Sitten sind nicht unsere Sitten», entgegnete Eadulf geduldig. «Soviel habe ich inzwischen gelernt. Ich habe die Zufluchtsstätten für Kranke und Schwache in Irland gesehen. Vielleicht werden wir eines Tages von Euch lernen. Doch jetzt befindet Ihr Euch in einem Land, in dem sich die Menschen vor Tod und Krankheit fürchten. Und die Gelbe Pest gilt als allergrößtes Übel, das alle dahinrafft, die sich ihm entgegenstellen. Was den Menschen angst macht, wollen sie zerstören. Ich habe Söhne gesehen, die ihre eigenen Mütter mitten im Winter aus dem Haus geworfen haben, weil bei ihnen Anzeichen der Seuche aufgetreten sind.»

Fidelma wollte widersprechen, doch was war der Sinn? Eadulf hatte recht. Die Sitten Northumbriens waren anders als die ihres Heimatlandes.

«Laßt uns mit Seaxwulf sprechen», sagte sie und wandte sich vom Fenster ab.

Draußen war das Geschrei inzwischen verebbt. Die Leute hatten ihre Steine fallen gelassen und sich wieder den Vergnügungen des Marktes zugewandt. Das reglose Lumpenbündel lag unbeachtet im Schlamm.

¶ Als Seaxwulf den Raum betrat, erkannte Fidelma in ihm sofort den jungen Mann mit dem strohblonden Haar, der im *sacrarium* neben Wilfrid gestanden hatte.

Seaxwulf war ein schlanker, junger Mann mit einem hübschen, ebenmäßigen Gesicht, der verlegen kicherte, sobald jemand unmittelbar das Wort an ihn richtete. Er hatte hellblaue Augen und die seltsame Angewohnheit zu zwinkern, während er lispelnd und mit auffallend hoher Stimme sprach. Fidelma mußte sich mehrmals ins Gedächtnis rufen, daß ihr ein Mann und kein kokettes Mädchen gegenübersaß. Die Natur schien dem jungen Mann durch eine seltsame Unentschlossenheit in der Frage des Geschlechts einen grausamen Streich gespielt zu haben. Sein Alter war schwer festzustellen, doch sie schätzte ihn auf Anfang Zwanzig, obwohl sein Bartflaum nicht den Eindruck machte, als hätte er sich je rasieren müssen.

Es war Bruder Eadulf, der den jungen Mann auf sächsisch befragte, während Fidelma sich große Mühe gab, mit ihren unzureichenden, aber stetig wachsenden Kenntnissen dieser Sprache der Unterhaltung zu folgen.

«Ihr seid am Tage ihres Todes bei Äbtissin Étain gewesen», eröffnete Eadulf mit einer einfachen Feststellung das Gespräch.

Seaxwulf kicherte und schlug eine schlanke Hand

vor den Mund. Über seine Fingerspitzen hinweg warf er ihnen schelmische Blicke zu.

«Ach ja?»

Seine Stimme klang merkwürdig sinnlich.

Eadulf schnaubte angewidert.

«Aus welchem Grund habt Ihr die Äbtissin in ihrer Zelle aufgesucht?»

Seaxwulf klapperte wieder mit den Wimpern und stieß ein erneutes Kichern aus.

«Das ist mein Geheimnis.»

«Ist es nicht», widersprach Eadulf streng. «Wir haben den Auftrag Eures Königs, Eures Bischofs und der Äbtissin dieses Klosters, die Wahrheit aufzudecken. Ihr seid durch Euer Gelübde dazu verpflichtet, uns alles mitzuteilen, was Ihr wißt.»

Seaxwulf blinzelte und zog in gespielter Verärgerung einen Schmollmund.

«Also gut, meinetwegen!» Seine Stimme klang wie die eines eingeschnappten Kindes. «Ich habe die Äbtissin auf Geheiß Wilfrids von Ripon aufgesucht. Ich bin sein Sekretär und sein Vertrauter.»

«Und zu welchem Zweck seid Ihr zur Äbtissin gegangen?» beharrte Eadulf.

Der junge Mann hielt inne und runzelte verstockt die Stirn. «Das solltet Ihr Abt Wilfrid fragen.»

«Ich frage aber Euch», versetzte Eadulf in fast grobem Ton. «Und ich erwarte eine Antwort. Also los!»

Seaxwulf schob die Unterlippe vor. Schwester Fidelma schlug den Blick zu Boden, um ihre Belustigung über das Betragen des seltsamen jungen Mönchs zu verbergen.

«Ich sollte auf Wilfrids Geheiß mit der Äbtissin verhandeln.»

An dieser Stelle schaltete sich Fidelma ein, die nicht sicher war, ob sie das Wort richtig verstanden hatte.

«Verhandeln?» fragte sie ungläubig.

«Ja. Als Anführer der Delegation Roms und Columbans hatten Wilfrid und Étain die Absicht, sich vor der öffentlichen Debatte auf bestimmte Punkte zu einigen.»

Fidelma riß entgeistert die Augen auf.

«Äbtissin Étain wollte sich mit Wilfrid von Ripon einigen?» Sie bat Eadulf, ihre Frage zu übersetzen.

Seaxwulf zuckte mit den schmalen Schultern.

«Sich vor einer Debatte über bestimmte Punkte zu verständigen, spart viel Zeit und Ärger, Schwester.»

«Ich bin mir nicht sicher, was Ihr damit meint. Wollt Ihr etwa sagen, daß bestimmte Meinungsverschiedenheiten schon vor der öffentlichen Debatte ausgeräumt werden sollten?»

Wieder mußte Eadulf ihre Frage ins Sächsische und anschließend die Antwort des Mönchs zurück ins Irische übersetzen.

Durch seinen verächtlichen Blick gab Seaxwulf zu verstehen, daß er die Frage für völlig überflüssig hielt.

«Aber natürlich», lautete seine Antwort.

«Und Äbtissin Étain war zu solchen Absprachen bereit?»

Fidelma war völlig verblüfft über die Enthüllung, daß die Gegner geheime Verhandlungen führten, von der die Allgemeinheit keine Kenntnis hatte. Es kam ihr unehrlich vor, bestimmte Punkte im vorhinein abzuklären, ohne den Streit vor der Synode offen auszutragen.

Seaxwulf zuckte erneut die Achseln.

«Ich bin selbst in Rom gewesen. Dort ist dieses Vorgehen gang und gäbe. Warum mit einer langwierigen öffentlichen Debatte Zeit vergeuden, wenn man durch private Absprachen sein Ziel viel schneller und bequemer erreichen kann?»

«Und wie weit waren diese Verhandlungen gediehen?»

«Nicht weit», erklärte Seaxwulf in vertraulichem Ton. «Was die Tonsur betrifft, hatten wir allerdings eine gewisse Einigung erzielt. Wie Ihr wißt, hält Rom die Tonsur Eurer Kirche für barbarisch. Wir bekennen uns zu der Tonsur des Heiligen Petrus, der damit an die Dornenkrone Christi gemahnen wollte. Äbtissin Étain erwog, öffentlich einzugestehen, daß sich die Kirche Columbans in der Frage der Tonsur auf einem Irrweg befände.»

Fidelma schluckte.

«Aber das ist unmöglich», flüsterte sie.

Seaxwulf lächelte zufrieden, als bereite ihm ihr Entsetzen Genugtuung.

«O doch. Im Tausch für dieses Zugeständnis wollte Wilfrid in der Frage des Segens einlenken. Wie Ihr wißt, deuten wir Anhänger Roms beim Segen die Dreieinigkeit mit Daumen, Zeige- und Mittelfinger an, während Ihr Zeigefinger, Ringfinger und kleinen Finger erhebt. Wilfrid war bereit, beide Formen als gültig anzuerkennen.»

Fidelma hatte Mühe, ihr Erstaunen zu verbergen.

«Wie lange waren diese Verhandlungen schon im Gange?»

«Seit der Ankunft der Äbtissin in Streoneshalh. Zwei oder drei Tage, ich weiß es nicht mehr ganz genau.» Der junge Mann betrachtete gedankenverloren seine ausgestreckten Hände und runzelte dabei mißbilligend die Stirn, als wäre er plötzlich mit dem Schnitt seiner Fingernägel unzufrieden.

Fidelma sah Eadulf an.

«Ich glaube, das rückt die Sache in ein völlig neues Licht», sagte sie auf irisch, wohlwissend, daß Seaxwulf sie nicht verstand.

Eadulf verzog das Gesicht.

«Wieso das?»

«Was meint Ihr, was die meisten Brüder und Schwestern denken würden, wenn sie wüßten, daß hinter den Kulissen, ohne ihr Wissen und ohne ihre Beteiligung solche Verhandlungen stattfinden? Daß die eine Seite als Gegenleistung für ein Zugeständnis in einem bestimmten Punkt wiederum in einem anderen nachgibt? Würde das die Flamme der Feindseligkeit, die schon jetzt unter den Brüdern und Schwestern glimmt, nicht aufs neue entfachen? Und wäre nicht denkbar, daß jemand über diese Vorgänge so empört war, daß er versuchte, den Verhandlungen sofort ein Ende zu setzen, notfalls durch einen Mord?»

«Schon möglich. Aber dieses Wissen allein hilft uns wenig.»

«Warum?»

«Weil es bedeutet, daß wir Hunderte von Verdächtigen haben, und zwar sowohl unter den Gefolgsleuten Roms als auch unter den Anhängern Ionas.»

«Dann müssen wir eine Möglichkeit finden, die Zahl der Verdächtigen einzugrenzen.»

Eadulf nickte und wandte sich wieder an den jungen Mönch.

«Wer wußte von Euren Verhandlungen mit der Äbtissin?»

Seaxwulf zog einen Schmollmund, wie ein Kind, das sein Wissen nur widerwillig preisgibt.

«Sie waren streng geheim.»

«Also wußtet nur Ihr und Wilfrid von Ripon davon?»

«Und Äbtissin Étain.»

«Was war mit Gwid, Étains Sekretärin?» warf Fidelma ein.

Seaxwulf lachte höhnisch.

«Gwid? Die Äbtissin hatte zu ihrer Sekretärin kein Vertrauen. Im Gegenteil, sie wies mich sogar ausdrücklich an, in dieser Angelegenheit nicht mit Gwid zu sprechen und ihr gegenüber mit keinem Wort zu erwähnen, daß sie mit Wilfrid von Ripon in Verbindung stand.»

«Wie kommt Ihr zu der Aussage, daß Étain zu Gwid kein Vertrauen hatte?»

«Weil Gwid sonst ganz bestimmt an den Verhandlungen teilgenommen hätte. Ich habe Gwid und Étain nur ein einziges Mal zusammen gesehen, und da haben sie sich angeschrien. Leider kann ich Euch nicht sagen, worum es ging, weil ich kein Irisch verstehe.»

«Es wußte also niemand sonst von den Verhandlungen?» hakte Eadulf noch einmal nach.

«Ich glaube nicht – außer Äbtissin Abbe, wenn ich mich recht besinne. Sie lief mir über den Weg, als ich gerade Étains *cubiculum* verließ, denn sie war gleich neben Étain untergebracht. Sie sah mich äußerst mißtrauisch an, aber ich habe nichts weiter gesagt, sondern bin meiner Wege gegangen. Allerdings habe ich noch gesehen, daß sie sofort Äbtissin Étains Zelle betrat, und kurz darauf hörte ich laute Stimmen. Ich bin mir zwar nicht sicher, ob sie den Zweck meines Besuches erraten hat, aber wahrscheinlich war Äbtissin Abbe klar, daß Étain und Wilfrid miteinander verhandelten.»

Fidelma beschloß, in diesem Punkt noch einmal nachzuhaken.

«Während Ihr fortgingt, haben Abbe und Étain also laut miteinander gestritten?»

«Das nehme ich an. Ich habe ihre erhobenen Stimmen gehört, das war alles.»

«Und habt Ihr Äbtissin Étain seitdem noch einmal gesehen?»

Seaxwulf schüttelte den Kopf.

«Ich bin auf kürzestem Weg zu Wilfrid geeilt, um ihm von der Bereitschaft der Äbtissin zu berichten, in der Frage der Tonsur Petrus' richtungsweisende Worte anzuerkennen. Dann läutete es auch schon zum Beginn der

Versammlung, und ich ging gemeinsam mit Wilfrid ins *sacracrium*. Kurz darauf hörten wir, daß Äbtissin Étain ermordet worden sei.»

Fidelma seufzte tief. Dann nickte sie Seaxwulf zu.

«Also gut, Bruder. Ihr könnt jetzt gehen.»

Nachdem sich die Tür hinter Seaxwulf geschlossen hatte, sah Eadulf Fidelma an. Seine braunen Augen leuchteten aufgeregt.

«Äbtissin Abbe! Die Schwester des Königs höchstpersönlich! Eine Besucherin in Étains *cubiculum*, die Schwester Athelswiths wachsamem Auge entgangen ist, was sich leicht erklären läßt, da ihre Unterkunft gleich neben Étains Zelle lag.»

Schwester Fidelma wirkte weniger begeistert.

«Wir werden mit ihr sprechen müssen. Tatsächlich hätte sie ein Motiv gehabt. Abbe ist als leidenschaftliche Verfechterin der Lehren Columbans bekannt. Wenn sie den Eindruck hatte, daß Étain ohne das Wissen der maßgeblichen Vertreter der Kirche Ionas Zugeständnisse machte, muß sie sehr verärgert gewesen sein, und das wiederum kann sehr rasch zum Mordmotiv werden.»

Eadulf nickte eifrig.

«Mit unserer ersten Vermutung, der Mord hinge mit der Synode zusammen, lagen wir also vielleicht doch richtig. Nur daß Étain nicht von einem Anhänger Roms, sondern von einem Mitglied ihrer eigenen Kirche ermordet wurde.»

Fidelma verzog das Gesicht.

«Wir sind nicht hier, um die römische Delegation von Schuld freizusprechen, sondern um die Wahrheit aufzudecken.»

«Auch ich fühle mich der Suche nach der Wahrheit verpflichtet», versicherte Eadulf. «Aber Äbtissin Abbe gehört sicherlich zum Kreis der Verdächtigen ...»

«Bisher haben wir nur Bruder Seaxwulfs Wort, daß

sie nach ihm in Étains Zelle ging. Und Ihr erinnert Euch sicherlich auch daran, daß Schwester Athelswith nach Bruder Seaxwulf noch einen weiteren Besucher, nämlich Priester Agatho erwähnte. Wenn ihre Beobachtungen stimmen, hat Étain den Streit mit Abbe unbeschadet überstanden. Denn wenn Abbe gleich nach Seaxwulf in Étains Zelle ging, muß Agatho nach Abbe bei ihr gewesen sein.»

In dem Augenblick läutete die Glocke zur *cena*, der Hauptmahlzeit des Tages.

Die Begeisterung war aus Eadulfs Gesicht verschwunden.

«Agatho hatte ich völlig vergessen», murmelte er zerknirscht.

«Ich nicht», erwiderte Fidelma bestimmt. «Aber wir werden trotzdem nach dem Abendessen mit Äbtissin Abbe sprechen.»

¶ Fidelma hatte keinen großen Hunger. Ihr gingen zu viele Gedanken im Kopf herum. Daher aß sie nur etwas Obst und ein Stück von dem schweren Brot, das man im Kloster *paximatium* nannte, und ging dann in ihr *cubiculum*, um sich auszuruhen. Da die meisten Glaubensbrüder und -schwestern noch im Refektorium weilten, herrschte im *domus hospitale* wohltuende Ruhe. Fidelma wollte allein sein, noch einmal alles durchdenken, was Bruder Eadulf und sie bisher in Erfahrung gebracht hatten, und etwas Sinn und Ordnung in das Ganze bringen. Aber es gelang ihr nicht. Ihr Lehrer, der Brehon Morann von Tara, hatte ihr wie allen seinen Schülerinnen und Schülern eingeprägt, mit ihrem Urteil stets zu warten, bis wirklich alle Tatsachen ermittelt waren. Und doch verspürte Fidelma eine Ungeduld, die sich nur schwer bezwingen ließ.

Seufzend erhob sie sich von ihrem Bett und beschloß, einen Spaziergang über die Klippen zu machen. Vielleicht würde die frische Abendluft ihr etwas Klarheit verschaffen.

Sie verließ das *domus hospitale* und überquerte einen viereckigen Innenhof in Richtung *monasteriolum*, wo die älteren Nonnen und Mönche sich ihren Studien widmeten und die jüngeren ihren Unterricht bekamen. Jemand hatte etwas an die Wand geschrieben: *docendo discimus*. Fidelma lächelte. Die Worte waren treffend. Tatsächlich lernte man beim Lehren.

Dem *monasteriolum* hatte Fidelma bereits einen Besuch abgestattet, als sie das Buch, das Abt Cumméne von Iona ihr als Geschenk mitgegeben hatte, beim *librarius* abgegeben hatte. Streoneshalhs Büchersammlung war beeindruckend. Hilda hatte es sich zur Aufgabe gemacht, die Bibliothek ständig zu vergrößern und so viele Bücher wie möglich zu sammeln, da sie entschlossen war, ihr ganzes Volk das Lesen und Schreiben zu lehren.

Die Sonne stand schon tief hinter den Bergen, und die Klostergebäude warfen lange Schatten. Bald würden sie ganz von der Dämmerung eingehüllt sein. Fidelma blieb gerade noch genug Zeit für einen kurzen Spaziergang, ehe sie zum Gespräch mit Äbtissin Abbe in Schwester Athelswiths *officium* zurückerwartet wurde.

Sie ging den äußeren Kreuzgang entlang, von dem aus man durch ein Seitentor auf einen Pfad zu den Klippen gelangen konnte, als sie vor sich plötzlich die Gestalt eines Mönches bemerkte. Er hatte den Kopf mit einer Kapuze verhüllt.

Einer inneren Eingebung folgend, blieb Fidelma stehen. Es kam ihr seltsam vor, daß ein Bruder innerhalb der Klostermauern seine Kapuze trug. Doch in diesem Augenblick erschien auch schon eine zweite Gestalt in der Nähe des Seitentors. Fidelma zog sich in die Schatten des Gewölbes zurück. Ihr Herz schlug schneller, auch wenn es dafür keinen sachlichen Grund zu geben schien – außer daß sie in der zweiten Gestalt Wulfric von Frihop erkannte.

Die beiden Männer begrüßten sich auf sächsisch.

Vorsichtig tastete sich Fidelma näher an die beiden heran und wünschte inständig, sie würde mehr von dieser Sprache verstehen.

Die beiden Männer lachten. Warum auch nicht? Was war so außergewöhnlich daran, daß ein sächsischer Than und ein sächsischer Mönch miteinander scherzten? Es war einzig und allein eine Art sechster Sinn, der Fidelma wachsam sein ließ. Die beiden Männer schauten sich während ihres Gespräches immer wieder vorsichtig um, als fürchteten sie sich vor Zeugen. Ihre Stimmen klangen verschwörerisch und leise. Dann gaben sie sich die Hand, und Wulfric ging zum Tor hinaus, während der mit seiner Kapuze verhüllte Bruder zurück in Fidelmas Richtung schritt.

So gut sie konnte, preßte sich Fidelma in den Schatten eines Säulenbogens.

Der Bruder ging an Fidelma vorbei und überquerte den viereckigen Innenhof in Richtung *monasteriolum*. Auf halbem Weg warf er die Kapuze zurück. Sie hatte ihren Zweck erfüllt, und innerhalb der Klostermauern eine Kapuze zu tragen, hätte bloß verdächtig gewirkt. Fidelma konnte einen kurzen Aufschrei des Erstaunens nicht unterdrücken, als sie den Mann mit der Tonsur Columbans erkannte.

Es war Bruder Taran.

¶ Abbe war eine stämmige Frau, die ihrem Bruder Oswiu auffallend ähnelte. Sie war Mitte Fünfzig, hatte tief ins Gesicht eingegrabene Falten und hellblaue, fast wäßrige Augen. Zusammen mit ihren drei Brüdern hatte man sie nach Iona ins Exil gebracht, als ihr Vater, der König von

Bernicia, von seinem Rivalen, Edwin von Deira, getötet worden war. Edwin hatte die beiden Reiche zu einem einzigen Königreich vereinigt, das er, weil es «nördlich des Flusses Humber» lag, «Northumbrien» nannte. Als Abbes Brüder Eanfrith, Oswald und Oswiu zurückkehrten, um nach Edwins Tod ihren Anspruch auf den Thron geltend zu machen, begleitete Abbe sie als Geistliche der Kirche Columbans. Auf einer Landspitze in Coldingham gründete sie ein Kloster für Männer und Frauen und wurde von Oswald, der nach dem Tod ihres ältesten Bruders Eanfrith König geworden war, als dessen Äbtissin bestätigt.

Fidelma hatte viel von Coldingham gehört, das einen recht zweifelhaften Ruf genoß. Es hieß, die Nonnen und Mönche seien hedonistischen Genüssen verfallen, Äbtissin Abbe nehme den Glauben an den Gott der Liebe allzu wörtlich, und in den für Gebet und stille Einkehr erbauten *cubicula* würde dem Essen, Trinken und anderen sinnlichen Vergnügungen gefrönt.

Die Äbtissin ließ ihren belustigten, aber wohlwollenden Blick auf Fidelma ruhen.

«Mein Bruder, König Oswiu, hat mir von Eurem Auftrag erzählt.» Da sie in Iona aufgewachsen war, klang ihr Irisch wie das einer Einheimischen. Sie wandte sich an Eadulf. «Wie ich höre, seid Ihr ebenfalls lange Zeit in Irland gewesen?»

Eadulf lächelte kurz und nickte.

«Wir können irisch miteinander sprechen.»

«Gut.» Die Äbtissin seufzte und wandte sich wieder Fidelma zu. «Ihr seid hübsch, mein Kind. In Coldingham ist eine junge Frau wie Ihr immer willkommen.»

Fidelma spürte, daß sie errötete.

Abbe neigte kichernd den Kopf.

«Das sollte keine Beleidigung sein.»

«Ich bin auch nicht beleidigt», erwiderte Fidelma.

«Dazu hättet Ihr auch keinen Grund, Schwester. Ihr solltet nicht alles glauben, was Ihr über unser Haus zu hören bekommt. Unser Wahlspruch lautet *dum vivimus, vivamus* – wir leben, also laßt uns leben! In unserem Kloster wohnen Männer und Frauen, die dem größten Geschenk Gottes, nämlich dem Leben huldigen. Gott hat Männer und Frauen geschaffen, damit sie in Liebe miteinander leben. Wir verehren ihn, indem wir uns zu Werkzeugen seiner Vorsehung machen, zusammen leben, zusammen arbeiten und seine Werke preisen. Heißt es nicht im ersten Brief des heiligen Johannes: ‹Furcht ist nicht in der Liebe, sondern die völlige Liebe treibt die Furcht aus›?»

Fidelma rutschte unruhig auf ihrem Stuhl hin und her.

«Mutter Oberin, es ist nicht an mir, in Frage zu stellen, wie und nach welchen Regeln Ihr Euer Haus führt. Ich bin hier, um den gewaltsamen Tod Étains von Kildare aufzudecken.»

Abbe seufzte.

«Étain! Das war eine Frau, die zu leben verstand.»

«Und doch ist sie jetzt tot, Mutter Oberin», warf Eadulf ein.

«Ich weiß.» Ihre Augen blieben auf Fidelma gerichtet. «Und ich würde zu gerne wissen, was das mit mir zu tun haben soll.»

«Es hat einen Streit zwischen Euch und Étain gegeben», stellte Fidelma mit ruhiger Stimme fest.

Die Äbtissin blinzelte, verriet jedoch sonst mit keiner Geste, daß die Bemerkung sie getroffen hatte. Sie schwieg beharrlich.

«Vielleicht könnt Ihr uns erklären, worüber Ihr Euch mit der Äbtissin von Kildare gestritten habt?» forderte Eadulf sie schließlich auf.

«Wenn Ihr wißt, daß ich mit Étain gestritten habe,

werdet Ihr sicherlich auch den Grund für unseren Streit erfahren haben», entgegnete Abbe mit fester Stimme. «Ich bin auf Iona in Columcilles Abtei aufgewachsen. Die irischen Brüder Christi haben mich erzogen. Es geschah auf meinen ausdrücklichen Wunsch hin, daß mein Bruder Oswald die Mönche von Iona bat, uns Missionare zu schicken, damit sie unseren heidnischen Untertanen den Weg Christi wiesen. Und als die ersten Missionare nach Iona zurückkehrten und sagten, die Northumbrier seien für die Erlösung Christi nicht bereit, war ich es, die den Abt von Iona flehentlich bat, unser Volk nicht aufzugeben. Auf diese Bitte hin kam schließlich der Heilige Aidán, um in Northumbrien zu predigen. Und so habe ich die mühsame Bekehrung unseres Volkes und die allmähliche Verbreitung des Gottesworts miterlebt, zuerst unter Aidán, dann unter Finán und zuletzt unter Colmán. Jetzt ist dieses große Werk durch die Machenschaften solcher Leute wie Wilfrid von Ripon in Gefahr geraten. Ich jedoch stehe unverbrüchlich zu der wahren Kirche von Columban, und das wird immer so bleiben, ganz gleich, wie die Entscheidung hier in Streoneshalh ausfallen mag.»

«Und was war der Grund für Euren Streit mit Étain von Kildare?» kam Eadulf auf seine Frage zurück.

«Dieser schleimige Seaxwulf, dieser Mann, der in Wirklichkeit gar kein Mann ist, hat Euch wahrscheinlich erzählt, daß ich von dem Handel zwischen Étain und Wilfrid von Ripon Wind bekommen hatte. Handel! Ein Mittel *ad captandum vulgus*!»

«Seaxwulf hat uns erzählt, daß er als Mittelsmann zwischen Étain und Wilfrid wirkte und daß die beiden versuchten, sich bereits vor der Debatte in einigen strittigen Punkten zu einigen.»

Abbe stieß einen Schrei der Empörung aus.

«Seaxwulf! Dieser Dieb, dieser Schwätzer!»

«Dieb?» fragte Eadulf tadelnd. «Ist das nicht ein hartes Wort für einen Bruder?»

Abbe zuckte mit den Schultern.

«Hart, aber zutreffend. Als wir uns vor zwei Tagen alle hier versammelten, wurde Seaxwulf auf frischer Tat dabei ertappt, wie er die persönlichen Habseligkeiten einiger Brüder im *dormitorium* durchwühlte. Er wurde Wilfrid, seinem Abt, vorgeführt, der ihn auch zu seinem Sekretär berufen hat. Seaxwulf gab zu, das achte Gebot gebrochen zu haben, und Wilfrid ließ ihn bestrafen. Er wurde mit einer Rute geschlagen, bis seine Haut rot und blutig war. Nur die Tatsache, daß er Wilfrids Sekretär war, bewahrte ihn davor, daß man ihm auch noch die Hand abschlug. Und dennoch hat Wilfrid sich geweigert, ihn als seinen Sekretär zu entlassen.»

Fidelma erschauderte beim Gedanken an die Grausamkeit sächsischer Strafen.

Äbtissin Abbe sprach weiter, ohne Fidelmas angewiderten Blick zu beachten.

«Es heißt, Seaxwulf sei schon öfter als Elster aufgefallen. Das Verlangen nach glänzenden Kostbarkeiten, die nicht ihm gehören, überfällt ihn immer wieder.»

Fidelma und Eadulf wechselten einen kurzen Blick.

«Ihr seid also der Meinung, daß Seaxwulf nicht vertrauenswürdig ist? Daß er möglicherweise lügt?»

«Was seine Rolle als Mittelsmann zwischen Wilfrid und Étain angeht, sicherlich nicht. Wilfrid vertraut Seaxwulf wie keinem anderen. Ich nehme an, das liegt daran, daß Wilfrid ihn, wenn er nur wollte, jederzeit töten oder sonstwie bestrafen könnte. Angst ist die zuverlässigste Quelle des Vertrauens. Aber Étain von Kildare hatte keine Befugnis, irgendwelche Vereinbarungen mit dem Gegner zu treffen. Als ich diesen Wurm aus Étains Zelle schleichen sah, schwante mir gleich, was gespielt wurde. Ich ging hinein, um Étain zur Rede zu stellen und ihr zu sagen, daß ich sie für eine Verräterin an unserer Sache hielt.»

«Und wie nahm Étain Eure Vorwürfe auf?»

«Sie gab offen zu, daß sie mit Wilfrid verhandelte. Sie sagte, es sei besser, sich in unwichtigen Dingen zu einigen, um den Widersacher in Sicherheit zu wiegen, als sich vom ersten Augenblick an wie kämpfende Hirsche ineinander zu verkeilen.»

Äbtissin Abbes Augen verengten sich.

«Jetzt wird mir einiges klar ... Ihr meint wohl, in diesem Streit ein Mordmotiv gefunden zu haben? Ihr glaubt, daß ich vielleicht ...?»

Die Äbtissin lachte herzhaft.

«Zu einem Mord kommt es häufig, wenn jemand in einem Streit die Beherrschung verliert», erwiderte Fidelma mit ruhiger Stimme.

Äbtissin Abbes helle Augen blitzten sie belustigt an.

«*Deus avertat!* Gott bewahre! Das ist ja lächerlich. Das Leben ist mir viel zu kostbar, um es auf solche Nebensächlichkeiten zu verschwenden.»

«Und doch wäre angesichts Eurer Worte von vorhin die Unterlegenheit der Kirche Columbans für Euch keine Nebensächlichkeit», beharrte Eadulf. «Die Vorherrschaft Ionas in Northumbrien ist Euch ein wichtiges, persönliches Anliegen. Und es waren Eure eigenen Worte, daß Ihr in Étain eine Verräterin an Eurer Sache saht.»

Einen kurzen Augenblick blickte die Äbtissin Eadulf haßerfüllt an. Ihre Gesichtszüge erstarrten zu einer bedrohlichen Maske. Doch schon im nächsten Augenblick war der Ausdruck verflogen, und die Äbtissin zwang sich zu einem kühlen Lächeln.

«Aber dafür hätte ich sie nicht getötet. Ihre Strafe wäre der Untergang ihrer Kirche gewesen.»

«Um welche Zeit seid Ihr gegangen?» wollte Fidelma wissen.

«Wie bitte?»

«Wann habt Ihr nach Eurem Streit Étains *cubiculum* verlassen?»

Äbtissin Abbe dachte nach.

«Ich kann mich nicht genau erinnern. Insgesamt muß ich wohl etwa zehn Minuten oder ein wenig länger bei ihr gewesen sein.»

«Hat jemand Euch herauskommen sehen? Schwester Athelswith vielleicht?»

«Nicht, daß ich wüßte.»

Mit einer stummen Frage wandte Fidelma sich an Eadulf. Er senkte den Blick und nickte.

«Nun gut, Mutter Oberin.» Fidelma stand auf, und Abbe folgte ihrem Beispiel. «Vielleicht werden wir später noch einige Fragen an Euch haben.»

Abbe lächelte.

«Keine Sorge, ich stehe Euch jederzeit zur Verfügung. Wirklich, Schwester, Ihr solltet mich einmal in meiner Abtei in Coldingham besuchen und Euch selbst ein Bild davon machen, wie schön es sein kann, das Leben zu genießen. Ihr seid viel zu jung und hübsch, um Euch der römischen Doktrin vom lebenslangen Zölibat zu unterwerfen. Hat nicht Augustinus von Hippo schon in seinen *Confessiones* gesagt: ‹Gebt mir Keuschheit und Enthaltsamkeit – aber jetzt noch nicht›?»

Mit einem kehligen Lachen verließ Äbtissin Abbe den Raum und ließ eine schamrote Fidelma zurück.

Als sie sich umwandte und Eadulf lächeln sah, verwandelte sich ihre Verlegenheit in Zorn.

«Nun?» fragte sie barsch.

Das Grinsen verschwand aus Eadulfs Gesicht.

«Ich glaube nicht, daß Äbtissin Abbe die Mörderin ist», sagte er rasch.

«Warum nicht?» gab Fidelma zurück.

«Erstens, weil sie eine Frau ist.»

«Und weil eine Frau unfähig ist, ein solches Verbrechen zu begehen?» fragte Fidelma wütend.

Eadulf schüttelte den Kopf.

«Nein. Aber wie ich schon sagte, als wir Étains Leichnam untersuchten: Ich glaube nicht, daß eine Frau stark genug gewesen wäre, den Kopf der Äbtissin zurückzuhalten und ihr die Kehle durchzuschneiden.»

Fidelma versuchte, sich zu beruhigen. Warum sollte sie verärgert sein, fragte sie sich. Schließlich hatte Abbe ihr nur Komplimente gemacht. Und hatten ihre Worte nicht den Tatsachen entsprochen? Es war nicht Abbes Haltung, die sie störte. Es war etwas anderes, etwas, das tief in ihr saß und das sie nicht beim Namen nennen konnte. Eine Weile sah sie Eadulf nachdenklich an.

Verwirrt erwiderte der sächsische Mönch ihren Blick.

Fidelma ertappte sich dabei, daß sie als erste die Augen senkte.

«Was würdet Ihr dazu sagen, daß ich Bruder Taran, einen Mönch mit der Tonsur Columbans, heute abend am Seitentor der Abtei bei einem Treffen mit Wulfric von Frihop beobachtet habe?»

Eadulf hob die Augenbrauen.

«Ist das wahr?»

Fidelma bestätigte es mit einem Nicken.

«Für ein solches Treffen kann es viele Erklärungen geben.»

«Richtig», stimmte Fidelma zu, «aber keine, die mich zufriedenstellt.»

«Bruder Taran gehörte doch zu denen, die Äbtissin Étain am Tage ihres Todes in ihrer Zelle aufsuchten.»

«Ja. Und zu denen, die wir noch nicht befragt haben.»

«Wir haben ihm bisher nicht viel Beachtung geschenkt», räumte Eadulf ein. «Schwester Athelswith meinte, Taran habe Étain am frühen Morgen in ihren *cubiculum* besucht, und wir wissen, daß sie nach seinem Besuch noch am Leben war. Agatho ist derjenige, der sie als letzter sah.»

Fidelma zögerte.

«Ich glaube, wir sollten als nächstes mit Taran sprechen», sagte sie.

«Und ich glaube, wir sollten zuerst Agatho befragen», widersprach er. «Der Verdacht gegen ihn scheint mir dringender zu sein.»

Eadulfs Verblüffung war groß, als Fidelma ohne jeden Einwand in seinen Vorschlag einwilligte.

AGATHO WAR EIN SCHLANKER, DRAHTI-ger Mann mit einem schmalen Gesicht. Er hatte dunkle Haut und ein Kinn voller schwarzer Bartstoppeln. Auch seine Augen und sein dichtes Haar waren tiefschwarz. Das Rot seiner schmalen Lippen wirkte dagegen so auffällig, als ob er es durch das Auftragen von Beerensaft noch betont hätte. Am meisten beeindruckten Fidelma jedoch seine schweren, wie bei einem Raubvogel halb geschlossenen Augenlider.

Der Priester betrat den Raum mit finsterem Blick.

«Ich bin gegen meinen Willen hier», sagte er auf lateinisch, der allgemeinen *lingua franca* gelehrter Christen.

«Ich werde es zu Protokoll nehmen», erwiderte Fidelma ebenfalls auf lateinisch. «Mit wem soll ich die Angelegenheit erörtern? Mit dem König, mit Bischof Colmán oder Äbtissin Hilda?»

Mit einer verächtlichen Geste, die wohl andeuten sollte, daß es unter seiner Würde sei, darauf zu antworten, ließ er sich auf dem angebotenen Stuhl nieder. «Ihr wollt mich befragen?»

«Es scheint, als wärt Ihr die letzte Person gewesen, die Äbtissin Étain lebend gesehen hat.»

Agatho lachte.

«Nicht ganz.»

«Ach, nein?» fragten Fidelma und Eadulf erwartungsvoll wie aus einem Munde.

«Die letzte Person, die sie lebend gesehen hat, muß wohl die Person gewesen sein, die sie getötet hat.»

Fidelma sah in seine schwarzen Augen. Sie waren kalt und ausdruckslos. Es war schwer zu sagen, ob er sie herausfordern wollte oder ob er sich über sie lustig machte.

«Richtig», sagte Eadulf. «Und wir sind hier, um herauszufinden, wer sie umgebracht hat. Um welche Uhrzeit wart Ihr in ihrer Zelle?»

«Genau um vier.»

«Ganz genau?»

Wieder erschien das überhebliche Lächeln auf den schmalen, roten Lippen.

«So jedenfalls verkündete es der Stand der von Schwester Athelswith wohlbehüteten Klepsydra.»

«Aha», erwiderte Eadulf. «Und warum seid Ihr in ihre Zelle gegangen?»

«Um sie zu sehen natürlich.»

«Natürlich. Aber aus welchem Grund wolltet Ihr sie sehen?»

«Ich werde es Euch ganz offen sagen. Ich bin ein Anhänger Roms. Und es war meine feste Überzeugung, daß Äbtissin Étain einen schweren Irrtum beging, als sie sich dazu verleiten ließ, für die Ketzereien Columbans einzutreten. Ich suchte sie auf, um ihr den rechten Weg zu weisen.»

Fidelma starrte den Mann ungläubig an.

«Das ist alles?»

«Das ist alles.»

«Und wie wolltet Ihr bei der Äbtissin einen so raschen Gesinnungswechsel erreichen?»

Agatho blickte sich verschwörerisch um und lächelte dann.

«Ich habe ihr das hier gezeigt ...» Er öffnete seinen *crumena*, einen Lederbrustbeutel, und schüttelte den Inhalt in seine Hand.

Stirnrunzelnd beugte sich Eadulf vor.

«Aber das ist doch nur ein Holzsplitter.»

Agatho sah ihn verächtlich an.

«Das ist das *lignum Sanctae Crucis*», sagte er mit ehrfürchtig gesenkter Stimme und richtete den Blick zur Decke.

«Holz vom Kreuz unseres Herrn?» flüsterte Eadulf verblüfft.

«Ich sagte es bereits», erwiderte Agatho kühl.

Fidelmas Augen leuchteten, und ihre Lippen zitterten leicht.

«Aber wie wolltet Ihr damit die Äbtissin davon überzeugen, Rom statt Iona zu unterstützen?» fragte sie ernst.

«Aber das ist doch ganz klar», entgegnete er selbstzufrieden. «Ich dachte, wenn sie das Kreuz des Herrn in meinen Händen sieht, würde sie erkennen, daß Christus mich erwählt hat, um durch mich zu sprechen – genauso, wie er durch Paulus von Tarsus gesprochen hat.»

Eadulf warf Fidelma einen verwirrten Seitenblick zu.

«Christus hat Euch erwählt? Wie meint Ihr das?» fragte er.

Agatho schniefte mißbilligend. Offenbar hielt er Eadulf für reichlich begriffsstutzig.

«Ich sage die Wahrheit. Habt Vertrauen. Gott befahl mir, in die Wälder von Witebia zu gehen, und als ich auf eine Lichtung kam, wies mich eine Stimme an, einen Splitter vom Boden zu nehmen, weil dies das *lignum Sanctae Crucis* sei. Dann befahl mir die Stimme, zurückzugehen und allen Irregeleiteten die Wahrheit zu predigen. Habt Vertrauen! Bald wird alles offenbart!»

«Und hat Étain Euren Worten Glauben geschenkt?» fragte Fidelma sanft.

Agatho drehte sich zu ihr um, die Augen noch immer halb geschlossen.

«Leider nicht. Sie war gefangen.»

«Gefangen?» fragte Eadulf verwirrt.

«Ja, sie konnte die Wahrheit nicht sehen. Sagte nicht der heilige Apostel Johannes: ‹Die Wahrheit wird euch frei machen›? Sie war unfrei. Sie hatte kein Vertrauen. Der große Augustinus schrieb: ‹Vertrauen heißt glauben, was man nicht sehen kann. Der Lohn für dieses Vertrauen ist, das zu sehen, was man glaubt.›»

«Und was habt Ihr getan, als Äbtissin Étain Euch nicht glauben wollte?» fragte Eadulf.

Agatho richtete sich auf.

«Ich habe mich zurückgezogen. Was hätte ich sonst tun sollen? Ich wollte meine reine Seele nicht länger der Gegenwart einer Ungläubigen aussetzen.»

«Wie lange wart Ihr bei Étain von Kildare?»

Der Mann zuckte die Achseln.

«Höchstens zehn Minuten. Ich zeigte ihr das Kreuz des Herrn und sagte ihr, daß Christus durch mich spreche und sie die Oberherrschaft Roms anerkennen müsse. Als sie mich wie ein Kind behandelte, verließ ich sie wieder. Ich wußte, daß es für sie keine Hoffnung auf Erlösung gab. Das ist alles.»

Eadulf wechselte einen kurzen Blick mit Fidelma.

«Also gut. Im Augenblick haben wir keine weiteren Fragen. Ihr könnt jetzt gehen.»

Agatho ließ den Holzsplitter zurück in seinen *crumena* gleiten.

«Aber Ihr beide glaubt mir – jetzt, wo Ihr das wahre Kreuz gesehen habt?»

Eadulf lächelte angestrengt. «Natürlich. Wir werden später mit Euch darüber sprechen, Agatho.»

Nachdem der Priester den Raum verlassen hatte, sagte Eadulf mit besorgter Miene: «Wahnsinnig! Der Mann ist völlig wahnsinnig.»

«Wenn wir nicht vergessen, daß wir alle wahnsinnig geboren werden», erwiderte Fidelma nachsichtig, «erschließen sich uns viele Geheimnisse dieser Welt.»

«Aber ein Wirrkopf wie dieser Agatho hätte die Äbtissin sehr wohl töten können, wenn sie sich weigerte, an seine Botschaft zu glauben.»

«Vielleicht. Aber irgendwie überzeugt mich das nicht. Eine Schlußfolgerung können wir allerdings auf jeden Fall ziehen.»

Eadulf blickte sie erwartungsvoll an.

«Schwester Athelswith hat einige, aber nicht alle Menschen gesehen, die Étain an ihrem Todestag in ihrem *cubiculum* aufgesucht haben. Und ich bezweifele, daß sie Étains Mörder bemerkt hat.»

Es klopfte, die Tür öffnete sich, und Schwester Athelswith steckte den Kopf herein.

«König Oswiu möchte Euch umgehend sprechen und erwartet Euch in Mutter Hildas Gemach», flüsterte sie aufgeregt.

Kurz darauf standen Schwester Fidelma und Bruder Eadulf schweigend vor dem König. Oswiu war allein im Raum und schaute vom Fenster hinunter auf den Hafen von Witebia. Seine Stirn war von tiefen Sorgenfalten zerfurcht.

«Ich habe Euch rufen lassen, um zu erfahren, ob Ihr mir schon irgendein Ergebnis mitteilen könnt? Seid Ihr der Entdeckung des Täters nähergekommen?»

Seine Stimme verriet, daß er unter großem Druck stand.

«Leider haben wir noch nichts Greifbares zu berichten, Oswiu von Northumbrien», entgegnete Fidelma.

Der König biß sich auf die Lippe und machte ein besorgtes Gesicht. «Habt Ihr mir denn gar nichts zu sagen?» fragte er fast flehentlich.

«Nichts, womit Ihr etwas anfangen könntet», antwortete Fidelma ruhig. «Wir müssen vorsichtig zu Werke gehen. Oder gibt es einen besonderen Grund, weshalb Euch plötzlich die Zeit so drängt?»

Der König zuckte schicksalsergeben die Achseln.

«Ihr seid wie immer sehr schnell von Begriff, Fidelma. Ja. Die Spannungen werden stärker.» Oswiu seufzte. «Bruderkrieg liegt in der Luft. Mein Sohn Alhfrith verschwört sich gegen mich. Es heißt, daß er bereits Krieger um sich schart, um die irischen Geistlichen mit Gewalt zu vertreiben, während meine Tochter Aelflaed angeblich die Anhänger Columbans versammelt, weil sie die Klöster gegen Alhfrith schützen will. Ein einziger Funke genügt, und das gesamte Königreich steht in Flammen. Beide Seiten geben einander die Schuld am Tod Étains. Was soll ich den Leuten sagen?»

Der König klang so verzweifelt, daß Fidelma fast Mitleid mit ihm hatte.

«Aber wir wissen einfach nicht mehr, Hoheit», beharrte Eadulf.

«Ihr habt doch alle befragt, die Étain an ihrem Todestag aufgesucht haben.»

Fidelma lächelte gequält.

«Offenbar verfügt Ihr über einen auskunftsfreudigen Zuträger. Vielleicht Schwester Athelswith?»

Oswiu nickte verlegen.

«Ist es denn ein Geheimnis?»

«Kein Geheimnis, Oswiu», erwiderte Fidelma. «Aber Schwester Athelswith sollte etwas vorsichtiger sein. Schließlich könnten ihre Berichte auch den Falschen zu Ohren kommen. Immerhin gibt es einen Zeugen, den wir noch nicht vernommen haben.»

«Ich habe Schwester Athelswith angewiesen, mir unverzüglich Bescheid zu geben, sobald Ihr Eure Befragungen beendet habt», rechtfertigte sich Oswiu.

«Ihr sagtet gerade, Euer Sohn Alhfrith würde sich gegen Euch verschwören», kam Fidelma auf seine frühere Äußerung zurück. «War das ernst gemeint?»

In einer unschlüssigen Geste breitete Oswiu die Arme aus.

«In seinen ehrgeizigen Söhnen hat ein König keine Freunde», antwortete er bedrückt. «Denn welches Ziel könnte der Sohn eines Königs haben, als selbst den Thron zu besteigen?»

«Alhfrith möchte König werden?»

«Ich habe ihn um des lieben Friedens willen zum Unterkönig von Deira ernannt, er aber verlangt die Herrschaft über ganz Northumbrien. Das weiß ich. Und er weiß, daß ich es weiß. Währenddessen spielen wir den ergebenen Sohn und den treusorgenden Vater. Aber es könnte der Tag kommen ...»

Er zuckte die Achseln und versank in beredtes Schweigen.

«Eine Untersuchung wie die unsere erfordert einfach ein gewisses Maß an Zeit», griff Fidelma nach einer Weile den Faden wieder auf. «Es gibt so vieles zu bedenken.»

Oswiu sah sie nachdenklich an. «Natürlich, Schwester. Ich habe kein Recht, Euch zu drängen. Eure Suche gilt der Wahrheit. Ich jedoch habe ein Königreich zu bewahren, das sich zu spalten und schließlich unterzugehen droht.»

«Glaubt Ihr wirklich, die Menschen sind so fest von der einen oder anderen Seite überzeugt, daß sie mit Gewalt aufeinander losgehen werden?» fragte Eadulf.

Oswiu schüttelte den Kopf.

«Es sind die Menschen, die sich die Religion zunutze machen, nicht die religiösen Streitigkeiten selbst, die den Frieden unseres Landes gefährden. Alhfrith schreckt nicht davor zurück, die Menschen im Namen des Glaubens dazu aufzustacheln, ihn in seinem Streben nach der Macht zu unterstützen. Je länger Gerüchte darüber umgehen, wer Étain von Kildare getötet hat, desto mehr Zeit haben meine Widersacher, Haß zu säen und Vorurteile zu schüren.»

«Leider können wir Euch im Augenblick nur mitteilen, Oswiu, daß wir, sobald wir der Lösung näherkommen, Euch als ersten davon unterrichten werden», sagte Fidelma.

«Nun gut. Mit dieser Versicherung muß ich mich wohl zufriedengeben. Doch denkt an meine Worte. Die

Augen der Christenheit sind auf uns gerichtet. Es hängt viel von unserer Versammlung ab – und von den Entscheidungen, zu denen wir hier gelangen.»

¶ Auf dem Weg durch den Kreuzgang zurück zum *domus hospitale* meinte Eadulf plötzlich: «Ich glaube, daß Ihr mit Eurem Verdacht richtig liegt, Fidelma. Wir sollten unbedingt mit diesem Taran sprechen.»

Mit einem spöttischen Lächeln zog Fidelma die Augenbrauen hoch.

«Ihr wißt also, was ich vermute, Eadulf?»

«Ihr glaubt, daß Alhfrith eine Verschwörung angezettelt hat, um Oswiu zu stürzen, und daß er die im Zuge der Synode auftretenden Spannungen dazu nutzen will, einen Bruderkrieg zu entfesseln.»

«Ja, da habt Ihr recht», bestätigte Fidelma.

«Und Ihr denkt, daß Alhfrith – mit Hilfe Wulfrics und vielleicht auch Tarans – Étain von Kildare töten ließ, um die Kluft weiter zu vertiefen.»

«Das wäre eine Möglichkeit. Wir müssen nur noch herausfinden, ob sie der Wahrheit entspricht.»

Fidelma und Eadulf betraten gerade gemeinsam Schwester Athelswiths *officium*, als die Glocke zum mitternächtlichen Angelus zu läuten begann.

Fidelma seufzte, während Eadulf sofort zu seinem Rosenkranz griff.

«Es ist schon spät. Wir werden uns morgen mit Taran treffen», erklärte sie. «Aber vergeßt nicht, Erkundigungen über Athelnoth einzuziehen. Ich zähle ihn noch immer zum Kreis der Verdächtigen.»

Bruder Eadulf nickte und begann, das Ave-Maria zu beten:

Ora pro nobis, sancta Dei Genetrix.
Bete für uns, o Heilige Mutter Gottes.

Die Glocke, die zum ersten Mahl des Tages, dem *jentaculum*, rief, war schon verklungen, als Schwester Fidelma als letzte auf ihren Platz an einem der langen Tische im Refektorium schlüpfte. Die für diesen Tag als Vorleserin auserwählte Schwester gehörte zu den Anhängern Roms. Sie hatte bereits ihren Platz am Pult eingenommen und strafte die Nachzüglerin mit einem tadelnden Blick.

«Benedicamus, Domino», sagte sie kühl.

«Deo gratias», erwiderte Fidelma gemeinsam mit den anderen.

Dann stimmten die Schwestern das der Lesung vorausgehende *Beati immaculati* an und begannen zu essen.

Fidelma kaute gedankenverloren ihren Getreidebrei, ohne darauf zu hören, was die Rezitatorin mit schriller Stimme zum Vortrag brachte. Gelegentlich ließ sie den Blick durch das Refektorium schweifen, konnte Bruder Eadulf jedoch nirgends entdecken. Statt dessen sah sie Bruder Taran an einem Tisch in ihrer Nähe sitzen. Die dunklen Gesichtszüge des piktischen Mönchs wirkten angespannt. Erstaunt stellte sie fest, daß er in ein Gespräch mit Seaxwulf vertieft war. Der junge Mönch hatte ihr den Rücken zugewandt, aber sein strohblondes Haar, seine schlanken Schultern und seine gekünstelten Gesten waren unverwechselbar. Neugierig betrachtete sie Taran. Er wirkte ungehalten und redete beharrlich auf sein Gegenüber ein. Plötzlich trafen sich ihre Blicke, und Taran funkelte sie mit dunklen Augen an. Einen Augenblick lang war seine Miene wie versteinert, dann glitt ein salbungsvolles Lächeln über sein Gesicht, und er nickte ihr freundlich zu. Fidelma zwang sich, seinen Gruß höflich zu erwidern, und widmete sich dann wieder ihrer Mahlzeit.

Als sie das Refektorium verließ, sah sie Eadulf, der mit einigen sächsischen Mönchen in einer Ecke des Innenhofs ins Gespräch vertieft war. Da sie ihn nicht stören wollte, beschloß sie, einen Spaziergang zur Küste zu machen. Sie hatte schon so lange keine frische Seeluft mehr geatmet, und ihr letzter Ausflug war durch Tarans und Wulfrics heimliches Treffen vereitelt worden. Fidelma hatte das Gefühl, sie sei schon seit Ewigkeiten in der Abtei eingeschlossen.

Es verblüffte sie, daß Taran plötzlich einen so freundschaftlichen Umgang mit Wulfric und Seaxwulf pflegte. Sie fragte sich, ob das in irgendeiner Weise bedeutsam war und ob es mit Étains Tod zusammenhing.

Fidelma war ein wenig ratlos. Sie befand sich in einem seltsamen, fremden Land, und der Umstand, daß es der Tod ihrer Freundin war, den sie zu untersuchen hatte, verstärkte ihre Niedergeschlagenheit.

Durch das Seitentor der Abtei betrat sie den Pfad, der zur felsigen Küste führte. Außer ihr waren noch einige andere Spaziergänger unterwegs, doch es schien sie niemand weiter zu beachten, während mit nachdenklich gesenktem Kopf kräftig ausschritt.

Fidelma versuchte, ihre Gedanken zu ordnen und alle Ergebnisse ihrer bisherigen Ermittlungen noch einmal durchzugehen.

Seltsamerweise ertappte sie sich immer wieder bei dem Gedanken an Eadulf, den sächsischen Mönch.

Seitdem sie in den Rang einer *dálaigh* erhoben worden war, hatte sie nicht mehr mit jemandem zusammengearbeitet und war einzig und allein der Wahrheit verpflichtet gewesen. Niemals hatte sie jemanden nach seiner Meinung fragen und sich erst recht nicht mit einem Angehörigen eines fremden Volkes auseinandersetzen müssen. Das Verblüffende daran war jedoch, daß Eadulf für sie kein Fremder im üblichen Sinne des Wortes war. Das führte sie darauf zurück, daß er lange Zeit in Durrow und Tuaim Brecain gelebt hatte. Doch konnte das wirklich dieses seltsame Gefühl der Verbundenheit erklären, das sie allmählich für Eadulf entwickelte?

Dieses Northumbrien war ein merkwürdiges Land, regiert von seltsamen Sitten und Gebräuchen, die sich von der klar durchschaubaren Ordnung Irlands grundlegend unterschieden. Fidelma lachte in sich hinein. Wahrscheinlich empfanden die Sachsen ihre Ordnung als ebenso klar durchschaubar wie sie selbst die Gesetze und Bräuche Irlands. Sie dachte an die Zeile aus Homers Odyssee: «Kann ich für mein Teil, als das eig'ne Land, doch sonst nichts Süßeres erblicken.»

Sie war hierhergekommen, weil Étain von Kildare sie darum gebeten hatte. Jetzt war Étain tot, und Fidelma mußte feststellen, daß ihr dieses Land und sein Volk mit seinem Stolz und seiner Überheblichkeit, seinem kriegerischen Gebaren und seinen grausamen Strafen nicht gefielen. Es war ein Land, in dem alle nur an Vergeltung dachten und niemand dem Sünder die Möglichkeit gab, seine Schuld zu tilgen oder seine Opfer zu entschädigen. Sie sehnte sich nach Hause zurück, wäre am liebsten auf der Stelle nach Kildare zurückgekehrt. Sie mochte die Sachsen nicht. Aber Eadulf war auch ein Sachse ...

Wieder waren ihre Gedanken bei Eadulf angekommen. Wütend auf sich selbst, beschleunigte Fidelma ihren Schritt.

Aber war Eadulf so wie die Mehrheit seiner Landsleute? Er besaß viele gute Eigenschaften. Fidelma stellte fest, daß sie ihn gern hatte, daß er sie erheiterte und daß sie seinen scharfen Verstand bewunderte. Und doch hegte sie eine tiefe Abneigung gegen die Sachsen.

Aber schließlich gab es ja auch genug Vertreter ihres eigenen Volkes, die sie nicht leiden konnte. Stolz und Überheblichkeit waren in allen Ländern verbreitet.

Fidelma seufzte tief. Sie hatte sich stets viel auf ihr logisches, methodisches Denken zugute gehalten. Es verstörte sie, daß sie nun so durcheinander war, obgleich sie doch dringend den Mord an Étain aufzuklären hatte. Welche Richtung sie auch einschlug, alle Überlegungen schienen bei Eadulf zu enden. Warum Eadulf? Weil sie mit ihm zusammenarbeiten mußte? Fidelma ahnte, daß es noch einen anderen Grund dafür gab.

Als Fidelma in die Abtei zurückkehrte, war Eadulf nirgends zu sehen. Deshalb begab sie sich in Schwester Athelswiths *officium*, um dort auf ihn zu warten. Sie wollte gerade Schwester Athelswith bitten, Bruder Taran zu rufen, um allein mit der Befragung zu beginnen, als die Tür aufschwang und diese hereingeplatzt kam.

«Schwester Fidelma! Schwester Fidelma!» rief sie verzweifelt.

Erstaunt erhob sich Fidelma von ihrem Stuhl.

Schwester Athelswith sah sie ängstlich an. Ihr Gesicht war gerötet. Offenbar war sie gerannt.

«Schwester, was ist geschehen?»

Athelswiths Augen waren schreckgeweitet. Sie erbleichte, und es dauerte eine Weile, bis sie endlich sprechen konnte.

«Der Erzbischof von Canterbury ... Er liegt tot in seinem *cubiculum*!»

ma, die ihren Ohren nicht traute.

«*Deusdedit*, der Erzbischof von Canterbury, liegt tot in seinem *cubiculum*. Bitte, kommt sofort.»

Fidelma schluckte.

Ein weiterer Mord? Und am Erzbischof höchstpersönlich? Das war doch Wahnsinn! Sie betrachtete Schwester Athelswiths entgeistertes Gesicht und packte sie am Arm.

«Nehmt Euch zusammen, Schwester. Habt Ihr schon irgend jemandem davon erzählt?»

«Nein, nein. Ich war so durcheinander, daß ich gleich zu Euch gelaufen bin, weil ... weil ...»

Schwester Athelswith war völlig verwirrt.

«Habt Ihr nach dem Medikus geschickt?» fragte Fidelma.

Schwester Athelswith schüttelte den Kopf.

«Bruder Edgar, unser Medikus, ist nach Witebia aufgebrochen, um dem kranken Sohn des hiesigen Than beizustehen. Wir haben keinen anderen Medikus in der Abtei.»

«Dann sucht sofort nach Bruder Eadulf. Er verfügt über einige medizinische Kenntnisse. Danach lauft Ihr zu Äbtissin Hilda und berichtet ihr, was geschehen ist. Sagt beiden, sie sollen sofort zu Deusdedits *cubiculum* kommen.»

Schwester Athelswith nickte und eilte davon.

Fidelma begab sich zu Deusdedits Unterkunft im *domus hospitale*. Schwester Athelswith hatte sie ihr gezeigt, als sie ihr die Verteilung der *cubicula* erklärt hatte.

Sie schob die Tür auf, die Schwester Athelswith in der Eile angelehnt gelassen hatte, und spähte hinein.

Deusdedit lag auf seinem Bett. Schon auf den ersten Blick war zu erkennen, daß sein Bettzeug nicht in Unordnung geraten war. Mit gefalteten Händen und geschlossenen Augen wirkte er so friedlich, als würde er schlafen. Seine Haut erinnerte an gelbliches Pergament. Fidelma dachte daran, daß der Erzbischof schon bei seinem ersten Auftritt im *sacrarium* sehr gebrechlich ausgesehen hatte.

Fidelma wollte gerade nähertreten, als sich eine schwere Hand auf ihre Schulter legte. Erschrocken sah sie sich um.

Das engelsgleiche Gesicht Bruder Wighards schaute sie an.

«Geht nicht hinein, Schwester», flüsterte der Sekretär des Erzbischofs. «Ihr setzt sonst Euer Leben aufs Spiel.»

Fidelma sah ihn verständnislos an.

«Was meint Ihr damit?»

«Deusdedit ist an der Gelben Pest gestorben!»

Fidelma riß erstaunt die Augen auf.

«An der Gelben Pest? Woher wißt Ihr das?»

Wighard schniefte, streckte die Hand aus und schloß die Tür.

«Ich hatte schon seit einigen Tagen den Verdacht, daß Deusdedit an der schrecklichen Krankheit litt. Die gelblichen Augäpfel, die verfärbte Haut ... Er klagte ständig über Schwächegefühl, mangelnden Appetit und Verstopfung. Ich habe in diesem Jahr schon zu viele an dieser Krankheit sterben sehen, um die Anzeichen nicht zu erkennen.»

Fidelma erschauderte, als sie die Bedeutung seiner Worte begriff.

«Wie lange wußtet Ihr schon davon?» drang Fidelma in den Mönch, der sie aus runden Augen bekümmert anblickte.

«Seit einigen Tagen. Zum erstenmal ist es mir wohl während der Reise nach Streoneshalh aufgefallen.»

«Und Ihr habt zugelassen, daß Deusdedit herkam

und unter den Brüdern und Schwestern weilte?» fragte Fidelma empört. «Ihr wißt doch, wie ansteckend diese Krankheit ist. Warum habt Ihr ihn nicht irgendwo untergebracht, wo er gepflegt und behandelt werden konnte?»

«Weil es unbedingt notwendig war, daß Deusdedit, der Erbe des Heiligen Augustinus von Rom, der unser Volk in den Schoß der römischen Kirche führte, an der Synode teilnimmt», gab Wighard zurück.

«Ohne Rücksicht auf die Folgen?» fragte Fidelma barsch.

«Die Synode ist wichtiger als die Unpäßlichkeit eines einzelnen.»

In diesem Augenblick kam Äbtissin Hilda herbeigeeilt.

«Ein weiterer Todesfall?» fragte sie, und ihre Augen wanderten unruhig zwischen Fidelma und Wighard hin und her. «Was hat mir Schwester Athelswith da für eine schreckliche Nachricht gebracht?»

«Ja, ein weiterer Todesfall, aber zumindest scheint es sich diesmal nicht um einen Mord zu handeln», sagte Fidelma. «Offenbar war Deusdedit an der Gelben Pest erkrankt.»

Ungläubig und voller Angst schaute Hilda sie an.

«Die Gelbe Pest hier in Streoneshalh?»

Hilda beugte hastig das Knie.

«Gott schütze uns! Ist das die Wahrheit, Wighard?»

«Ich wünschte, ich könnte Euch einen anderen Bescheid geben, Mutter Oberin», antwortete Wighard verlegen. «Ja, es ist die Wahrheit.»

«Es scheint, daß unsere römischen Brüder es für wichtiger hielten, ihr geistliches Oberhaupt an der Synode teilnehmen zu lassen, als die Gefahr der Ansteckung für alle anwesenden Brüder und Schwestern zu bedenken», bemerkte Fidelma bitter. «Was ist, wenn sich die Krankheit jetzt ausbreitet?»

Wighard wollte gerade antworten, als Schwester Athelswith herbeigelaufen kam.

«Wo ist Bruder Eadulf?» fragte Fidelma.

«Er wird gleich hier sein», keuchte Schwester Athelswith. «Er holt nur noch einige Dinge, die er für die Untersuchung des Leichnams braucht.»

«Das ist nicht nötig», widersprach Wighard stirnrunzelnd. «Ich habe Euch die Wahrheit gesagt.»

«Dennoch brauchen wir Gewißheit, was die Todesursache angeht. Und anschließend müssen wir eine Möglichkeit finden, die Ansteckung in Grenzen zu halten», entgegnete Fidelma.

In dem Augenblick eilte Eadulf auf sie zu.

«Was ist geschehen?» fragte er besorgt. «Schwester Athelswith sagte mir, es sei noch jemand gestorben? Wieder ein Schnitt durch die Kehle?»

Wighard wollte schon antworten, als Fidelma ihm das Wort abschnitt.

«Deusdedit ist tot.» Eadulf sah sie erschrocken an, doch sie sprach rasch weiter. «Wighard glaubt, die Ursache sei die Gelbe Pest. Im Augenblick ist jedoch kein Medikus in der Abtei. Könnt Ihr die Todesursache bestätigen?»

Eadulf zögerte. Angst flackerte in seinen Augen auf. Dann nickte er mit fest zusammengepreßten Lippen. Er atmete tief durch, straffte die Schultern, stieß die Tür des *cubiculum* auf und trat ein.

Kurz darauf kam er zurück.

«Die Gelbe Pest», bestätigte er knapp. «Die Anzeichen sind mir bekannt.»

«Und was ratet Ihr uns?» fragte die Äbtissin ängstlich. «Wir haben Hunderte von Gästen hier. Wie können wir die Ansteckung vermeiden?»

«Der Leichnam sollte sofort weggebracht und an der Küste verbrannt werden, und das *cubiculum* muß gründlichst gesäubert werden und eine Weile unbenutzt bleiben, bis die Ansteckungsgefahr vorüber ist.»

Eifrig ergänzte Wighard Eadulfs Anweisungen.

«Die Todesursache sollte auf jeden Fall unter uns bleiben, jedenfalls solange die Synode noch andauert. Die Nachricht würde alle in Angst und Schrecken versetzen. Am besten geben wir bekannt, Deusdedit habe einen Herzanfall erlitten. Nach der Synode können wir immer noch zur Wahrheit zurückkehren. Ich werde ein paar Sklaven mit den notwendigen Aufgaben betrauen. Besser sie werden verseucht als die in der Abtei weilenden Brüder und Schwestern.»

«Ich bezweifle, daß sich das jetzt noch verhindern läßt», erwiderte Eadulf knapp. «Vermutlich haben sich schon längst einige angesteckt. Warum habt Ihr uns nicht gleich gewarnt, als Ihr den Verdacht hattet, daß Deusdedit an der Gelben Pest erkrankt ist?»

Wighard senkte den Kopf, antwortete jedoch nicht.

«Es ist ein schlechtes Omen, Wighard», bemerkte Hilda ängstlich.

«Nein», entgegnete der rundliche Geistliche. «Wir lassen es gar nicht erst so weit kommen. Ich werde die Sklaven anweisen, den Leichnam des Erzbischofs sofort hinauszuschaffen.»

Mit diesen Worten eilte er davon.

Eadulf wandte sich an die Äbtissin.

«Laßt niemanden in das *cubiculum*, bis es gründlich gereinigt wurde. Und sorgt dafür, daß jeder, der mit dem Erzbischof Umgang hatte, mindestens eine Woche lang dreimal täglich einen heißen Aufguß aus Borretsch, Sauerampfer und Rainfarn trinkt. Ich nehme an, Ihr habt die erforderlichen Kräuter in Eurer Abtei vorrätig?»

Hilda bestätigte es.

Eadulf nahm Fidelma am Arm und führte sie eilig den Flur hinunter.

«Leider», flüsterte er, «wachsen die Pflanzen, die diese schreckliche Krankheit am wirksamsten bekämpfen, nur in den Monaten Juni und Juli. Aber ich habe mir angewöhnt, auf meinen Reisen stets eine kleine Sammlung von Heilkräutern mit mir zu führen. Vor allem eine Mischung aus Goldrute und Leinkraut hilft, die Gelbe Pest in Schach zu halten, wenn sie mit heißem Wasser vermischt und später abgekühlt getrunken wird. Außerdem empfehle ich Euch dringend, soviel rohe Petersilie wie möglich zu essen.»

Fidelma lächelte. «Ihr scheint um meine Gesundheit sehr besorgt zu sein, Eadulf.»

Der Sachse blickte zu Boden.

«Natürlich. Wir haben eine wichtige Aufgabe zu erledigen», gab er knapp zurück. Vor dem *dormitorium*, das er sich mit anderen Glaubensbrüdern teilte, bat er Fidelma, auf ihn zu warten, verschwand einen Augenblick und kehrte kurz darauf mit seiner *pera*, einer kleinen Ledertasche, wieder.

Anschließend führte er sie in die große Küche, wo etwa dreißig Glaubensbrüder und -schwestern in dampfenden Kochtöpfen rührten und die Mahlzeiten für die Abtei und ihre vielen Besucher zubereiteten. Fidelma verzog das Gesicht, als ihnen die unbeschreibliche Mischung unterschiedlicher Dünste entgegenschlug. Der Gestank nach ranzigem Fett und fauligem Kohl verursachte ihr Brechreiz. Mit der Bitte um einen Kessel mit heißem Wasser wandte sich Eadulf an die mürrische Oberköchin, die sagte, sie würde ihnen eine Hilfskraft schicken.

Zu ihrem Erstaunen kam kurz darauf Schwester Gwid mit einem Kessel auf sie zu.

«Was macht Ihr denn hier, Gwid?» fragte Fidelma.

Die grobknochige piktische Schwester lächelte traurig.

«Da meine Griechischkenntnisse nicht mehr gefragt sind, habe ich meine Hilfe in der Küche angeboten, bis ich mir darüber klargeworden bin, wie es mit mir weitergeht. Wahrscheinlich schließe ich mich, wenn die Synode vorüber ist, der nächstbesten Gruppe an, die nach Dál Riada reist, und kehre nach Iona zurück.» Sie reichte Eadulf den Kessel. «Braucht Ihr sonst noch etwas?»

Eadulf verneinte.

Gwid verabschiedete sich und wandte sich wieder ihrer Arbeit am anderen Ende der Küche zu.

«Armes Mädchen», sagte Fidelma leise. «Sie tut mir leid. Étains Tod hat sie schrecklich mitgenommen.»

«Spart Euch Euer Mitgefühl für später auf», entgegnete Eadulf. «Im Augenblick müssen wir alles daran setzen, die Gefahr der Ansteckung so niedrig wie möglich zu halten.» Er machte sich am Feuer zu schaffen, um das Wasser zum Kochen zu bringen und seinen Kräutertrank zuzubereiten, während Fidelma ihm aufmerksam zusah.

«Und Ihr meint wirklich, daß Ihr uns mit diesen Kräutern vor der Gelben Pest schützen könnt?» fragte sie, als er seine Kräuterzubereitung mit dem kochenden Wasser mischte.

Ihre Frage verärgerte ihn.

«Diese Mixtur hat sich schon vielfach bewährt.»

Sie wartete schweigend, während Eadulf das Gebräu in einen großen irdenen Krug goß. Anschließend füllte er zwei Tonbecher, reichte einen davon Fidelma und erhob den anderen zu einem stummen Trinkspruch.

Fidelma lächelte und nahm den ersten Schluck. Es schmeckte abscheulich, und sie verzog angewidert das Gesicht.

«Das ist ein uraltes Heilmittel.» Eadulf grinste entwaffnend.

Fidelma lächelte schuldbewußt.

«Wenn es wirkt, soll es mir recht sein», sagte sie.

«Und jetzt laßt uns irgendwo hingehen, wo die Luft besser ist. Von den Küchendünsten bekomme ich Kopfschmerzen.»

«Gut. Aber als erstes bringen wir den Krug mit der Mischung in Euer *cubiculum*.»

Nickend erklärte Fidelma ihr Einverständnis.

«Ihr müßt jeden Abend vor dem Schlafengehen einen Becher trinken», erklärte ihr Eadulf ernst, nachdem sie den Tonkrug in ihrem *cubiculum* abgestellt und einen der stillen Kreuzgänge aufgesucht hatten. «Der Inhalt müßte mindestens für eine Woche reichen.»

«Gehört das zu den Dingen, die Ihr in Tuaim Brecain gelernt habt?» erkundigte sich Fidelma.

Eadulf neigte den Kopf.

«Ich habe in Eurem Land sehr vieles gelernt, Fidelma. In Tuaim Brecain sah ich Dinge, die ich bis dahin für unmöglich gehalten hätte. Ich sah Chirurgen, die kranken Männern und Frauen die Schädel aufschnitten und große Geschwülste entfernten, und die Kranken haben die Eingriffe überlebt.»

Fidelma nickte stolz.

«Die Schule von Tuaim Brecain kennt man auf der ganzen Welt, und von dem großen Bracan Mac Findloga, der sie vor zweihundert Jahren gegründet hat, wird noch heute mit großer Ehrfurcht gesprochen. Hattet Ihr nicht den Wunsch, selbst Medikus zu werden?»

«Nein.» Eadulf schüttelte den Kopf. «Ich wollte mein Wissen vermehren. In meinem Heimatland wäre ich durch Erbfolge *gerefa* geworden, ein örtlicher Verwalter des Gesetzes, aber die damit verbundenen Kenntnisse genügten mir nicht. Ich sehnte mich danach, alles zu begreifen, was es auf der Welt zu begreifen gibt. Ich versuchte, Wissen in mich aufzusaugen, wie eine Biene Nektar trinkt, indem sie von einer Blume zur nächsten flattert, ohne allzulange bei einer zu verweilen. Ich habe mich auf keinem Gebiet durch besondere Kenntnisse hervorgetan, aber ich weiß über viele Dinge Bescheid. Das kann gelegentlich sehr nützlich sein.»

«Da habt Ihr recht», stimmte Fidelma zu. «Auf der Suche nach der Wahrheit kann es eher hinderlich sein, sich nur in einem Wissensgebiet auszukennen.»

Eadulfs Gesicht verzog sich zu einem jungenhaften Grinsen. «Ihr besitzt hervorragende Kenntnisse in Gesetzesdingen, Schwester Fidelma. Das Gesetz Eures Heimatlandes ist Euer Wissensgebiet.»

«Aber in unseren Klerikerschulen wird von allen, die sich für ein Gebiet entscheiden wollen, zuvor ein breites Allgemeinwissen verlangt.»

«Ihr seid eine *anruth.* Soweit ich weiß, heißt das übersetzt ‹edler Strom› und entspricht dem zweithöchsten Rang, den Gelehrte in Eurem Land erringen können. Aber was bedeutet das genau?»

Fidelma lächelte. «Wer *anruth* werden will, muß mindestens acht oder neun Jahre studiert haben und ein Meister seines Faches sein, sich aber auch in der Dichtung und Literatur, in der Geschichte und vielen anderen Dingen auskennen.»

Eadulf seufzte.

«Leider hat die Gelehrsamkeit in unserem Land keinen so hohen Stellenwert. Erst seit der Ankunft des Christentums und der Gründung der Klöster haben wir überhaupt lesen und schreiben gelernt.»

«Besser spät als gar nicht.»

Eadulf lachte.

«Ein wahres Wort, Fidelma. Deshalb habe ich wohl auch diesen unersättlichen Wissensdurst.»

Er verstummte. Eine Weile lang saßen sie schweigend da. Aber für Fidelma war es eher freundschaftlich als unangenehm. Freundschaftlich! Plötzlich war ihr klar, was sie für Eadulf empfand: Sie waren Freunde in der

Not. Sie lächelte und war mit ihrer Antwort auf das Wirrwarr ihrer Gedanken zufrieden.

«Wir sollten uns wieder an unsere Untersuchung machen», brach sie das Schweigen. «Deusdedits Tod hat uns der Aufklärung des Mords an Étain nicht nähergebracht.»

Eadulf schlug sich so heftig an die Stirn, daß Fidelma erschrocken zusammenfuhr.

«Ich bin ein Narr!» knurrte er wütend. «Ich sitze hier und grüble über mich selbst nach, obwohl eine viel wichtigere Aufgabe auf mich wartet.»

Überrascht von diesem plötzlichen Ausbruch, sah Fidelma ihn fragend an.

«Ihr habt mich gebeten, Erkundigungen über Bruder Athelnoth einzuziehen», fuhr Eadulf fort.

Fidelma brauchte einen Augenblick, um sich zu sammeln und über ihren Verdacht gegen Athelnoth nachzudenken.

«Und habt Ihr etwas herausbekommen?»

«Athelnoth hat uns angelogen.»

«Das wissen wir bereits», meinte Fidelma mit einem Nicken. «Habt Ihr etwas Genaueres erfahren können?»

«Wie besprochen, habe ich die anderen Brüder nach Athelnoth befragt. Erinnert Ihr Euch, daß er sagte, er habe Étain vor wenigen Tagen das erste Mal gesehen, als er sie auf Geheiß Bischof Colmáns an der Grenze zu Rheged abholte?»

Fidelma nickte.

«Ihr habt mir doch erzählt, daß Étain, eine Eoghanacht-Prinzessin, nach dem Tod ihres Mannes ins Kloster gegangen sei.»

«Ja.»

«Und daß sie in der Abtei der seligen Ailbe von Emly lehrte, ehe sie nach Kildare zurückberufen wurde?»

Wieder neigte Fidelma geduldig den Kopf.

«Und dort wurde sie zur Äbtissin gewählt ...?»

«Ja. Das ist erst zwei Monate her», bestätigte Fidelma. «Worauf wollt Ihr hinaus?»

«Athelnoth hat letztes Jahr sechs Monate in der Abtei von Emly verbracht», sagte Eadulf. «Ich habe einen Bruder ausfindig gemacht, der mit ihm dort war.»

Fidelmas Augen weiteten sich.

«Athelnoth hat in Emly studiert? Dann muß er Étain gekannt haben. Und er muß Irisch können. Beides hat er abgestritten.»

«Schwester Gwid hatte also doch recht», rief Eadulf triumphierend aus. «Athelnoth kannte Étain, und er begehrte sie. Als Étain ihn zurückwies, kränkte ihn das so, daß er sie getötet hat.»

«Das ist keine logische Schlußfolgerung», bemerkte Fidelma, «obgleich ich zugeben muß, daß einiges dafür spricht.»

Eadulf unterbrach sie mit einer Handbewegung.

«Ich bin immer noch davon überzeugt, daß die Geschichte mit der Brosche erfunden war. Athelnoth hat die ganze Zeit über gelogen.»

«Da ist noch etwas, das wir bisher übersehen haben», fiel ihm Fidelma ins Wort. «Wenn Athelnoth in Emly war, muß er dort auch Gwid getroffen haben. Sie hat bei Étain studiert.»

Eadulf grinste.

«Keine Sorge, daran habe ich auch schon gedacht. Aber Athelnoth war vor Gwid in Emly. Er verließ das Kloster einen Monat vor Gwids Ankunft. Ich habe Gwid gefragt, wann sie in Emly weilte, und es mit Athelnoths Aufenthalt verglichen. Der Bruder, der mit ihm dort studiert hat, hat mir bereitwillig Auskunft gegeben.»

Fidelma konnte ihre Aufregung nicht verbergen.

«Wir werden sofort nach Athelnoth schicken, um der Sache auf den Grund zu gehen.»

¶ Schwester Athelswith steckte den Kopf durch die Tür des *officium*.

«Ich konnte Bruder Athelnoth nirgends finden. Er ist weder im *domus hospitale* noch im *sacrarium*.»

«Aber irgendwo muß er doch sein», entgegnete Fidelma ärgerlich.

«Ich werde eine Schwester bitten, nach ihm zu suchen», rief Schwester Athelswith und eilte davon.

«Wir könnten auch selbst im *sacrarium* nachschauen», sagte Eadulf, «für den Fall, daß die gute Schwester ihn übersehen hat. Bei einer so großen Versammlung wäre das sehr gut möglich.»

«Vielleicht begegnen wir zumindest Bruder Taran und können ihm ein paar Fragen stellen», stimmte Fidelma zu und stand auf.

Schon vor der Tür zum *sacrarium* konnten sie das Geschrei der versammelten Glaubensbrüder und -schwestern hören. Das Streitgespräch war in vollem Gange. Wilfrid war aufgesprungen und schlug aufgebracht mit der Faust auf das hölzerne Pult.

«Es ist ein Skandal! Eine Erfindung von Cass Mac Glais, dem Schweinehirten Eures heidnischen irischen Königs Loegaire!»

«Das ist eine gemeine Lüge!» Cuthbert war ebenfalls aufgestanden; sein Gesicht war rot vor Zorn.

Von seinen Nachbarn gestützt, erhob sich der alte Jakobus, der gemeinsam mit dem römischen Missionar Paulinus vor fünfzig Jahren ins Königreich Kent gekommen war. Mit Hilfe eines Stocks hielt er mühsam das Gleichgewicht. Beim Anblick des alten Mannes wurde es still im Saal. Selbst die Anhänger Columbans verstummten. Jakobus genoß bei allen Christen hohes Ansehen, war er doch die letzte Verbindung zum Heiligen Augustinus, den Gregor der Große ausgeschickt hatte, um den Heiden in den sächsischen Königreichen zu predigen.

Erst als es völlig ruhig in der Kapelle war, begann Jakobus mit krächzender Stimme zu sprechen.

«Ich muß mich für meinen jungen Freund, Wilfrid von Ripon, entschuldigen.»

Erstauntes Murmeln war zu hören, und Wilfrid schaute verwirrt zu Jakobus auf.

«Jawohl», fuhr dieser unbeirrt fort. «Was den Ursprung der Tonsur angeht, die man bei den Iren und Bretonen trägt, befindet sich Wilfrid im Irrtum.»

Spätestens jetzt besaß Jakobus die ungeteilte Aufmerksamkeit seiner Zuhörer.

«Unsere Glaubensbrüder haben sich in die Irre leiten lassen. Die Tonsur, die sie so leidenschaftlich verteidigen, wurde von Simon Magus von Samaria erfunden, der dachte, er könnte die Kraft des Heiligen Geistes mit Geld erkaufen, und von Petrus dafür gebührend getadelt wurde. Als ich ein junger Mann war, kam ich mit Paulinus auf diese Insel. Wir trugen die gleiche Tonsur wie auch unser Heiliger Vater, Gregor der Große. Genauso hatten auch Augustinus und seine Gefährten ihr Haar geschoren. Um so größer war unsere Empörung, als wir die Bretonen und unsere Glaubensbrüder aus Irland einem Symbol nacheifern sahen, das dem christlichen Glauben entgegensteht. Ich möchte Euch fragen, Bruder Cuthbert, der Ihr nach der immerwährenden Krone des Lebens strebt, warum Ihr im Widerspruch zu diesem Glauben darauf beharrt, auf Eurem Kopf das Abbild einer unvollkommenen Krone zu tragen?»

Cuthbert sprang wütend auf.

«Wenn Ihr gestattet, ehrwürdiger Jakobus, dies ist die Tonsur, die keinem anderen als dem Apostel Johannes zugeschrieben wird. Ihr könnt ja mit eigenen Augen sehen, daß sie an eine Krone oder einen Kreis erinnert.»

Jakobus schüttelte den Kopf.

«Wenn ich Euch unmittelbar gegenüberstehe, Bruder. Aber beugt doch einmal den Kopf und dreht Euch um …»

Stirnrunzelnd folgte Cuthbert der Aufforderung.

Von den römischen Rängen war höhnisches Gelächter zu hören.

«Seht Ihr? Eine unvollkommene Krone, ein Halbkreis: *decurtatam eam, quam tu videre putabas, invenies coronam!*» rief der alte Jakobus.

Mit hochrotem Kopf setzte sich Cuthbert.

Jakobus deutete auf den kleinen, kahlgeschorenen Kreis auf seinem Scheitel.

«Dies hier ist der wahre Kreis, das Symbol der Dornenkrone. Nur diese Tonsur hat den Segen des Heiligen Petrus, des Felsens, auf den unsere Kirche gebaut ist. Selbst manche Bretonen erkennen inzwischen diese Wahrheit an. Vor allem jene, die aus Britannien flohen, um sich im fernen Iberia in Galizien anzusiedeln, haben die *corona spinea* übernommen. Schon vor dreißig Jahren hat die Synode von Toledo der barbarischen Tonsur unter den bretonischen Geistlichen in Galizien ein Ende gesetzt.»

Mit einem selbstzufriedenen Lächeln nahm Jakobus wieder Platz.

Heißer Zorn stieg in Fidelma auf, als unter den Anhängern Columbans betretenes Schweigen herrschte. Warum trat niemand vor, verteidigte die Tonsur Columbans und erklärte ihre tiefe mystische Bedeutung? Schon zu Zeiten der Druiden war die Tonsur, *airbacc giunnae* genannt, ähnlich geschnitten worden. Für das irische Volk verbanden sich mit dieser Tonsur uralte Traditionen. Fidelma machte einen Schritt vor und wollte gerade zum Sprechen ansetzen, als Eadulf sie am Arm ergriff.

Erschrocken drehte sie sich um.

Eadulf deutete auf die andere Seite des *sacrarium*.

Bruder Taran schlüpfte gerade durch eine Seitentür.

Noch einmal wandte sich Fidelma der Debatte zu, doch inzwischen hatte schon ein anderer Sprecher das Wort ergriffen.

Fidelma war klar, daß sie unmöglich das *sacrarium* durchqueren konnten, um Taran zu folgen. Sie mußten durch die Tür hinausgehen, durch die sie auch eingetreten waren, und dann versuchen, ihn draußen abzufangen.

Sie bedeutete Eadulf mitzukommen.

Doch als sie das *sacrarium* von außen umrundet hatten, war Taran nirgends zu sehen.

«Er kann noch nicht weit gekommen sein», sagte Eadulf.

«Laßt uns in diese Richtung gehen.» Fidelma deutete auf den Weg zum *monasteriolum*.

Sie eilten durch einen der Kreuzgänge und traten in den viereckigen Innenhof.

«Wartet!» zischte Fidelma und zog Eadulf zurück in die Schatten.

In der Mitte des Innenhofs standen Wufric und Bruder Seaxwulf und sahen sich um, als würden sie auf Taran warten. Wenige Augenblicke später kam der piktische Mönch auch schon auf sie zugeeilt.

Seaxwulf sagte etwas, drehte sich um und hielt auf das *monasteriolum* zu. Zum erstenmal bemerkte Fidelma Seaxwulfs merkwürdigen Gang. Er hielt den Rücken gekrümmt, als litte er starke Schmerzen. Sie dachte daran, was Äbtissin Abbe über die Strafe für den diebischen Sekretär gesagt hatte: «Er wurde mit einer Rute geschlagen, bis seine Haut rot und blutig war». Sie erschauderte bei dem Gedanken an die Wunden, die Seaxwulf mit Sicherheit davongetragen hatte.

Wulfric und Taran sahen dem sächsischen Bruder nach, bis er im *monasteriolum* verschwunden war. Dann holte Taran etwas aus der Tasche seines Habits und reichte es Wulfric. Dieser betrachtete es und ließ es kichernd in sein Wams gleiten. Kurz darauf verabschiedete er sich von Taran und eilte durch das Seitentor davon.

Die Hände in die Hüfte gestemmt, blieb Bruder Taran noch eine Weile stehen. Plötzlich aber drehte er sich um und ging über den viereckigen Innenhof geradewegs auf Fidelma und Eadulf zu.

Fidelma schob Eadulf vorwärts.

Bei ihrem Anblick fuhr Taran zusammen und schaute sich rasch um. Nachdem er zu seiner Erleichterung festgestellt hatte, daß Wulfric bereits außer Sichtweite war, erschien ein leutseliges Lächeln auf seinem Gesicht.

«Ein herrlicher Tag heute, nicht wahr, Schwester Fidelma?» eröffnete er das Gespräch. «Und Ihr seid gewiß Bruder Eadulf. Ich habe von Euren Ermittlungen gehört. Ja, die ganze Abtei spricht davon. Über sie wird fast ebenso hitzig debattiert wie über die Themen der Synode.»

Fidelma ließ sich von seinem Plauderton nicht täuschen. «Wir wollten gerade ein wenig frische Luft schnappen. Wie Ihr schon sagtet, es ist ein herrlicher Tag. Aber es trifft sich gut, daß wir Euch begegnen.»

«Ach ja? Wieso denn?» fragte der piktische Mönch mit unüberhörbarem Argwohn in der Stimme.

«Ihr habt Äbtissin Étain am Tage ihres Todes in ihrem *cubiculum* besucht?»

Bruder Taran machte ein überraschtes Gesicht.

«Ich ... ja, das stimmt», räumte er ein. «Warum fragt Ihr danach?» Er lächelte. «Ach, natürlich. Ich bin aber auch zu dumm. Ja, ich war bei ihr, allerdings schon ganz früh am Morgen.»

«Und wieso habt Ihr sie aufgesucht?» fragte Eadulf.

«Das war eine rein persönliche Sache.»

«Ach, wirklich?» fragte Fidelma spöttisch.

«Ich kenne ... Ich *kannte* Äbtissin Étain und hielt es

für ein Gebot der Höflichkeit, ihr meine Aufwartung zu machen und ihr für die Debatte alles Gute zu wünschen.»

«Woher kanntet Ihr sie?» fragte Fidelma. «Auf unserer gemeinsamen Reise von Iona nach Streoneshalh habt Ihr nichts davon erwähnt.»

«Ihr habt ja auch nicht danach gefragt», erwiderte Taran gelassen. «Aber Ihr wißt sicherlich, daß ich in Irland studiert habe. Mein Philosophiestudium absolvierte ich in Emly, und Schwester Étain, wie sie damals noch hieß, war eine Zeitlang meine Tutorin.»

«Ihr habt auch in Emly studiert?» fragte Fidelma erstaunt. «Emly ist ja berühmt für seine Gelehrsamkeit, aber ich bin doch überrascht, wer alles schon dort gewesen ist. Habt Ihr in Emly auch Schwester Gwid getroffen?»

Taran blinzelte erstaunt und schüttelte den Kopf.

«Nein. Ich wußte nicht einmal, daß sie dort war. Warum hat sie es mir nicht gesagt?»

«Vielleicht, weil Ihr sie nicht gefragt habt.» Fidelma konnte ein Grinsen nicht unterdrücken.

«War Athelnoth in Emly, während Ihr dort studiert habt?» fragte Eadulf.

«Ja, ich habe ihn in Emly gesehen. Doch ich hatte meine Studien schon fast abgeschlossen, als Athelnoth eintraf. Etwa einen Monat verbrachten wir gemeinsam dort, dann bin ich nach Iona zurückgekehrt. Und Ihr seid Euch sicher, daß Schwester Gwid ebenfalls in Emly war?»

«Eine Weile», antwortete Fidelma. «Habt Ihr Étain nach Eurer Abreise aus Emly noch einmal wiedergesehen?»

«Nein. Aber ich hatte immer große Hochachtung vor ihr. Sie war eine ausgezeichnete Tutorin, und als ich von ihrer Anwesenheit in Streoneshalh hörte, nahm ich mir vor, sie aufzusuchen. Dabei wußte ich noch nicht einmal, daß sie inzwischen Äbtissin von Kildare geworden war. Deshalb habe ich sie auch gar nicht mit Euch in Verbindung gebracht, Schwester Fidelma.»

«Wie lange wart Ihr am Tage ihres Todes mit Étain zusammen?» fragte Eadulf.

Taran schürzte die Lippen und überlegte.

«Recht kurz, soweit ich mich erinnern kann. Wir beschlossen, uns später am Tag noch einmal zu treffen, weil sie mit der Vorbereitung ihrer Eröffnungsrede beschäftigt war und keine Zeit hatte, mit mir zu sprechen.»

«Verstehe», sagte Fidelma. Dann lächelte sie. «Dann wollen wir Euch jetzt nicht länger aufhalten.»

Taran verneigte sich höflich und wandte sich zum Gehen. Er hatte bereits ein paar Schritte getan, als Fidelma ihm nachrief:

«Übrigens, habt Ihr in letzter Zeit Wulfric von Frihop gesehen?»

Taran wirbelte herum, und einen Augenblick glaubte Fidelma, einen Anflug von Entsetzen in seinem Gesicht zu sehen. Dann beherrschte er sich, setzte eine undurchdringliche Miene auf und sah sie an, als habe er sie nicht verstanden.

«Ihr erinnert Euch nicht mehr an den unausstehlichen Than, dem wir auf unserer Reise nach Streoneshalh begegnet sind? Er hat sich auf die widerwärtigste Art und Weise mit der Hinrichtung eines Bruders aus Lindisfarne gebrüstet.»

Taran kniff die Augen zusammen, als versuche er, Fidelmas Absichten zu deuten.

«Ich ... Ich glaube, ich bin ihm hin und wieder in der Abtei über den Weg gelaufen.»

«Er scheint wohl zu Alhfriths Wachen zu gehören», erklärte Eadulf, als wolle er ihm behilflich sein, Wulfric zuzuordnen.

«Ach, tatsächlich?» Taran versuchte, unbeteiligt zu

klingen. «Aber in letzter Zeit habe ich ihn nicht gesehen.»

Schwester Fidelma wandte sich langsam zum *monasteriolum* um. «Er ist ein böser Mensch, Bruder Taran. Einer, vor dem man sich in acht nehmen muß», rief sie ihm noch im Gehen nach.

Eadulf folgte ihr eilig. Aus dem Augenwinkel bemerkte er, daß Taran ihnen mit finsterer Miene und leicht offenstehendem Mund besorgt nachblickte.

«Ob es klug war, ihn zu warnen?» flüsterte Eadulf, obwohl sie bereits außer Hörweite waren.

Fidelma seufzte. «Im Augenblick würde er uns ohnehin nicht die Wahrheit sagen. Geben wir ihm ruhig das Gefühl, daß wir mehr wissen, als dies der Fall ist. Manche Leute lassen sich davon verunsichern und zu unvorsichtigen Handlungen verleiten. Und jetzt laßt uns einmal nachsehen, was Seaxwulf vorhat.»

Sie fanden Seaxwulf im *librarium*, tief über ein Buch gebeugt. Als sie eintraten, schaute er erschrocken auf.

«Wollt Ihr Eure Bildung mehren, Bruder?» fragte Eadulf freundlich.

Seaxwulf schlug das Buch zu und stand auf. Aber sein Gebaren hatte etwas Zögerliches, als wolle er etwas sagen, könne sich aber aus Verlegenheit nicht dazu überwinden. Schließlich gewann seine Wißbegierde Oberhand.

«Ich würde gern etwas über Irland erfahren, Schwester Fidelma. Ist es in Eurem Land Sitte, daß Liebende untereinander Geschenke austauschen?» stieß er hervor.

Fidelma und Eadulf wechselten erstaunte Blicke.

«Ja, ich glaube, so ist es bei uns Sitte», erwiderte Fidelma ernst. «Habt Ihr jemanden im Sinn, den Ihr beschenken wollt?»

Seaxwulf errötete, murmelte etwas Unverständliches und verließ eilig den düsteren Lesesaal.

Neugierig beugte sich Fidelma über den Tisch und schlug das Buch auf, das Seaxwulf gelesen hatte. Belustigt blätterte sie einige Seiten um.

«Griechische Liebespoesie. Was der junge Seaxwulf wohl im Schilde führt?»

Eadulf räusperte sich.

«Ich glaube, es wird langsam Zeit, daß wir mit Bruder Athelnoth sprechen.»

Fidelma klappte das Buch zu, und ein eifriger *librarius* erschien, um es wieder an sich zu nehmen.

«Da habt Ihr sicherlich recht, Eadulf», sagte sie.

Athelnoth war jedoch nirgends zu finden. Schließlich fragte Eadulf beim Torhüter an, ob er den Bruder gesehen habe, und der Mann wußte sofort eine Auskunft zu geben. Er berichtete, Bruder Athelnoth habe die Abtei gleich nach dem Läuten zum morgendlichen Angelus verlassen und werde erst am Abend zurückerwartet. Außerdem vertraute ihm der Torhüter in verschwörerischem Tonfall an, Athelnoth habe ein Pferd aus dem königlichen Stall geritten, über dessen Verschwinden sich erstaunlicherweise noch niemand beschwert habe.

Als die Glocke zur *cena*, der Hauptmahlzeit des Tages, läutete, war Athelnoth noch immer nicht zurückgekehrt.

Fidelma und Eadulf kamen zu dem Schluß, daß sie wohl bis zum nächsten Morgen warten mußten, um mit Athelnoth zu sprechen – vorausgesetzt, der Mönch hielt sein Versprechen, zur Abtei zurückzukehren.

stallklarem Wasser. Warme, kleine Wellen umspülten ihren Körper, während sie träge vorwärts glitt. Über ihr wölbte sich ein azurblauer Himmel, von dem eine goldene Sonne auf sie herunterstrahlte und angenehm das Wasser durchdrang. Vom Ufer hörte Fidelma Vögel zwitschern. Großer Friede breitete sich in ihr aus, und sie fühlte sich vollkommen eins mit der Welt. Plötzlich griff etwas nach ihrem Bein, eine Pflanze wahrscheinlich, und schlang sich fest um ihren Knöchel. Fidelma versuchte, sich zu befreien, aber sie war gefangen und wurde erbarmungslos nach unten gezogen. Ihr wurde schwarz vor Augen, während sie immer tiefer sank. Sie kämpfte mit aller Kraft, rang nach Atem, schlug wild um sich …

Schweißgebadet erwachte Fidelma. Jemand zerrte an ihr, und sie wehrte sich heftig.

Schwester Athelswith stand vor ihrem Bett, eine brennende Kerze in der Hand. Fidelma blinzelte. Es dauerte eine Weile, bis sie wußte, wo sie sich befand. Sie hob die Hand, um sich den Schweiß von der Stirn zu wischen.

«Ihr hattet einen Alptraum, Schwester», sagte die ältliche *domina* des *domus hospitale* vorwurfsvoll.

Schwester Fidelma gähnte und sah ihren Atem im flackernden Kerzenlicht. Es war noch dunkel, und sie zitterte in der kühlen Luft.

«Habe ich die anderen Gäste mit meinen Träumen gestört?» fragte sie.

Dann wurde ihr klar, daß die ängstliche *domina* ihr *cubiculum* nicht betreten hatte, um sie wegen eines Alptraums zu wecken, und sie fügte hinzu: «Was ist geschehen?»

Im schwachen Licht der Kerze war Schwester Athelswiths Gesichtsausdruck schwer zu deuten.

«Ihr müßt sofort mitkommen, Schwester», flüsterte die *domina* mit gepreßter Stimme.

Widerwillig schlug Fidelma die Decke zurück. Die eisige Kälte ließ sie erschaudern.

«Habe ich genug Zeit, um mich anzuziehen?» fragte sie und griff nach ihren Kleidern.

«Am besten kommt Ihr so schnell wie möglich. Äbtissin Hilda erwartet Euch, und nach Bruder Eadulf habe ich auch schon geschickt.»

Fidelma sah sie erschrocken an.

«Ist noch jemand an der Gelben Pest gestorben?»

«Nicht an der Gelben Pest, Schwester», erwiderte die *domina*.

Fidelma streifte Umhang und Schleier über ihr Nachtgewand. Dann folgte sie der aufgeregten *domina*, die ihr mit erhobener Kerze den Weg wies. Zu ihrem Erstaunen führte die Schwester sie jedoch nicht in das Gemach der Äbtissin, sondern eilte voraus zum *dormitorium* der Männer, blieb dann vor der Tür eines *cubiculum* stehen, schob mit abgewandtem Gesicht die Tür auf und winkte Fidelma hinein. Beim Eintreten hatte Fidelma das Gefühl, schon einmal in diesem *cubiculum* gewesen zu sein. Der kleine Raum war von zwei Kerzen erleuchtet.

Zunächst sah Fidelma nur einen müden Eadulf mit zerzaustem Haar und einem Ausdruck schläfrigen Erstaunens auf dem Gesicht. Neben ihm stand die hagere Gestalt Äbtissin Hildas. Sie hatte die Hände in ihrem Gewand gefaltet und hielt den Kopf gesenkt.

«Was ist geschehen?» fragte Fidelma und ging einen Schritt auf die beiden zu.

Wortlos stieß Eadulf die Tür mit dem Fuß zu. Dann deutete er auf die Rückseite der Tür.

Fidelma stockte der Atem.

An dem Holzpflock, der dem Aufhängen von Kleidung und *pera* diente, erblickte sie Athelnoths Leichnam. Kein Wunder, daß ihr das *cubiculum* bekannt vorgekommen war. Es war Athelnoths Unterkunft.

Überrascht trat Fidelma einen Schritt zurück. Athelnoth trug sein Nachtgewand. Die kräftige Schnur seines Habits war um seinen Hals geschlungen und an einem der etwa sechs Fuß über dem Boden angebrachten Holzpflöcke befestigt, so daß Athelnoths nackte Zehen fast den Boden berührten. Ein Schemel lag umgestoßen in der Nähe. Athelnoths Gesicht war schwärzlich angelaufen, und die Zunge ragte ihm aus dem Mund.

«Ein Selbstmord in Streoneshalh!»

Es war Äbtissin Hilda, die in bestürztem, tadelndem Tonfall das Schweigen brach.

«Wann wurde er entdeckt?» fragte Fidelma mit ruhiger Stimme.

«Vor einer halben Stunde», antwortete Eadulf. «Offenbar ist Athelnoth nach Einbruch der Dunkelheit in die Abtei zurückgekehrt. Ihr habt vielleicht bemerkt, daß die Klepsydra, die von der guten *domina* gewartet wird, am Ende dieses Flures steht. Schwester Athelswith wollte gerade nach der Uhr sehen, als sie aus Athelnoths *cubiculum* seltsame Geräusche hörte. Möglicherweise hatte er gerade den Schemel umgestoßen und rang mit dem Tode. Sie klopfte an die Tür, und als sie keine Antwort bekam, ging sie hinein und sah Athelnoth dort hängen. Sie lief sofort zu Äbtissin Hilda, und die Äbtissin wies sie an, uns zu wecken.»

Äbtissin Hilda bestätigte seine Worte mit einem Nikken.

«Wie ich annehme, habt Ihr Athelnoth zum Mord an Äbtissin Étain vernommen. Bruder Eadulf sagte mir, ihr hättet ihn zum Kreis der Verdächtigen gezählt und vorgehabt, ihn ein zweites Mal zu befragen. Bruder Eadulf meinte, Athelnoth habe Euch belogen.»

Schwester Fidelma nickte geistesabwesend und wandte sich wieder dem Toten zu. Sie nahm eine Kerze vom Tisch und hielt sie hoch, um ihn besser betrachten zu können. Sie musterte eingehend seinen Körper und stellte dann den umgestoßenen, dreibeinigen Schemel auf. Vorsichtig kletterte sie hinauf und untersuchte den Hinterkopf des Toten. Dann stieg sie wieder herunter und dachte eine Weile schweigend nach, ehe sie das Wort an die Äbtissin richtete:

«Mutter Oberin, können wir Euch später in dieser Angelegenheit Bericht erstatten? Ich glaube, daß der Tod von Bruder Athelnoth etwas mit dem Mord an Äbtissin Étain zu tun hat – was genau, müssen wir jedoch noch bestimmen.»

Äbtissin Hilda zögerte, dann nickte sie.

«Also gut. Aber Ihr müßt Euch beeilen, die Angelegenheit aufzuklären. Es steht zuviel auf dem Spiel.»

Fidelma schwieg, bis die Äbtissin den Raum verlassen hatte.

Bruder Eadulf sah sie fragend an.

«Die Sache ist doch wohl sonnenklar, Schwester», begann er. «Wir lagen richtig mit unserer Vermutung, daß Athelnoth Étain getötet hat. Er hat ihr in unzüchtiger Absicht nachgestellt, sie hat ihn abgewiesen. Und als ihm klar war, daß wir ihn verdächtigten, überwältigte ihn die Reue, und er beschloß, seinem Leben ein Ende zu setzen.»

Fidelmas Blick ruhte nachdenklich auf dem Toten.

«So sonnenklar ist das nicht», erwiderte sie nach einer Weile und öffnete die Tür, vor der Schwester Athelswith noch immer wartete.

«Schwester, wo wart Ihr, als das seltsame Geräusch aus Athelnoths Zelle kam?»

«Ich befand mich am Ende des Flurs und habe nach der Klepsydra gesehen», antwortete sie mit einem Nikken.

«Und habt Ihr die Tür zu diesem *cubiculum* von dem Augenblick an, als Ihr das Geräusch hörtet, bis zu dem Moment, als Ihr eingetreten seid, irgendwann einmal aus den Augen gelassen?»

Die *domina* verstand nicht ganz, worauf Fidelma mit ihrer Frage hinauswollte.

«Ich hörte das Geräusch und lauschte angestrengt. Es dauerte eine Weile, bis mir klar war, daß es aus diesem *cubiculum* kam. Also ging ich langsam den Flur hinunter, und als ich mich näherte, war ein weiteres Geräusch zu hören. Dann klopfte ich und rief: ‹Ist alles in Ordnung?› Ich bekam keine Antwort. Deshalb trat ich ein.»

Fidelma sah sie nachdenklich an.

«Verstehe. Ihr hattet die Tür also ständig im Blick?»

«Ja.»

«Danke. Ihr könnt jetzt wieder Euren Pflichten nachgehen. Ich werde Euch rufen lassen, wenn ich Euch noch einmal brauche.»

Schwester Athelswith nickte wieder und eilte davon.

Eadulf stand noch immer da und betrachtete Fidelma verwirrt, doch sie beachtete ihn nicht. Statt dessen sah sie sich gründlich in Athelnoths *cubiculum* um. Es unterschied sich nicht von den anderen Zellen, eine winzige, enge Kammer mit einer schmalen Holzpritsche, die den Gästen als Schlafstatt diente. Das Kopfkissen war eingedrückt und die Decke zerwühlt. Athelnoth hatte sein Bett offenbar benutzt. An der anderen Wand standen ein Tisch und ein Stuhl. Etwa sechs Fuß über dem Boden befand sich ein kleines, vergittertes Fenster.

Zu Eadulfs Erstaunen ging Fidelma in die Knie und spähte unter das schmale, etwa einen Fuß hohe Bett. Sie griff nach einer Kerze und leuchtete hinunter.

Der Staub unter dem Bett war eindeutig aufgewirbelt worden. An einer Stelle waren sogar Blutspuren zu sehen.

Mit einem triumphierenden Lächeln richtete sie sich wieder auf.

«Gut, daß Schwester Athelswith auch ein paar schlampige Helfer hat. Wir müssen dafür dankbar sein, daß sie zu faul sind, unter den Betten zu fegen.»

«Was soll das heißen?» fragte Eadulf.

Doch Fidelma war schon mit etwas anderem beschäftigt. Von einem gesplitterten Holzbein des Bettes löste sie ein Stück grobes Wollgewebe und erhob sich seufzend.

«Wollt Ihr mir nicht antworten?» fragte Eadulf.

Fidelma lächelte ihn an.

«Wie deutet Ihr selbst, was vorgefallen ist?»

Eadulf zuckte mit den Achseln.

«Wie ich schon sagte: Athelnoth hat voller Reue dem eigenen Leben ein Ende gesetzt, nachdem ihm klar wurde, daß wir ihm auf den Fersen waren.»

Fidelma schüttelte den Kopf. «Ist Euch nicht aufgefallen, daß Athelnoth, als er vorgestern mit uns sprach, nicht den geringsten Anflug von Reue zeigte?»

«Nein. Reue braucht manchmal Zeit, um zu reifen.»

«Mag sein. Aber hat Euch nicht stutzig gemacht, daß Athelnoth gestern morgen die Abtei verlassen hat und erst nach Einbruch der Dunkelheit zurückgekommen ist? Wo ist er gewesen? Und zu welchem Zweck? Und dann kehrt er nach dieser geheimnisvollen Mission in die Abtei zurück, legt sich ins Bett und schläft ein. Ihr seht ja selbst, daß sein Bett zerwühlt ist. Vor Tagesanbruch wacht er auf, und urplötzlich überkommt ihn eine so große Reue, daß er sich selbst das Leben nimmt?»

«Ich gebe ja zu, daß es seltsam ist», setzte Eadulf zur Verteidigung an. «Und ich würde auch gern wissen, wo er gestern war. Dennoch paßt alles zusammen. Reue hat schon so manchen in den Selbstmord getrieben.»

«Aber ob sie jemanden dazu treiben kann, sich selbst einen Schlag auf den Hinterkopf zu versetzen, ehe er sich erhängt?»

Eadulf sah sie erstaunt an.

Fidelma reichte ihm ihre Kerze.

«Seht selbst nach.»

Der sächsische Mönch kletterte auf den Schemel, hob die Kerze und betrachtete den schwarzen Fleck auf dem Hinterkopf des Toten. Athelnoths Haar war blutgetränkt.

«Das beweist noch gar nichts», sagte Eadulf schon etwas zurückhaltender. «Sein Kopf könnte im Todeskampf gegen die Wand geschlagen sein.»

«Dann müßte es aber auch an der Wand Blutspuren geben.»

Eadulf beleuchtete die Wand, konnte jedoch nichts entdecken.

Verwirrt wandte er sich zu Fidelma um.

«Wollt Ihr etwa sagen, daß er einen Schlag auf den Hinterkopf bekommen hat und dann erhängt wurde?»

«Ja. Jemand hat ihn mit einem Knüppel oder etwas ähnlichem bewußtlos geschlagen.»

«Und anschließend alles wie einen Selbstmord aussehen lassen?»

«Genau.»

«Aber wie ist das möglich?»

«Ganz einfach. Jemand ist in die Zelle gekommen, hat Athelnoth auf den Hinterkopf geschlagen und ihn, während er noch bewußtlos war, an diesem Holzpflock aufgeknüpft.»

«Und ist anschließend geflohen?»

Fidelma nickte.

Eadulf kletterte vom Schemel herunter.

«Eins habt Ihr allerdings vergessen, Schwester. Es gibt in dieser engen Zelle kein Versteck, und Schwester Athelswith war im Flur, als sie die Geräusche hörte. Sie hat die Tür die ganze Zeit über im Auge gehabt und niemanden gesehen, der das *cubiculum* verließ.»

Fidelma mißfiel sein überheblicher Ton.

«Im Gegenteil, ich habe es nicht vergessen. Schwester Athelswith hat die verdächtigen Geräusche gehört. Sie hat an der Tür geklopft und gerufen. Wer auch immer Athelnoth getötet hat, war dadurch vorgewarnt. Er wählte das einzig mögliche Versteck und kroch unter das Bett. Dabei hat sich seine Kleidung am Bein des Bettes verfangen, und von seinem Knüppel ist Blut auf den Boden getropft. Ihr könnt Euch selbst vergewissern. Als Schwester Athelswith die dunkle Zelle betrat, hatte sie nur Augen für den Toten. Und dann lief sie sofort zu Äbtissin Hilda und gab dem Mörder oder der Mörderin so die Möglichkeit, sich in aller Ruhe aus dem Staub zu machen.»

Eadulf spürte, wie ihm das Blut in die Wangen stieg. Bei Fidelma klang das alles ganz einleuchtend.

«Ich fürchte, ich muß mich entschuldigen», sagte er langsam. «Ich dachte, ich hätte genug gesehen, um solche Täuschungsmanöver zu durchschauen.»

«Keine Ursache.» Fidelma tat seine Zerknirschung fast leid. «Wichtig ist nur, daß die Wahrheit letztendlich doch noch ans Licht gekommen ist.»

«Und was ist mit dem Stoffetzen, den Ihr gefunden habt? Kann der uns irgendwelche Aufschlüsse geben?» fragte Eadulf.

«Leider nicht. Es sind ganz normale Wollfäden aus einem x-beliebigen Kleidungsstück. Aber vielleicht haben wir Glück und sehen jemanden, der sich die Kleidung aufgerissen hat.»

Nachdenklich rieb Eadulf sich die Nase.

«Die Frage ist: Warum hatte irgend jemand Interesse daran, Athelnoth umzubringen?»

«Ich kann nur annehmen, daß Athelnoth etwas wußte, das die Wahrheit aufgedeckt hätte. Athelnoth wurde getötet, damit er es uns nicht verraten kann.» Sie zögerte, dann fügte sie mit fester Stimme hinzu: «Und jetzt sollten wir zur Mutter Oberin gehen, um sie davon zu unterrichten, daß wir von einer Aufklärung des Falles noch weit entfernt sind.»

¶ Äbtissin Hilda begrüßte sie mit einem ungewöhnlich frohen Lächeln.

«König Oswiu wird mit Eurer Arbeit sehr zufrieden sein», sagte sie und deutete auf zwei leere Stühle vor dem schwelenden Torffeuer.

Schwester Fidelma und Eadulf warfen sich fragende Blicke zu.

«Mit unserer Arbeit?»

«Aber natürlich», fuhr Hilda fröhlich fort. «Das Rätsel ist gelöst. Der unglückliche Athelnoth hat Étain getötet und sich später aus Reue selbst das Leben genommen. Fleischliche Begierden, nicht unsere kirchlichen Streitigkeiten waren das Mordmotiv. Bruder Eadulf hat es mir schon erklärt.»

Eadulf errötete tief.

«Als ich Euch das sagte, Mutter Oberin, hatte ich einige wichtige Dinge übersehen.»

Fidelma beschloß, sich zurückzuhalten und dem sächsischen Mönch nicht aus der Patsche zu helfen, in die er sich selbst hineinmanövriert hatte.

Hilda sah ihn verärgert an.

«Wollt Ihr etwa behaupten, daß Ihr einen Fehler gemacht habt, als Ihr mir sagtet, die Sache sei geklärt?»

Eadulf nickte beklommen.

Äbtissin Hilda knirschte so heftig mit den Zähnen, daß Fidelma eine Gänsehaut bekam.

«Und wer sagt mir, daß Ihr jetzt nicht auch einen Fehler macht?»

Eadulf wandte sich verzweifelt zu Fidelma um. Diesmal hatte sie Erbarmen.

«Mutter Oberin, Bruder Eadulf war nicht im Besitz aller Fakten. Athelnoth ist ebenfalls ermordet worden. Und wir wissen immer noch nicht, wer die Taten begangen hat.»

Äbtissin Hilda schloß die Augen. Ein tiefer Seufzer entrang sich ihrer Kehle.

«Wie soll ich das Oswiu beibringen? Die Debatte geht heute in die dritte Runde, und zwischen den Parteien herrscht böses Blut. In den letzten Tagen hat es zwischen den Anhängern Roms und Columbans nicht weniger als drei Schlägereien gegeben. Innerhalb und außerhalb der Abtei verbreiten sich Gerüchte wie Lauffeuer, die uns alle verbrennen können. Begreift Ihr denn nicht, wie wichtig diese Debatte ist?»

«Doch, das wissen wir», entgegnete Fidelma mit fester Stimme. «Aber es hat keinen Zweck, eine Lösung zu erfinden, die nicht der Wahrheit entspricht.»

«Der Himmel schenke mir Geduld!» seufzte die Äbtissin. «Ich spreche von einem Bruderkrieg, der dieses Land spalten könnte.»

«Der Ernst der Lage ist mir wohl bewußt», versicherte Fidelma, die voller Mitgefühl erkannte, welche Last die Äbtissin auf ihren Schultern trug. «Aber die Wahrheit ist wichtiger als all diese Dinge.»

«Und was soll ich Oswiu sagen?» Hildas Stimme klang fast flehend.

«Sagt ihm, daß die Untersuchung weitergeht», erwiderte Fidelma. «Sobald wir mehr wissen, werdet Ihr und Oswiu als erste davon erfahren.»

der Äbtissin verließen, läutete die Glocke zum *jentaculum.* Erst jetzt spürte Fidelma, wie hungrig und durstig sie war. Sie wandte sich in Richtung Refektorium, aber Eadulf faßte sie am Arm und hielt sie zurück.

«Mir ist nicht nach Essen zumute», meinte er. «Lieber möchte ich Athelnoths Leichnam noch einmal genauer untersuchen.»

«Darum kann sich Bruder Edgar, der Medikus, kümmern.»

Eadulf schüttelte den Kopf.

«Ich habe etwas Bestimmtes im Sinn. Aber laßt Euch von mir nicht vom Essen abhalten.»

«Das würde Euch ohnehin nicht gelingen», lachte Fidelma. «Ich treffe Euch später in Athelnoths *cubiculum.* Dann können wir über die neuen Entwicklungen beraten.»

Fidelma reihte sich in die Menge ein, die ins Refektorium strömte. Geistesabwesend nickte sie einigen Schwestern zu und setzte sich an den ihr zugewiesenen Tisch. Eine Schwester stimmte das *Beati immaculati* vor der täglichen Lesung an. Dann wurden Krüge voller kalter Milch, Töpfe mit Honig und Körbe mit *paximatium*, dem zwiefach gebackenen Brot, auf die Tische verteilt. Außer der gleichförmigen Stimme der Vorleserin war kaum etwas zu hören.

Fidelma hatte ihre Mahlzeit fast beendet, als sie den strohblonden Mönch bemerkte, der sich durch die vielen Tische einen Weg zur Tür der Refektoriums bahnte. Es war Seaxwulf, und Fidelma wollte sich schon abwenden, als ihre Blicke sich trafen und sie in den Augen des jungen Mannes einen seltsamen Ausdruck erkannte. Es war, als wollte er mit ihr sprechen, gleichzeitig aber um jeden Preis vermeiden, daß irgend jemand etwas davon bemerkte.

Als Seaxwulf an Fidelma vorüberkam, blieb er stehen und sah auf seine Sandalen hinunter. Dann bückte er sich und begann, sie neu zu schnüren, als seien die Riemen locker geworden.

«Schwester!» flüsterte er ihr zu ihrem Erstaunen auf griechisch zu. «Ich hoffe, daß Ihr diese Sprache versteht. Ich weiß, Ihr könnt wenig Sächsisch, und ich kann mich nicht auf irisch verständigen. Ich möchte nicht, daß jemand uns hört.»

Sie wollte sich schon zu ihm umwenden und ihm sagen, daß sie ihn verstand, als Seaxwulf eindringlich zischte.

«Schaut mich nicht an! Ich glaube, daß ich beobachtet werde. Ich habe Neuigkeiten über Étains Tod. Wir treffen uns in einer Viertelstunde in der *apotheca*, wo der Wein gelagert wird.»

Seaxwulf erhob sich, warf einen letzten prüfenden Blick auf seine Sandalen und verließ das Refektorium.

Fidelma zwang sich, in aller Ruhe fertig zu essen, ehe sie sich von ihrem Platz erhob und ihm folgte.

Scheinbar ziellos schlenderte sie über das Klostergelände. Sie hielt den Kopf gesenkt, blickte dabei jedoch wachsam in alle Richtungen, um festzustellen, ob jemand sie beobachtete oder ihr gar nachging. Erst nachdem sie die Abtei einmal umrundet hatte und sicher war, daß sie keine Verfolger hatte, beschleunigte sie ihre Schritte zum *hypogeum*, dem wuchtigen Kellergewölbe, das sich unterhalb des Hauptgebäudes befand.

Am oberen Ende der Wendeltreppe, die in die dunklen Katakomben führte, blieb sie stehen. Auf einem hölzernen Bord gleich hinter der Tür standen mehrere Kerzen. Fidelma nahm eine, zündete sie an und stieg in die Dunkelheit hinab. Sie nahm den gleichen Weg, auf dem Schwester Athelswith sie und Bruder Eadulf zum Gefängnis des irischen Bettlers geführt hatte. Ihr war klar, daß es einen kürzeren Weg zur *apotheca* geben mußte, aber sie wollte niemanden danach fragen, weil ihr Treffen mit Seaxwulf geheim bleiben sollte.

Das Gewölbe unterhalb des Hauptgebäudes war ursprünglich als Grabstätte für die Toten des Klosters erbaut worden. Um die oberen Stockwerke zu stützen, liefen die wuchtigen Sandsteinblöcke zu runden Bögen zusammen. Sie bildeten ein wahres Labyrinth von unterschiedlich großen Räumen und Nischen, die zur Lagerung aller möglichen Dinge dienten. Fidelma versuchte, sich an den Weg zur *apotheca* zu erinnern, wo die großen Holzfässer mit Wein aus Franken, Rom und Iberia standen.

Am Fuß der Treppe blieb Fidelma plötzlich stehen. Es war kalt und feucht, und sie wünschte, sie hätte Eadulf von ihrem Plan erzählt. Langsam schritt sie den Mittelgang entlang. Holzsärge mit den sterblichen Überresten der Glaubensbrüder und -schwestern von Streoneshalh, die im Laufe der Jahre das Zeitliche gesegnet hatten, waren auf Steinplatten aufgereiht. Der modrige Geruch des Todes schlug ihr entgegen. Fidelma biß die Zähne zusammen. Sie kam an der kleinen Nische vorbei, wo man Äbtissin Étains Leichnam aufgebahrt hatte. Der des Bischofs war, wie sie wußte, aus der Abtei geschafft und verbrannt worden, genau wie die Leichen aller anderen Opfer der Gelben Pest.

Wie Fidelma vermutete, benutzten die Küchenhilfen nicht jedesmal diesen langen Weg, wenn sie die Weinkrüge nachfüllten. Es mußte eine Abkürzung von der Küche zum Weinkeller geben.

Vorsichtig tastete sich Fidelma weiter. In dem düsteren Gewölbe war es seltsam zugig. Ein kalter Hauch brachte ihre Kerze immer wieder zum Flackern. Irgendwo mußte es Gänge ins Freie geben, durch die der Wind in die Katakomben fuhr.

Schließlich verriet ihr der mit unangenehmen Küchendünsten vermischte Weingeruch, daß sie sich dem Weinkeller näherte. Sie blieb stehen und sah sich um. Allerdings war ihr Gesichtsfeld im Schein der Kerze begrenzt.

«Seaxwulf!» rief sie leise. «Seid Ihr hier?»

Wie ein Donnergrollen kam das Echo zu ihr zurück.

Sie hob die Kerze. An den Wänden tanzten unheimliche Schatten.

«Seaxwulf!»

Suchend lief Fidelma zwischen den Fässern hin und her.

Plötzlich merkte sie auf.

Ein dumpfes Geräusch war zu hören. Fidelma lauschte angestrengt, um es näher zu bestimmen. Es klang, als poche jemand auf Holz.

«Seid Ihr das, Seaxwulf?» fragte sie.

Sie bekam keine Antwort, nur das Pochen ging weiter.

Vorsichtig schlich Fidelma zwischen den großen Holzfässern voran. Von Wilfrids mädchenhaftem Sekretär war nichts zu sehen.

Plötzlich wurde ihr klar, woher das Geräusch kam: aus dem Innern eines der Fässer. Fidelma blieb verblüfft stehen.

«Seaxwulf? Seid Ihr dort drin?»

Sollte sich der Mönch in einem Faß versteckt haben?

Das Klopfen war jetzt ganz deutlich zu vernehmen. Fidelma legte eine Hand auf das Holz und spürte, wie es bei jedem Schlag leicht erbebte. *Poch. Poch. Poch.* Ansonsten herrschte in dem Keller völlige Stille. Fidelma entdeckte einen Holzschemel und schob ihn neben das sechs Fuß hohe Faß. Dank des Möbels konnte sie über den Rand des Fasses spähen.

Fidelma hob die Kerze und sah hinein.

Das Gesicht nach unten, trieb Seaxwulf im roten Wein, der hin- und herschwappte, so daß der Kopf des Toten immer wieder mit einem dumpfen Schlag gegen das Holz gestoßen wurde. *Poch. Poch. Poch.*

Fidelma erschrak, machte einen Schritt zurück, verlor das Gleichgewicht und rutschte aus. Die Kerze fiel ihr aus der Hand. Verzweifelt versuchte sie, irgendwo Halt zu finden, um den unweigerlichen Sturz zu vermeiden. Dann fiel sie rückwärts. Kurz sprühten Lichtpunkte vor ihren Augen, dann wurde es dunkel um sie.

¶ Am Ende eines langen, düsteren Tunnels hörte Fidelma jemanden leise stöhnen. Sie blinzelte und versuchte, in die Dunkelheit zu spähen. Der Tunnel wurde heller, und langsam dämmerte ihr, daß das ihr eigenes Stöhnen war.

Kurz darauf tauchte verschwommen Bruder Eadulfs besorgtes Gesicht vor ihr auf.

«Fidelma? Hört Ihr mich?»

Sie blinzelte wieder, und das Bild wurde allmählich schärfer. Sie lag in ihrem *cubiculum* auf dem Bett. Hinter Eadulf konnte sie nun auch die ängstliche Miene der *domina* erkennen.

«Ja, ich höre Euch», murmelte sie. Ihre Zunge fühlte sich pelzig an. «Ich würde gern etwas Wasser trinken.»

Schwester Athelswith eilte sofort herbei und drückte ihr einen Tonbecher in die Hand.

Das Wasser war kalt und erfrischend.

«Ich bin gestürzt», sagte Fidelma und gab den Becher zurück. Erst dann fiel ihr ein, daß das wahrscheinlich eine ziemlich überflüssige Erklärung war.

Eadulf grinste erleichtert. «Allerdings. Ihr scheint in der *apotheca* mit einem Schemel umgekippt zu sein. Was um alles in der Welt hattet Ihr dort unten zu suchen?»

Schlagartig kehrte Fidelmas Erinnerung zurück. Sie versuchte, sich aufzusetzen. Ihr Hinterkopf schmerzte.

«Seaxwulf!»

«Was hat Seaxwulf damit zu tun?» fragte Eadulf erstaunt. «Hat er Euch angegriffen?»

Fidelma starrte Eadulf verständnislos an.

«Habt Ihr ihn nicht gesehen?»

Eadulf schüttelte den Kopf.

«Vielleicht ist die gute Schwester verwirrt», warf Schwester Athelswith ein.

Fidelma ergriff die Hand des jungen Mönches.

«Seaxwulf ist ermordet worden. Habt Ihr nicht in das Faß geschaut?» fragte sie aufgeregt.

Wieder schüttelte Eadulf entgeistert den Kopf. Schwester Athelswith schrie erschrocken auf und schlug die Hand vor den Mund.

Fidelma wollte aufstehen, aber Eadulf hielt sie zurück.

«Vorsicht. Möglicherweise seid Ihr verletzt.»

«Es geht mir gut», gab Fidelma zurück. «Wie habt Ihr mich gefunden?»

Es war Schwester Athelswith, die ihre Frage beantwortete.

«Eine von den Schwestern in der Küche hörte einen Schrei aus dem Gewölbe unter der Küche. Sie ging hinunter und fand Euch neben einem der Weinfässer. Sie hat nach mir geschickt, und ich habe Bruder Eadulf gerufen, der Euch in Euer Zimmer gebracht hat.»

Fidelma wandte sich an Eadulf.

«Und Ihr habt nicht in das Faß gesehen? In das Faß, neben dem Ihr mich gefunden habt?»

«Nein. Ich verstehe nicht, was Ihr meint.»

«Dann geht noch einmal hin und schaut es Euch an. Jemand hat Seaxwulf getötet. Er wurde in das Faß gestoßen.»

Ohne ein weiteres Wort erhob sich Eadulf und verließ den Raum. Mit einer gereizten Handbewegung scheuchte Fidelma auch die überbesorgte Schwester Athelswith hinaus. Dann stand sie vom Bett auf und ging zum Tisch, auf dem sich eine Schüssel und ein Krug mit Wasser befanden. Sie spritzte sich etwas Wasser ins Gesicht. Noch immer quälte sie ein pochender Kopfschmerz.

«Ihr braucht nicht zu warten, Schwester», sagte sie, als sie sah, daß Schwester Athelswith stumm an der Tür verharrte. «Und kein Wort an irgend jemanden, bis wir es Euch gestatten. Ich werde später nach Euch rufen.»

Sichtlich in ihrem Stolz verletzt, eilte Schwester Athelswith von dannen.

Fidelma stand am Tisch und spürte, wie ihr alles vor Augen verschwamm. Sie sank aufs Bett zurück und rieb sich mit den Fingerspitzen die Schläfen.

Wenig später kam Eadulf zurück. Er keuchte. Offenbar war er gelaufen.

«Und?» fragte Fidelma, ehe er Gelegenheit hatte zu sprechen. «Habt Ihr die Leiche gefunden?»

«Nein.» Eadulf schüttelte den Kopf. «In dem Faß war keine Leiche.»

Fidelma sah den Mönch entgeistert an.

«Was?»

«Ich habe in alle Fässer geblickt und nichts gefunden.»

Entschlossen stand Fidelma auf. Ihr Schwindel war vergangen.

«Aber ich habe Seaxwulf mit eigenen Augen gesehen!»

Beruhigend lächelnd sah Eadulf sie an.

«Ich glaube Euch, Schwester. Jemand muß die Leiche fortgeschafft haben, während wir Euch in Euer Zimmer brachten.»

Fidelma seufzte. «Ja. Das ist die einzige Erklärung.»

«Am besten erzählt Ihr mir ganz genau, was geschehen ist.»

Fidelma setzte sich wieder aufs Bett und rieb ihre pochende Stirn, da der Schmerz mit voller Wucht zurückkehrte.

«Ich habe Euch gesagt, Ihr müßt vorsichtig sein», sagte Eadulf vorwurfsvoll. «Tut Euch der Kopf weh?»

«Ja», stöhnte sie gereizt. «Was kann man nach so einem Schlag auch erwarten?»

Er lächelte mitfühlend. «Macht Euch keine Sorgen. Ich gehe in die Küche und lasse Euch einen Trank zubereiten, der Euch helfen wird.»

«Einen Trank? Wollt Ihr mir etwa noch eins von den bitteren Giften verpassen, von denen Ihr behauptet, Ihr hättet sie in Tuaim Brecain kennengelernt?» stöhnte sie.

«Ein Kräuterheilmittel», erwiderte Eadulf grinsend. «Eine Mischung aus Salbei und rotem Klee. Trinkt es, und es wird Eure Kopfschmerzen lindern. Obwohl ich bezweifle, daß Euer Zustand sehr ernst ist, wenn Ihr noch soviel Widerstand leisten könnt.» Er verschwand, kehrte jedoch nach kurzer Zeit schon wieder zurück.

«Das Heilmittel wird gleich kommen. Und jetzt berichtet mir alles der Reihe nach.»

Sie erklärte es ihm in kurzen Worten.

«Ihr hättet mir von Eurem Stelldichein erzählen sollen, ehe Ihr in diese dunklen Katakomben hinuntergestiegen seid», meinte Eadulf tadelnd.

Es klopfte an der Tür, und eine Schwester reichte einen Tonbecher mit dampfender Flüssigkeit herein.

«Ah, der Kräutertrank», meinte Eadulf grinsend. «Er mag bitter schmecken, Schwester, aber er wird Euch helfen. Ich verbürge mich dafür.»

Fidelma nippte an dem Gebräu und verzog das Gesicht.

«Am besten, Ihr trinkt den Becher so rasch wie möglich aus», empfahl Eadulf.

Fidelma rümpfte zwar die Nase, befolgte jedoch seinen Rat, schloß die Augen und schluckte das warme Getränk hinunter.

«Das war ziemlich scheußlich», stellte sie fest und stellte den Becher weg. «Es scheint mir fast, als hättet Ihr Spaß daran, mich mit Euren übelschmeckenden Mixturen zu traktieren.»

«Gibt es in Eurem Land nicht das Sprichwort: ‹Je bitterer die Medizin, desto gründlicher die Heilung›?» fragte Eadulf. «Aber wo waren wir stehengeblieben ...?»

«Bei Seaxwulf. Ihr sagtet, seine Leiche sei verschwunden. Aber warum? Jemand hat ihn getötet und sich die größte Mühe gegeben, ihn fortzuschaffen.»

«Er wurde ermordet, damit er nicht mit Euch sprechen kann. Soviel ist klar.»

«Aber was hatte Seaxwulf mir zu sagen? Was war so wichtig, daß er unbedingt ein geheimes Treffen vereinbaren wollte? Und weshalb mußte er dafür mit dem Leben bezahlen?»

«Vielleicht wußte Seaxwulf, wer Étain auf dem Gewissen hat?» Fidelma knirschte wütend mit den Zähnen. «Drei Morde, und wir sind der Lösung nicht ein Stückchen nähergekommen.»

Eadulf schüttelte den Kopf.

«Im Gegenteil. Wir sind ihr *zu* nahe, Schwester», sagte er mit Nachdruck.

Fidelma sah ihn erstaunt an.

«Was meint Ihr damit?»

«Wenn wir völlig im dunkeln tappen würden, hätte es nur einen Mord gegeben. Die beiden letzten Morde wurden nur begangen, um zu verhindern, daß wir erfuhren, was die Ermordeten wußten. Wer auch immer Étain getötet hat – wir sind ihm so dicht auf den Fersen, daß er zum Handeln gezwungen war, damit wir ihn nicht enttarnen.»

Fidelma überlegte eine Weile.

«Ihr habt recht. Ich kann wohl noch nicht klar denken. Ihr habt völlig recht, Eadulf.»

Eadulf lächelte zaghaft.

«Ich habe auch herausgefunden, daß Athelnoth, was die Brosche betraf, nicht ganz die Unwahrheit gesagt hat.»

«Wie das?»

Eadulf streckte die Hand aus und hielt ihr eine kleine Silberbrosche entgegen. Es war eine kostbare Goldschmiedearbeit mit runden Ornamenten und Verzierungen aus Emaille und Halbedelsteinen.

Fidelma nahm die Brosche und drehte sie versonnen hin und her.

«Man sieht sofort, daß sie aus Irland stammt», meinte sie. «Wo habt Ihr sie entdeckt?»

«Als Bruder Edgar, der Medikus, und ich Athelnoth entkleideten, um seinen Körper noch einmal gründlich zu untersuchen, fanden wir einen kleinen Beutel, den er auf der nackten Haut trug. Darin befand sich nichts weiter als diese Brosche und ein kleines Stück Pergament mit einer griechischen Inschrift.»

«Zeigt es mir.»

Eadulf reichte es ihr und lächelte verlegen.

«Mein Griechisch reicht leider nicht aus, um es zu lesen.»

Fidelmas Augen glänzten. «Es ist ein Liebesgedicht. ‹Liebe erschüttert mein Herz wie der Bergwind, der in den Eichen rauscht.›» Sie seufzte. «Immer wenn wir glauben, ein Rätsel gelöst zu haben, entstehen tausend neue Fragen.»

«Das begreife ich nicht. Die Erklärung ist doch ganz einfach. Dies muß die Brosche sein, die Étain verloren hat und die Athelnoth ihr zurückgeben wollte – die gleiche Brosche, die er nicht finden konnte, als er mit uns in seinem *cubiculum* war. Und das Liebesgedicht an Étain hat er geschrieben, um ihre Gunst zu gewinnen, genau wie Schwester Gwid es angedeutet hat.»

Fidelma sah ihn zweifelnd an.

«Wenn dies die Brosche ist, die Étain verloren hat und die Athelnoth ihr wiedergeben wollte, warum trug er sie dann gemeinsam mit einem Liebesgedicht in einem kleinen Beutel auf der Haut? Hatte er sie auch bei sich, als er so tat, als würde er in unserem Beisein danach suchen? Dann hat er zumindest in dieser Hinsicht gelogen. Aber wieso?»

Eadulf lächelte. «Weil er in Étain vernarrt war. Er hat das Liebesgedicht für sie geschrieben. Vielleicht wollte er die Brosche als Andenken bewahren. Es kommt nicht selten vor, daß Gefühle von einem geliebten Menschen auf einen Gegenstand übertragen werden, der diesem Menschen gehört.»

Fidelmas Augen leuchteten auf. «Ein Andenken! Wie konnte ich bloß so dumm sein. Ich glaube, Eadulf, Ihr habt uns der Wahrheit einen Schritt nähergebracht.»

Eadulf sah sie verständnislos an.

«Hat Seaxwulf im *librarium* nicht griechische Liebesgedichte gelesen?» fragte Fidelma. «Und hat er uns nicht gefragt, ob es in Irland Sitte sei, daß Liebende sich Geschenke machen?»

«Doch. Aber ich verstehe nicht, wie uns das weiterhelfen soll. Wollt Ihr damit sagen, daß Seaxwulf Athelnoth getötet hat?»

«Und sich dann in einem Weinfaß ertränkte? Denkt noch einmal nach, Eadulf!»

Fidelma stand entschlossen auf, geriet jedoch gleich wieder ins Taumeln. Eadulf griff nach ihrem Arm und hielt sie fest, bis sich der Schwindel gelegt hatte.

«Laßt uns noch einmal in die *apotheca* gehen und das Weinfaß untersuchen, aus dem unsere dritte Leiche verschwunden ist. Ich glaube, Seaxwulf hatte etwas in seinem Besitz, das wir unbedingt finden müssen.»

«Seit Ihr dazu auch kräftig genug?» erkundigte sich Eadulf besorgt.

«Natürlich», gab Fidelma zurück. Dann hielt sie inne, und ein Lächeln erschien auf ihrem Gesicht. «Ja, es geht mir schon viel besser», sagte sie sanft. «Ihr hattet recht. Die Medizin war bitter, aber mein Kopfschmerz ist verschwunden. Ihr seid auf dem Gebiet sehr bewandert, Eadulf. Ich bin sicher, Ihr wärt ein ausgezeichneter Apotheker.»

DURCH EINEN KURZEN GANG, der sie von der Küche zu einer Treppe ins Kellergewölbe brachte, führte Eadulf Fidelma auf dem schnellsten Weg in den Weinkeller von Streoneshalh. Hätte Fidelma diese Abkürzung schon vorher gekannt, hätte sie sich auf dem Weg durch die düsteren Katakomben viel Zeit erspart. Sie hielt den Atem an, als sie die Küche mit ihren abgestandenen Dünsten durchquerten. Der Geruch nach verkochtem Kohl verfolgte sie die Wendeltreppe hinunter bis in die *apotheca*.

Fidelma ging zu dem Weinfaß, in dem sie Seaxwulf gefunden hatte, suchte nach dem Schemel und stieg vorsichtig hinauf – fürsorglich bewacht von Eadulf, der eine Öllampe emporhielt. In ihrem Licht konnte sie wesentlich besser sehen als beim Schein der Kerze, mit der sie beim letztenmal in den Weinkeller gekommen war.

Im Faß war nichts weiter als dunkelroter Wein.

Fidelma beugte sich noch weiter über den Rand, konnte aber nichts Verdächtiges erkennen. Sie griff nach einer Stange, die in der Nähe stand und wahrscheinlich dazu benutzt wurde, die Flüssigkeit in den Fässern zu messen, denn sie war an mehreren Stellen eingekerbt. Vorsichtig stocherte sie damit im Faß herum, doch es schien nichts auf den Grund gesunken zu sein. Der Duft des Weins machte sie benommen.

Fidelma kletterte wieder vom Schemel und umrundete das Faß. Anschließend fuhr sie mit der Hand über das Eichenholz. An einer Seite war es ganz feucht. Sie schnupperte an ihren Fingerspitzen. Der Weingeruch war unverkennbar.

«Leuchtet einmal hier auf den Boden», wies sie Eadulf an.

Eadulf hielt die Lampe an die fragliche Stelle. Auch der Boden war feucht, und es waren deutliche Schleifspuren zu sehen.

«Jemand hat die Leiche auf dieser Seite aus dem Faß gezerrt und fortgeschleppt ... in diese Richtung. Kommt weiter!»

Entschlossen folgte sie der Spur auf dem Boden.

Eadulf blieb ihr dicht auf den Fersen.

Von gelegentlichen feuchten Flecken unterbrochen, waren zwei nebeneinander verlaufende Spuren zu sehen, ganz so als hätte jemand die Leiche an den Armen hinter sich her gezerrt, so daß die Knöchel über den Boden schleiften.

Die Spur führte in einen vom Hauptkeller abzweigenden, in den Felsen gehauenen Gang, der sich nach kurzer Zeit so verengte, daß höchstens zwei Personen nebeneinander gehen konnten. Eadulf griff nach Fidelmas Arm und hielt sie zurück.

«Was ist?» fragte sie.

«Man hat mir gesagt, dieser Gang führe zu einem der häufiger benutzten *defectora* für Männer, Schwester», sagte Eadulf. Selbst im trüben Licht der Öllampe konnte Fidelma erkennen, daß er errötete.

«Zu einem Abort?»

Eadulf nickte.

Fidelma schnaubte verächtlich.

«Leider kann ich in dieser Lage weder auf mein eigenes Schamgefühl noch auf das anderer Menschen Rücksicht nehmen. Irgend jemand hat Seaxwulfs Leiche nun einmal in diese Richtung geschleift.»

Eadulf sah ein, daß jeder weitere Widerstand zwecklos war, und folgte ihr.

Der enge Tunnel schien endlos.

Nach einer Weile blieb Fidelma stehen und spitzte die Ohren. In der Ferne war ein dumpfes Dröhnen zu hören.

«Was ist das?»

Eadulf lauschte angestrengt.

«Donner vielleicht?»

Tatsächlich klang es wie fernes Donnergrollen.

«Aber dafür ist das Geräusch zu andauernd», sagte Fidelma.

Sie gingen weiter voran.

Der kalte Luftzug, den sie bereits im gesamten Kellergewölbe gespürt hatten, wurde stärker.

Als sie um die nächste Biegung des von Menschenhand gehauenen Tunnels kamen, brachte ein plötzlicher Stoß kalter, feuchter Luft die Flamme ihrer Öllampe zum Erlöschen.

Es roch nach Salzwasser und Seetang.

«Wir müssen in der Nähe der Küste sein», rief Fidelma laut, um das Rauschen zu übertönen. «Könnt Ihr die Lampe wieder anzünden?»

«Leider nicht», bedauerte Eadulf. «Ich habe keinen Feuerstein dabei.»

Im ersten Augenblick war es stockfinster. Doch ganz allmählich gewöhnten sich ihre Augen an die Dunkelheit, so daß ihnen der Tunnel nur noch dämmrig erschien.

«Dort vorne muß ein Ausgang sein», schrie Eadulf.

«Ja. Laßt uns nachsehen, wohin er führt», antwortete Fidelma und ging weiter.

Eadulf konnte ihre dunkle Gestalt gerade erkennen.

«Seid vorsichtig», rief er. «Haltet Euch dicht an der Wand, damit Ihr nicht ausrutscht.»

Langsam tasteten sie sich Schritt für Schritt voran.

Das Dröhnen wurde immer lauter.

Fidelma wußte, es konnte nur von der Brandung kommen. Der Tunnel mußte irgendwo bei den Klippen einen Ausgang haben. Sie hörte, wie die Wellen mit voller Wucht gegen die Felsen schlugen.

Wahrscheinlich war das auch der Grund, warum Seaxwulfs Leichnam durch diesen Gang geschleift worden war. Der Mörder hatte ihn von den Klippen ins Meer gestoßen. Mit jedem Schritt wurde es heller, und der Lärm war inzwischen ohrenbetäubend.

Fidelma tastete sich um die nächste Biegung. Plötzlich spritzte ihr ein Schwall Salzwasser ins Gesicht, und sie konnte nichts mehr sehen. Unwillkürlich schloß sie die Augen und machte einen Schritt nach vorn. Aber ihr Fuß fand keinen Halt mehr auf dem steinigen Boden. Einen Augenblick schien sie in der Luft zu hängen. Dann griff eine starke Hand nach ihrem Arm und zog sie zurück. Sie stand wieder auf *terra firma*, und Eadulf war an ihrer Seite.

Der Tunnel mündete jäh in eine Öffnung in den Klippen. Von dort fielen die Felsen mindestens hundert Fuß zum Meer ab.

Fidelma erschauderte, als sie erkannte, wie knapp sie dem Tod entronnen war.

«Ich habe Euch doch gesagt, Ihr sollt vorsichtig sein, Schwester», schimpfte Eadulf, die Hand noch immer auf ihrem Arm.

«Die Gefahr ist vorüber.»

Zögernd löste Eadulf seinen Griff.

«Das war eine gefährliche Ecke. Ihr wurdet vom plötzlichen Licht und der Gischt geblendet.»

«Es geht schon wieder», sagte sie, verärgert über ihre eigene Ungeschicklichkeit. «Jetzt verstehe ich, warum sich die Brüder an diesen Ort zurückziehen. Die kleine Höhle am Ende des Ganges wird ständig vom Seewasser ausgespült. Einen besseren Ort für ein *defectorum* kann es kaum geben.»

Nachdenklich betrachtete sie die Öffnung in den Klippen. Sie mußte direkt unterhalb der Abtei an der Küste liegen.

«Wenigstens wissen wir jetzt, wo Seaxwulfs Leichnam geblieben ist», sagte sie und deutete auf die gegen die Felsen schlagende weiße Gischt.

«Aber wo ist derjenige, der ihn hierhergeschleift hat?» fragte Eadulf. «Wir haben Spuren gesehen, die in den Tunnel hineinführten. Wäre der Mörder auf dem gleichen Weg hinausgegangen, hätte er ebenfalls Spuren hinterlassen müssen.»

Fidelma nickte dem sächsischen Mönch anerkennend zu.

«Vielleicht waren wir ihm zu dicht auf den Fersen. Er hat uns durch den Tunnel kommen hören und konnte deshalb nicht mehr zurück. All das deutet darauf hin» – sie sah sich in der kleinen Höhle um – «daß es noch einen anderen Ausgang geben muß.» Mit einem triumphierenden Lächeln deutete sie auf die gegenüberliegende Seite.

Eine schmale, in den Fels gehauene Treppe führte nach oben.

Sie ging voran. Fast kam sie auf den von der salzigen Gischt glitschigen Steinen wieder ins Rutschen, doch sie fing sich und kletterte unbeirrt die Stufen hinauf.

Der Aufstieg dauerte eine Weile, dann fand sie sich zwischen Dornensträuchern und hohem Gras oberhalb der Klippen wieder. Das Klostergebäude lag unmittelbar hinter ihr.

«Schwester Fidelma!» rief eine Stimme ganz in der Nähe. «Wo um alles auf der Welt kommt Ihr denn so plötzlich her?»

Erschrocken sah Fidelma sich um und sah in Äbtissin Abbes erstauntes Gesicht. Neben der Äbtissin stand Bruder Taran und sah sie mit großen Augen an.

Fidelma mußte lachen.

«Nicht von dieser Welt», antwortete sie.

Abbe blickte sie verständnislos an und schrie erschrocken auf, als sie Eadulf ebenfalls die zwischen den Dornbüschen verborgene Treppe heraufkommen sah.

«Vom Innern der Erde», erklärte Eadulf und klopfte sich den Staub ab.

Äbtissin Abbe riß entgeistert die Augen auf.

«Wo führt diese Treppe hin? Und was habt Ihr dort unten getan?»

«Das ist eine lange Geschichte», antwortete Fidelma ausweichend. «Seid Ihr schon lange hier?»

Die Äbtissin lächelte matt.

«Ein Weilchen. Bruder Taran und ich haben einen Spaziergang über die Klippen gemacht, um vor der Fortsetzung der Debatte am Nachmittag noch ein wenig frische Luft zu schnappen. Ich sagte gerade zu Bruder Taran, wie sehr mir Étain fehlt. Sie hat es immer so gut verstanden, die Gemüter zu beruhigen. Der Streit zwischen den beiden Parteien wird immer hitziger. Manchmal fürchte ich, uns steht ein zweites Konzil von Nicaea bevor.»

Als die Äbtissin bemerkte, daß Eadulf nicht verstand, wovon die Rede war, fügte sie erklärend hinzu:

«Als Arius von Alexandria beim Konzil von Nicaea zu sprechen begann, war ein gewisser Nikolaus von Myra so empört, daß er Arius ohrfeigte. Es kam zu einem großen Durcheinander, und die versammelten Brüder und Schwestern flohen aus dem Saal, um nicht von Arius' Anhängern oder Gegnern erschlagen zu werden. Soweit ich weiß, gab es mehrere Tote. Ich habe einfach Angst, daß Wilfrid irgendwann einmal auf Colmán losgeht.»

Fidelma sah sie eindringlich an.

«Habt Ihr außer uns noch irgend jemanden hier gesehen?»

Abbe schüttelte den Kopf und wandte sich dann an ihren Begleiter.

«Was ist mit Euch, Bruder Taran? Ihr wart schon hier, als ich nach draußen kam.»

Taran hob die rechte Hand und rieb sich die Nasenwurzel, als könne er damit seinem Gedächtnis auf die Sprünge helfen.

«Ich habe Schwester Gwid und Wighard, Deusdedits Sekretär, beobachtet.»

«Waren sie allein oder zusammen hier?» fragte Eadulf.

«Schwester Gwid war allein. Sie schien in Eile zu sein und lief in Richtung Hafen. Wighard ging durch die Küchengärten dort drüben in Richtung Abtei. Warum fragt Ihr?»

«Einfach so», erwiderte Fidelma rasch. «Ich glaube, wir sollten jetzt ebenfalls in die Abtei zurückkehren ...»

Sie hielt inne.

Von der Abtei her kam Schwester Athelswith auf sie zugestürzt. Sie hatte ihren Rock geschürzt und lief, so schnell es ihre Würde und ihr Körpergewicht zuließen.

«Ah, Schwester Fidelma! Bruder Eadulf!» Heftig keuchend blieb sie stehen.

«Was gibt's, Schwester?» fragte Fidelma.

«Der König ...», antwortete Athelswith, als sie etwas Atem geschöpft hatte. «Der König verlangt Euch zu sehen.»

Äbtissin Abbe seufzte.

«Was mag mein Bruder vorhaben? Laßt uns alle in die Abtei gehen und herausfinden, was er auf dem Herzen hat.»

Bruder Taran hüstelte verlegen.

«Ich muß Euch bitten, mich zu entschuldigen. Ich habe noch etwas im Hafen zu erledigen. Ich treffe Euch dann später im *sacrarium*.»

Er wandte sich um und eilte mit raschen Schritten dem Hafen zu.

ren Fidelma und Eadulf, daß der König auf sie gewartet habe, schließlich jedoch ins *sacrarium* gerufen worden sei, wo man auch Äbtissin Abbe erwartete. Die Synode ging ihrem Ende entgegen, und die Abschlußreden beider Seiten standen unmittelbar bevor.

Eadulf schlug vor, sich ebenfalls ins *sacrarium* zu begeben, um das Ende der Synode zu sehen und anschließend mit Oswiu zu sprechen.

Fidelma war so in Gedanken vertieft, daß Eadulf seinen Vorschlag mehrmals wiederholen mußte, ehe sie ihn überhaupt zur Kenntnis nahm.

«Ich nehme an, jeder in der Abtei kennt das *defectorum* mit dem Ausgang zu den Klippen?» fragte sie die *domina* des *domus hospitale.* Athelswith nickte.

«Ja, das ist kein Geheimnis.»

«Und was ist mit den Gästen?» hakte Fidelma nach. «Ich zum Beispiel habe bis heute nichts davon gewußt.»

«Richtig», sagte Schwester Athelswith. «Nur unsere männlichen Gäste werden ausdrücklich darauf hingewiesen, weil das *defectorum* den Männern vorbehalten ist. Unsere Brüder ziehen sich lieber dorthin zurück, anstatt das *defectorum* gegenüber vom *monasteriolum* zu benutzen.»

«Verstehe. Und was ist, wenn sich zufällig eine Frau in den Tunnel verirrt? Ich habe am Eingang kein Hinweisschild gesehen.»

«Die meisten Schwestern benutzen das Gebäude gegenüber vom *monasteriolum*. Sie kommen gar nicht ins *hypogeum*, es sei denn, sie arbeiten in der Küche. Und wer in der Küche arbeitet, weiß Bescheid. Für ein Hinweisschild gibt es also keine Notwendigkeit.»

Nachdenklich wandte sich Schwester Fidelma um und folgte Eadulf ins *sacrarium*.

¶ Die Stimmung dort war äußerst angespannt. Äbtissin Hilda stand vorn und sprach zu der Versammlung.

«Brüder und Schwestern in Christi», sagte sie, als Fidelma und Eadulf leise durch eine Seitentür in den Saal schlüpften, «kommen wir jetzt zu den abschließenden Stellungnahmen.»

Ohne Umschweife erhob sich Colmán von seinem Stuhl. Er hatte beschlossen, als erster zu sprechen – eine unkluge Entscheidung, wie Fidelma fand, denn wer zuletzt spricht, findet stets am meisten Gehör.

«Brüder und Schwestern, in den letzten Tagen habt Ihr gehört, warum die Kirche Columbans an ihrer Datierung des Osterfests festhält. Unsere Kirche beruft sich auf den Apostel Johannes, den Sohn des Zebedäus, der das Galiläische Meer verließ, um dem Messias zu folgen. Er war der Jünger, den Jesus am meisten lieb hatte und der beim Letzten Abendmahl an der Brust Jesu lag. Als der Sohn Gottes schließlich am Kreuz sein Leben ließ, nahm er seine letzte Kraft zusammen, um Johannes Maria, seine Mutter, anzuvertrauen. Johannes war es auch, der am Morgen der Auferstehung Petrus voraus zum Grab lief und es leer fand. Er war auch der erste, der den Auferstandenen am See Tiberias erkannte. Johannes war der von Christus Gesegnete. Als Jesus das Wohlergehen seiner Mutter und seine Familie in Johannes' Hände legte, vertraute er ihm auch seine Kirche an. Deshalb heißt unser Weg zu Christus auch heute noch Johannes.»

Unter dem beifälligen Gemurmel der Anhänger Columbans nahm Colmán wieder Platz.

Ein selbstgefälliges Lächeln auf den Lippen, erhob sich Wilfrid von Ripon.

«Wir haben gehört, daß die Kirche Columbans sich auf den Apostel Johannes beruft. Mit ihm stehen und fallen alle ihre Sitten und Gebräuche. Ich aber sage Euch, daß sie fallen müssen.»

Wütende Empörung erhob sich in den Reihen der Anhänger Columbans.

Äbtissin Hilda hob beschwichtigend die Hände.

«Wir müssen Wilfrid von Ripon die gleiche Höflichkeit entgegenbringen, die wir auch Colmán, dem Bischof von Northumbrien, gewährten», ermahnte sie die Versammlung.

Wilfrid lächelte so triumphierend wie ein Jäger, der sich seiner Beute sicher wähnt.

«Das Osterfest, wie wir es kennen, hat seinen Ursprung in Rom, der Stadt, in der die Apostel Petrus und Paulus lebten, lehrten, litten und begraben sind. Ostern wird in ganz Italien, Gallien, Franken und Iberia am gleichen Tag gefeiert, was ich persönlich bezeugen kann, weil ich diese Länder bereist habe, um dort zu studieren und zu beten. In allen Teilen der Welt folgen die unterschiedlichsten Völker mit den unterschiedlichsten Sprachen der gleichen Datierung des Osterfests. Die einzige Ausnahme bilden diese Leute hier!» Mit einem spöttischen Grinsen zeigte er auf die Reihen der Vertreter Ionas. «Ich meine die Iren, die Pikten, die Bretonen und jene Vertreter unseres Volkes, die sich entschlossen haben, den Irrlehren Columbans zu folgen. Die einzige einleuchtende Begründung für ihre Unwissenheit lautet, daß sie von den beiden entlegensten Inseln im westlichen Ozean und dort wiederum aus den abgeschiedensten Gegenden stammen. Deshalb sind sie vom wahren Wissen abgeschnitten und fechten einen aussichtslosen Kampf gegen den Rest der Welt. Sie mögen heilig sein, aber sie sind nur wenige. Ihre Zahl ist viel zu gering, als daß sie in der allumfassenden Kirche Christi je eine Vorrangstellung einnehmen könnten.»

Colmán sprang auf. Sein Gesicht war rot vor Zorn.

«Das sind doch alles nur Ausflüchte, Wilfrid von Ripon. Ich habe Euch gesagt, auf wen sich unsere Kirche stützt: auf Johannes, den Lieblingsjünger Jesu. Sagt uns, auf wen Ihr Euch beruft, oder haltet endlich den Mund.»

Beifälliges Gemurmel erhob sich im Saal.

«Also gut. Rom erwartet Gehorsam von allen Anhängern des Christentums, weil es Rom war, wohin sich Simon, der Sohn Jonas, wendete, um seine Kirche zu gründen. Er war der Apostel, den wir Petrus nennen und den Christus als seinen ‹Felsen› bezeichnete. In Rom hat Petrus gelehrt, in Rom hat Petrus gelitten, und in Rom ist Petrus den Märtyrertod gestorben. Petrus ist unsere höchste Autorität, und um meinem Einwand Gewicht zu verleihen, werde ich Euch eine Stelle aus dem Matthäus-Evangelium vorlesen.»

Wighard, der hinter ihm stand, reichte ihm ein bereits aufgeschlagenes Buch. Wilfrid begann zu lesen:

«‹Und Jesus antwortete und sprach zu ihm: Selig bist du, Simon, Jonas Sohn; denn Fleisch und Blut hat dir das nicht offenbart, sondern mein Vater im Himmel. Und ich sage dir auch: Du bist Petrus, und auf diesen Felsen will ich meine Kirche bauen, und die Pforten der Hölle sollen sie nicht überwältigen. Ich will dir des Himmelreichs Schlüssel geben ...›»

Wilfrid hielt inne und sah sich um.

«Unsere Lehre stützt sich auf Petrus, der die Schlüssel zum Tor des himmlischen Königreichs in Händen hält!»

Unter dem stürmischen Beifall seiner Anhänger nahm Wilfrid Platz.

Schweigen setzte ein, als der Applaus verebbte. Eadulf stieß Fidelma an und deutete auf das Podium. Äbtissin Abbe war aufgestanden und verließ das *sacrarium.*

In diesem Augenblick erhob sich auch Äbtissin Hilda. «Brüder und Schwestern im Glauben, damit sind die abschließenden Begründungen vorgebracht worden. Nun obliegt es unserem Herrscher, König Oswiu, von

Gottes Gnaden *Bretwalda* all unserer Königreiche, sein Urteil abzugeben und zu entscheiden, welche Kirche, die Kirche Ionas oder die Kirche Roms, in unserem Königreich die Vorherrschaft bekommen soll.»

Sie wandte sich zu Oswiu um. Die gespannten Blicke aller Anwesenden im Saal folgten ihr.

Zu ihrem Erstaunen sah Fidelma, daß der blonde, hochgewachsene König Northumbriens sitzenblieb. Er wirkte unruhig und geistesabwesend. Zögernd ließ er den Blick über die ihm erwartungsvoll zugewandten Gesichter schweifen. Dann erhob er sich endlich von seinem Thron. Sein unnatürlich scharfer Tonfall sollte wohl seine Besorgnis verbergen.

«Ich werde meine Entscheidung morgen mittag verkünden», sagte er knapp.

Mit diesen Worten wandte sich der König ab und verließ das *sacrarium*. Empörtes Gemurmel erhob sich im Saal. Alhfrith, der Sohn des Königs, sprang auf und folgte seinem Vater. In seinem Gesicht spiegelte sich kaum verhohlener Zorn. Eanflaed, die Königin, schien besser in der Lage zu sein, ihre Gefühle zu verbergen, aber ihr Lächeln wirkte bitter. Auch Ecgfrith, Oswius zweiter Sohn, hatte ein gequältes Lächeln auf den Lippen, als er sein Gefolge um sich scharte und das *sacrarium* verließ.

Kaum hatte sich die Tür hinter der königlichen Familie geschlossen, erhob sich allgemeines Geschrei.

Fidelma warf Eadulf einen kurzen Blick zu und ging zur Tür.

Draußen sagte Eadulf: «Unsere Brüder und Schwestern scheinen wohl eine sofortige Entscheidung erwartet zu haben. Habt Ihr bemerkt, daß Äbtissin Abbe schon vor König Oswius Schlußwort gegangen ist und daß Bruder Taran an der Versammlung überhaupt nicht teilgenommen hat?»

Doch Fidelma war schweigsam und in Gedanken vertieft. Auf dem Weg zu Äbtissin Hildas Gemächern sagte sie kaum ein Wort.

Oswiu erwartete sie bereits. Sein Gesicht war blaß, und seine Gesichtszüge wirkten angespannt.

«Da seid Ihr ja endlich!» sagte er. «Ich habe den halben Vormittag damit verbracht, auf Euch zu warten. Wo wart ihr? Ich wollte vor Abschluß der Synode unbedingt noch einmal mit Euch sprechen.»

Fidelma ließ sich von seinem gereizten Tonfall nicht beeindrucken.

«Hat man Euch berichtet, daß es noch einen weiteren Mord gegeben hat?»

Oswiu runzelte die Stirn.

«Einen weiteren Mord? Ihr meint Athelnoth?»

«Nein – Seaxwulf, Wilfrids Sekretär, ist ebenfalls ermordet worden.»

Oswiu schüttelte den Kopf.

«Ich verstehe das nicht. Gestern abend wurde Athelnoth umgebracht. Jetzt sagt Ihr mir, das Seaxwulf gestorben ist. Wieso das alles? Hilda meinte, zuerst hättet Ihr Athelnoth für den Mörder gehalten und geglaubt, er habe seinem Leben aus Reue selbst ein Ende gesetzt.»

Eadulfs Wangen röteten sich.

«Ich habe leider ein paar vorschnelle Schlußfolgerungen gezogen, mußte jedoch schon bald darauf erkennen, daß ich einem Irrtum erlegen war.»

Oswiu schnaubte empört.

«Ich hätte Euch sagen können, daß Ihr Euch irrt. Athelnoth war über jeden Zweifel erhaben.»

«Wieso das?» wollte Fidelma wissen.

«Weil er mein Vertrauter war. Ich habe Euch gesagt, daß wir in schwierigen Zeiten leben. Es gibt gewisse Kräfte, die mich entthronen wollen. Die Synode wollen sie nur dazu nutzen, im Königreich einen Bruderkrieg zu entfesseln. Folglich muß ich meine Augen überall haben. Athelnoth war einer meiner besten Gewährsmänner und zuverlässigsten Ratgeber. Gestern erst habe ich ihn zu meinem Heer geschickt, das sein Lager bei Ecga's Tun aufgeschlagen hat.»

Eadulfs Augen blitzten.

«Deshalb war Athelnoth gestern den ganzen Tag fort und ist erst nach Einbruch der Dunkelheit zurückgekehrt.»

Oswiu sah den sächsischen Mönch nachdenklich an, dann fuhr er fort:

«Athelnoth ist mit wichtigen Neuigkeiten heimgekehrt. Er konnte in Erfahrung bringen, daß man sich gegen mich verschworen hat. Die Aufständischen wollten mich töten und die Herrschaft im Königreich übernehmen. Mein Heer mußte sofort ausrücken, um ihrem Angriff zuvorzukommen.»

Fidelma wurde von Aufregung ergriffen.

«Jetzt wird einiges klar.»

«Klarer als Ihr denkt, Schwester», entgegnete Oswiu mit grimmiger Miene. «Heute morgen haben meine Wachen Than Wulfric und zwanzig seiner Krieger getötet. Sie haben versucht, durch den Tunnel, der von den Klippen in die Katakomben führt, heimlich in die Abtei einzudringen. Wie Ihr wißt, werden um Mitternacht bis zum morgendlichen Angelus alle Tore geschlossen, und in dieser Zeit dürfen sich in der Abtei keine waffentragenden Krieger befinden. Athelnoth war davon überzeugt, daß Wulfric in der Abtei einen Verbündeten hatte, der nur darauf wartete, ihm und den anderen Attentätern zu helfen und ihn zu meiner Kammer zu führen.»

«In der Tat, es wird mehr als klar», sagte Fidelma.

Stirnrunzelnd versuchte Eadulf, Fidelmas Gedanken zu lesen.

«Was meint Ihr damit?»

«Ganz einfach», erwiderte Fidelma. «Ich glaube, daß Wulfrics Verbündeter Taran, der Pikte, war.»

«Wie kommt Ihr darauf?» fragte Oswiu. «Warum sollte sich ein Pikte mit machthungrigen Northumbriern verbünden, die ihren König stürzen wollen?»

«Ich komme darauf, weil ich weiß, daß Taran mit Wulfric freundschaftlichen Umgang pflegte, uns jedoch, als wir ihn danach fragten, nur Lügen auftischte. Schon als ich Wulfric auf dem Weg nach Streoneshalh zum erstenmal sah, hatte ich den Eindruck, daß sich Wulfric und Taran kannten, was darauf schließen läßt, daß die Verschwörung von langer Hand geplant war. In Streoneshalh beobachtete ich Taran und Wulfric dann bei einem heimlichen Treffen, was Taran später heftig leugnete. Ich glaube, Taran wollte Northumbrien vernichtet oder zumindest von einem Bruderkrieg erschüttert sehen.»

«Aber warum?» fragte Oswiu erstaunt.

«Weil die Pikten, wie Ihr die Cruthin nennt, ein sehr nachtragendes Volk sind und ihr Haß ebenso tief wie langlebig ist. Taran erzählte mir einmal, sein Vater, ein Häuptling der Gododdin, und seine Mutter seien von Oswald, Eurem Bruder, getötet worden. Taran wollte Auge um Auge und Zahn um Zahn vergolten sehen. Deshalb war er bereit, denen zu helfen, die Euch ermorden wollten.»

«Und wo ist dieser Taran jetzt?»

«Als letztes haben wir ihn zum Hafen laufen sehen», schaltete sich Eadulf ein. «Meint Ihr, er war auf dem Weg zu einem Schiff, Fidelma? Er hat der abschließenden Sitzung der Synode nicht beigewohnt.»

«Soll ich Krieger nach ihm ausschicken?» fragte Oswiu. «Werden sie ihn noch einholen können?»

«Taran kann niemandem mehr schaden», sagte Fidelma. «Wahrscheinlich befindet er sich schon auf hoher See und flieht in sein Heimatland. Ich glaube nicht, daß er Euch jemals wieder behelligen wird. Durch Verfolgung und Bestrafung läßt sich nichts weiter gewinnen als Rache.»

«Wir müssen also davon ausgehen», sagte Eadulf nachdenklich, «daß es eine Verschwörung gab, um Oswiu zu stürzen, und daß der Mord an Äbtissin Étain ein Teil dieses Planes war. Aber warum mußte sie sterben? Das verstehe ich immer noch nicht.»

«Eine Frage, Oswiu», sagte Fidelma, ohne Eadulfs Worte zu beachten. «Eure Schwester, Äbtissin Abbe, ist nicht bis zur Bekanntgabe Eurer Entscheidung geblieben. Wißt Ihr, weshalb?»

Oswiu zuckte mit den Schultern.

«Sie wußte, daß ich meine Entscheidung nicht sofort treffen würde. Ich habe es ihr gesagt.»

«Und Eure Söhne und Eure Frau wußten das nicht?»

«Nein. Ich hatte keine Zeit mehr, es ihnen zu erklären.»

«Was ist mit der Verschwörung?» beharrte Eadulf. «Wie paßt der Mord an Étain in diesen Plan?»

«Das Motiv ...» Fidelma wurde mitten im Satz unterbrochen, weil die Tür aufschwang und Alhfrith ins Zimmer platzte, gefolgt von einer ängstlich die Hände ringenden Hilda und einem grimmig dreinblickenden Colmán. Alhfrith funkelte seinen Vater feindselig an.

«Weshalb die Verzögerung?» fragte er ohne Umschweife. «Ganz Northumbrien wartet auf deine Entscheidung.»

Oswiu lächelte gequält. «Und du rechnetest fest damit, daß ich mich für Columban entscheiden würde. Das hätte dir gut gepaßt, denn dann hättest du im Namen Roms zum Aufstand gegen mich aufrufen können.»

Alhfrith sah ihn überrascht an. Seine Miene verhärtete sich.

«Was sollen die Ausflüchte?» schnaubte er. «Du kannst die Entscheidung nicht ewig hinausschieben. Auch wenn du schwach bist, mußt du dich endlich erklären!»

Oswius Gesicht war rot vor Zorn, aber seine Stimme klang beherrscht. «Wunderst du dich nicht, daß ich noch lebe?» fragte er kühl.

Alhfrith zögerte, und ein seltsamer Blick trat in seine Augen.

«Ich habe keine Ahnung, wovon du redest», erwiderte er mit gepreßter Stimme.

«Auf Wulfric brauchst du jedenfalls nicht mehr zu warten. Er ist tot und seine aufständischen Krieger ebenfalls. Dein Heer mag von Helm's Leah losmarschiert sein, aber es wird nicht vor den Mauern von Streoneshalh erscheinen. Statt dessen wird es auf mein Heer treffen und zerrieben werden.»

Alhfriths aschfahles Gesicht erstarrte.

«Du bist ein schwacher, alter Mann», sagte er erbittert. Hilda stieß einen empörten Schrei aus. Mit einer Handbewegung hieß Oswiu die Äbtissin zu schweigen.

«Du bist mein Sohn, bist Fleisch von meinem Fleisch, doch du vergißt, daß ich dein König bin», grollte er und betrachtete seinen Sohn mit kaltem Blick.

Der Unterkönig von Deira reckte trotzig sein Kinn. Er hatte jetzt nur noch wenig zu verlieren.

«Vor zehn Jahren habe ich bei Winwaed an deiner Seite gekämpft. Damals warst du stark, Vater. Seitdem bist du immer schwächer geworden. Ich weiß, du würdest dich lieber vor Iona als vor Rom verneigen. Und Wilfrid und die anderen wissen es ebenfalls.»

«Sie werden noch merken, wie stark ich bin», entgegnete Oswiu mit ruhiger Stimme. «Und sie werden auch von deinem Verrat an deinem Vater und König erfahren.»

Wut packte Alhfrith, als er sich eingestehen mußte, daß seine so sorgsam geschmiedeten Pläne gescheitert waren. Fidelma spürte, daß er sich nicht länger beherrschen konnte. Sie schrie auf, um Eadulf, der unmittelbar neben ihr stand, zu warnen.

Im nächsten Augenblick hatte Alhfrith auch schon ein Messer in der Hand und stürzte sich in mörderischer Absicht auf seinen Vater.

Eadulf sprang vor, um nach dem Arm mit dem Messer zu greifen, doch Oswiu hatte schon sein Schwert gezogen. Der Unterkönig von Deira stürzte und riß Eadulf mit sich. Alhfrith stieß einen erstickten Schrei aus, der wie ein Schluchzen klang, dann fiel das Messer zu Boden.

Alle waren wie gelähmt. Es herrschte entsetztes Schweigen.

Oswiu starrte auf die blutige Spitze seines Schwertes, als könne er nicht glauben, was soeben geschehen war.

Langsam brach die mächtige Gestalt des Herrschers von Deira zusammen. Blut befleckte sein Wams direkt über dem Herzen.

Eadulf regte sich als erster. Er griff nach dem Hals des jungen Mannes, um seinen Puls zu fühlen. Er schaute erst zu dem reglosen Oswiu und dann zu Äbtissin Hilda auf, dann schüttelte er den Kopf und sah zu Boden.

Äbtissin Hilda ging zu Oswiu und legte eine Hand auf seinem Arm. Ihre Stimme war völlig ruhig.

«Ihr tragt keine Schuld, Oswiu. Er hat seinen Tod selbst heraufbeschworen.»

Oswiu erschauderte wie jemand, der aus einem Traum erwacht. «Und doch war er mein Sohn», sagte er leise.

Colmán schüttelte den Kopf.

«Er war Wilfrids Mann. Wenn Wilfrid davon erfährt, wird er versuchen, die Anhänger Roms zu bewaffnen.»

Oswiu steckte sein blutiges Schwert in die Scheide zurück und wandte sich an seinen Bischof. Er wirkte jetzt wieder ruhig und beherrscht.

«Ich hatte keine Wahl. Er lauerte schon seit langem auf eine Gelegenheit, mich aus dem Weg zu räumen und selbst den Thron zu besteigen. Ich wußte, daß er sich gegen mich verschwor. Er kannte keine Treue zu Rom oder Iona. Den Religionsstreit nutzte er nur aus, um mich zu schwächen. Letztendlich ist er ein Opfer seines eigenen Ungestüms geworden.»

«Und dennoch», beharrte Colmán, «müßt Ihr Euch jetzt vor Wilfrid und Ecgfrith in acht nehmen.»

Oswiu schüttelte den Kopf.

«Ehe der Tag zu Ende ist, wird mein Heer mit Alhfriths Aufständischen fertig sein und nach Streoneshalh marschieren.» Er hielt inne und sah seinen Bischof traurig an. «Mein Herz schlägt für Iona, Colmán, doch wenn ich mich für Iona entscheide, werden Wilfrid und Ecgfrith versuchen, einen Aufstand gegen mich vom Zaun zu brechen. Sie werden behaupten, ich würde das Königreich an die Iren, Pikten und Bretonen verkaufen und mein eigenes Volk verraten. Was soll ich tun?»

Colmán seufzte.

«Das ist leider eine Entscheidung, die Ihr ganz alleine treffen müßt, Oswiu. Niemand kann sie Euch abnehmen.»

Oswiu lachte bitter.

«Man hat mir diese Synode aufgezwungen. Ich bin daran gebunden wie an ein vom Wasser angetriebenes Rad. Ich muß aufpassen, daß ich nicht ertrinke.»

Fidelma zuckte zusammen.

«Ertrinken! Wir haben Seaxwulf vergessen. Ehe wir mit Sicherheit sagen können, wer hinter den Morden an Étain, Athelnoth und Seaxwulf steckt, haben wir noch eine Menge zu tun.»

Sie bedeutete Eadulf, ihr zu folgen, und ließ die anderen in Äbtissin Hildas Gemach zurück.

«Ich möchte, daß Ihr in Witebia einen kundigen Fischer ausfindig macht», sagte sie zu Eadulf, als sie alleine waren. «Fragt ihn, wie lange es seiner Erfahrung nach dauert, bis ein Leichnam von den Klippen unterhalb der Abtei an eine Stelle gespült wird, wo sie gefunden werden kann. Es ist wichtig, daß wir Seaxwulfs Leichnam untersuchen. Und laßt uns beten, daß wir ihn innerhalb der nächsten Stunden und nicht erst nach Tagen oder Wochen entdecken.»

«Aber warum?» wollte Eadulf wissen. «Ich verstehe Euch nicht. Stecken nicht Alhfrith, Taran und Wulfric hinter den Morden?»

Fidelma lächelte.

«Ich hoffe, daß Seaxwulf das entscheidende Beweisstück auch im Tod noch bei sich trägt.»

dämmerung das Fenster ihres *cubiculums* streifte, war Fidelma bereits angezogen. Es war der letzte Tag der großen Synode – der Tag, an dem Oswiu seine Entscheidung bekanntgeben mußte. Wenn sie die Morde an Étain, Athelnoth und Seaxwulf nicht aufklären konnte, würde die Gerüchteküche weiterbrodeln, und ein Krieg, möglicherweise weit über die Grenzen Northumbriens hinaus, würde die Folge sein. Schon beim Erwachen hatte ihr vor Anspannung jeder Knochen im Leibe weh getan, und das Nachdenken verursachte ihr Kopfschmerzen.

Die Schritte, die über den Flur in ihre Richtung eilten, ließen ihr Herz schneller schlagen. Ihr sechster Sinn sagte ihr, wer da zu ihr kam. Sie riß die Tür auf und stieß fast mit dem atemlosen Eadulf zusammen.

«Leider habe ich keine Zeit, mich für meine schlechten Manieren zu entschuldigen», keuchte er. «Der Fischer hatte recht. Seaxwulf wurde gefunden und bereits in den Hafen gebracht.»

Ohne ein Wort folgte Fidelma dem sächsischen Bruder, der ihr mit raschen Schritten durch das Tor der Abtei zum gewundenen Pfad nach Witebia vorauseilte. Gemeinsam stiegen sie hinunter in die Bucht, um die der Hafen erbaut worden war.

Sie brauchten nicht erst zu fragen, wo sich der Leichnam des sächsischen Mönchs befand. Trotz der frühen Stunde hatte sich bereits eine kleine Menschenmenge versammelt. Bereitwillig bildeten die Leute eine schmale Gasse, um die beiden Geistlichen vorzulassen.

Mit weit aufgerissenen Augen lag Seaxwulf auf dem Rücken. Fidelma erschrak. Seitdem sie ihn zuletzt gesehen hatte, war der Leichnam übel zugerichtet worden. Die Brandung und die schroffen Felsen hatten ihre Spuren hinterlassen; die Kleidung des Mönchs war zerfetzt und voller Seetang.

Bruder Eadulf unterhielt sich kurz mit einigen umstehenden Fischern.

«Einer von ihnen hat den Leichnam in den Wellen treiben sehen, als er mit seinem Boot vom Fischfang zurückkam, und ihn in den Hafen geschleppt.»

Fidelma nickte zufrieden.

«Der Fischer, den Ihr gestern abend befragt habt, sagte Euch, die Leiche würde in sechs bis zwölf Stunden auftauchen. Er hat recht behalten. Und daß Seaxwulf nicht im Meer, sondern im Weinfaß ertrunken ist, könnt Ihr an seinem Mund erkennen.»

Sie beugte sich herunter und drückte Seaxwulfs Kiefer auseinander.

Eadulf schnappte nach Luft. «Lippen und Gaumen sind rot verfärbt», sagte er. «Aber ich habe Euer Wort nie angezweifelt.»

Fidelma ging nicht weiter darauf ein, sondern legte die Haut an Seaxwulfs Hals und Schultern frei.

«Seht Euch das an. Was haltet Ihr davon?» fragte sie.

Eadulf beugte sich neugierig vor.

«Abschürfungen und deutlich sichtbare Blutergüsse. Jemand mit sehr kräftigen Fingern hat ihn an den Schultern niedergedrückt.»

«Ja, ins Rotweinfaß. Kurz darauf muß ich gekommen sein. Erst als ich vom Schemel fiel und bewußtlos am Boden lag – vielleicht auch während Ihr mich in mein *cubiculum* brachtet –, wurde er aus dem Weinfaß gezerrt, durch den Tunnel geschleift und ins Meer geworfen. Der arme Teufel!»

«Wenn wir nur wüßten, was er Euch mitzuteilen hatte», murmelte Eadulf.

«Ich glaube, ich weiß es», sagte Fidelma leise. «Schaut einmal nach, ob er einen Beutel am Körper trägt.»

Eadulf durchsuchte die zerfetzte und vor Meerwasser triefende Kleidung des Mönchs. Von der üblichen *pera* oder *crumena*, die viele Mönche bei sich hatten, war nichts zu sehen. Nach einer Weile stieß Eadulf jedoch auf ein *sacculus*, eine kleine, in Seaxwulfs Kleidung eingenähte Leinentasche. In früheren Zeiten trugen Geistliche beiderlei Geschlechts nur eine *crumena*, einen kleinen Schulterbeutel mit ihrem Geld und ihrer persönlichen Habe. Andere, wie Athelnoth, benutzten eine *pera*. Seit einiger Zeit jedoch hatte sich der Brauch durchgesetzt, einen *sacculus* aus Leinen in die Kleidung einzunähen, um das Eigentum besser schützen zu können – eine Mode, die ursprünglich aus Franken stammte.

«Was haltet Ihr davon, Fidelma?» fragte Eadulf erstaunt.

In Seaxwulfs *sacculus* steckten ein Stück zerrissenes Pergament und eine kleine, runde Brosche. Das Schmuckstück bestand aus Bronze und war mit roter Emaille und ungewöhnlichen Mustern verziert.

Fidelma sah die Brosche an und stieß dann einen Freudenschrei aus. «Genau danach habe ich gesucht.»

Eadulf zuckte die Achseln. «Ich verstehe nicht, wie uns dieses Schmuckstück weiterhelfen soll. Seaxwulf war Sachse. Und ich kann mit Sicherheit sagen, daß diese Brosche aus Sachsen stammt. Das ist ein uraltes, vorchristliches Muster, das Symbol der alten Göttin Frig ...»

Fidelma unterbrach ihn. «Ich glaube, unser Fund wird uns den entscheidenden Hinweis geben. Und damit meine ich das Pergament ebenso wie die Brosche.»

Verärgert betrachtete Eadulf die fremde Schrift.

«Schon wieder etwas Griechisches.»

Fidelma nickte zufrieden.

«‹Die alle Glieder erschütternde Liebe ergreift mich wieder, o unentrinnbares, bittersüßes Wesen.›»

«Hat Athelnoth auch diese Zeilen geschrieben?» fragte Bruder Eadulf verächtlich. Dann schnippte er plötzlich mit den Fingern. «Ihr habt angedeutet, daß Étains Tod möglicherweise nichts mit der Verschwörung gegen Oswiu zu tun hat und daß Taran und Wulfric an ihrem Tod unschuldig sind ... Ich hab's! Athelnoth hat Étain doch umgebracht. Anschließend hat er die Verschwörung gegen den König aufgedeckt und wurde von Wulfric oder Alhfrith getötet. Sein gewaltsamer Tod hängt nicht mit dem Mord an Étain zusammen.»

Nachsichtig lächelnd schüttelte Fidelma den Kopf. «Eine gute Erklärung, Eadulf, aber leider nicht richtig.»

«Wer sonst hätte ein Motiv gehabt?»

«Zum einen vergeßt Ihr Abbe ...»

Eadulf schlug sich mit der Hand vor die Stirn.

«Abbe hatte ich tatsächlich vergessen.» Seine Miene hellte sich auf. «Aber sie hätte nicht die nötige Kraft besessen, auch nur eines der Opfer zu töten.»

«Ich sage nicht, daß sie hinter den Morden steckt. Aber die Person, die wir suchen, ist gerissen. Ihre Gedankengänge winden sich wie ein Pfad durch ein höchst kompliziertes Labyrinth. Ihnen zu folgen, ist nicht ungefährlich.»

Schweigend kniete Fidelma noch einige Minuten neben Seaxwulfs Leiche, dann stand sie auf.

«Weist die Männer an, Seaxwulfs Leichnam in die Abtei zu tragen», sagte sie zu Eadulf. «Bruder Edgar soll ihn untersuchen.»

Sie wandte sich um und stieg langsam den Pfad nach Streoneshalh hinauf, die Hände über der Brosche gefaltet, den Kopf gesenkt.

Eadulf gab rasch die nötigen Anweisungen und ging ihr nach. Er wartete geduldig. Inzwischen kannte er sie gut genug, um zu wissen, daß sie tief in Gedanken versunken war. Nach einer ganzen Weile drehte sie sich zu ihm um. Noch nie zuvor hatte er auf ihrem Gesicht ein so triumphierendes Lächeln gesehen.

«Ja, ich glaube, jetzt paßt alles zusammen. Aber zuerst muß ich noch ins *librarium* gehen und das Buch mit den griechischen Liebesgedichten finden, in dem Seaxwulf gelesen hat.»

Eadulf blickte sie verständnislos an.

«Ich kann Euch beim besten Willen nicht mehr folgen. Was hat das *librarium* mit der ganzen Sache zu tun? Worauf wollt Ihr hinaus?»

Schwester Fidelma lachte.

«Darauf, daß ich weiß, wer die Morde auf dem Gewissen hat.»

Schwester Fidelma stehen, sah Bruder Eadulf an und verzog das Gesicht.

«Seid Ihr aufgeregt, Fidelma?» flüsterte Eadulf besorgt.

«Wer wäre unter diesen Umständen wohl nicht aufgeregt?» erwiderte sie. «Unser Widersacher ist stark und gerissen. Und die Beweise, die ich in der Hand habe, sind lückenhaft. Wie ich Euch bereits sagte, gibt es nur einen Schwachpunkt, und es kommt alles darauf an, ob es mir gelingt, die Gegenseite aus der Reserve zu locken. Wenn es nicht klappt ...» Sie zuckte die Achseln. «Es ist durchaus möglich, daß uns der Schuldige doch noch entwischt.»

«Ich bin da und werde Euch unterstützen.»

Es klang nicht prahlerisch. Es war eine schlichte, tröstliche Aussage.

Voller Zuneigung lächelte ihn Fidelma an und streckte die Hand nach ihm aus. Eadulf ergriff sie und kurz sahen sie einander tief in die Augen. Dann senkte Fidelma den Blick und klopfte an die Tür.

Wie Fidelma es gewünscht hatte, waren alle versammelt – Äbtissin Hilda, Bischof Colmán, König Oswiu, Äbtissin Abbe, Schwester Athelswith, Priester Agatho, Schwester Gwid und Bruder Wighard, der Sekretär des verstorbenen Erzbischofs. Oswiu hockte mit düsterer Miene auf dem Stuhl vor dem Feuer, der sonst Colmán vorbehalten war. Der Bischof hatte hinter Hildas Tisch Platz genommen. Alle anderen standen im Zimmer verteilt.

Erwartungsvolle Blicke wandten sich Fidelma und Eadulf zu.

Fidelma neigte den Kopf vor dem König und sah dann Äbtissin Hilda an.

«Mit Eurer Erlaubnis, Mutter Oberin?»

«Ihr könnt sofort beginnen, Schwester. Wir sind gespannt darauf, was Ihr uns zu sagen habt, und ich bin sicher, wir werden alle erleichtert sein, wenn es vorüber ist.»

«Also gut.» Fidelma hüstelte aufgeregt, vergewisserte sich mit einem kurzen Blick noch einmal Eadulfs Unterstützung und begann:

«Als wir anfingen, Äbtissin Étains gewaltsamen Tod näher zu untersuchen, ließen wir uns von einem Gedanken leiten, der bei vielen schon zur Überzeugung geworden war, nämlich daß dieser Mord auf politischen Motiven gründete.»

«Diese Schlußfolgerung lag ja wohl auch auf der Hand», warf Bischof Colmán gereizt ein.

Fidelma ließ sich davon nicht beirren.

«Ihr alle seid wahrscheinlich – ebenso wie wir – davon ausgegangen, daß Étain getötet wurde, um die wichtigste Stimme der Kirche Columbans zum Schweigen zu bringen. Und wer hätte daran ein größeres Interesse haben können als die Anhänger Roms, die in Étain ihre gefährlichste Feindin sahen. Habe ich nicht recht?»

Die Anhänger Columbans murmelten beifällig, nur Wighard schüttelte den Kopf.

«Das ist eine verleumderische Unterstellung.»

Fidelma betrachtete den rundlichen Mönch aus Kent tadelnd.

«Aber doch ein Fehler, der unter den gegebenen Umständen verzeihlich ist», gab sie zurück.

«Ihr räumt also ein, daß es ein Fehler war?» nahm Wighard sie beim Wort.

«Ja. Äbtissin Étain wurde nicht deshalb ermordet, weil sie eine bestimmte religiöse Auffassung vertrat.»

Colmáns Miene wurde argwöhnisch.

«Wollt Ihr damit sagen, daß Athelnoth am Ende doch der Mörder war? Daß er sich Étain unzüchtig näherte, zurückgewiesen wurde und ihr aus gekränktem Stolz die Kehle durchschnitt? Und daß er sich, als er sich entdeckt wähnte, selbst das Leben nahm?»

Fidelma lächelte mild.

«Ihr greift mir voraus, Bischof.»

«So lautete jedenfalls das Gerücht, das in dieser Abtei umging. In die Welt gesetzt haben es wohl die Anhänger Roms.» Colmáns Stimme bebte vor Zorn.

Der schwarzäugige Priester Agatho, der bis dahin vollkommen still gewesen war, fing plötzlich mit schriller Stimme zu singen an:

«Gerüchte reisen eiliger als der Wind,
nichts ist so schnell, wie es Gerüchte sind.»

Er senkte den Kopf und verstummte so unvermittelt, wie er begonnen hatte.

Alle sahen ihn verwundert an.

Fidelma warf Eadulf einen kurzen Blick zu, um ihn zu warnen. Bald würde sie ihre Karten offenlegen müssen. Sie straffte die Schultern und fuhr fort, ohne Agatho weiter zu beachten:

«Ihr habt das zutreffende Motiv genannt, Bischof von Lindisfarne, es jedoch der falschen Person zugeschrieben.»

Colmán schnaubte verächtlich.

«Ein Verbrechen aus Leidenschaft? Pah! Ich war immer dafür, Männer und Frauen zu trennen. Heißt es nicht im Buch Hiob: ‹Ich hatte einen Bund gemacht mit meinen Augen, daß ich nicht lüstern blickte auf eine Jungfrau›? Wir sollten diese Doppelhäuser verbieten, wie es der heilige Finnian von Clonard getan hat, der sich weigerte, eine Frau auch nur anzuschauen.»

Äbtissin Abbes Wangen waren rot vor Empörung.

«Wenn es nach Euch ginge, Colmán von Lindisfarne, müßten wir ein Leben ohne Liebe fristen. Wahrscheinlich würdet Ihr auch noch Endas Gelübde gutheißen, selbst mit Faenche, seiner eigenen Schwester, nur noch dann zu sprechen, wenn zwischen den beiden ein Tuch aufgespannt war!»

«Besser ein Leben ohne Liebe als ein Leben voller Ausschweifung und Hedonismus», gab der Bischof hitzig zurück.

Mit hochrotem Kopf funkelte die Äbtissin ihn wütend an. Sie schien kaum Luft zu bekommen, denn sie öffnete den Mund, um zu sprechen, brachte aber kein Wort heraus. Fidelma griff mit mahnender Stimme ein.

«Schwestern, Brüder, vergessen wir nicht den Zweck unseres Treffens?»

Oswiu lächelte höhnisch, während er dem Streit seiner Kleriker lauschte.

«Ihr habt recht, Fidelma von Kildare», stimmte er zu. «Das Gespräch erinnert mich allmählich an die Versammlung im *sacrarium*. Sagt uns lieber, warum wir den Tod Eurer Äbtissin zu beklagen haben, warum der Erzbischof von Canterbury starb, warum Athelnoth und Seaxwulf ihr Leben lassen mußten und warum selbst Alhfrith, mein erstgeborener Sohn, nicht mehr unter uns weilt. Der Tod scheint in Streoneshalh wie eine Seuche umzugehen. Steht dieser Ort womöglich unter einem bösen Stern?»

«Mit einem bösen Stern hat das alles nichts zu tun. Und was Alhfriths Tod betrifft, kennt Ihr die Antwort selbst am besten. Ich weiß, Ihr trauert einerseits um Euren Sohn, während Ihr Euch andererseits darüber im klaren seid, daß Ihr beinahe einer verräterischen Verschwörung zum Opfer gefallen wäret», erwiderte Fidelma. «Die Frage nach dem Tod Deusdedits von Canterbury kann nur Gott beantworten, denn der Erzbischof ist an einer heimtückischen Krankheit gestorben. Aber die Morde an

Étain, Athelnoth und Seaxwulf hat ein und dieselbe Person auf dem Gewissen.»

Im Zimmer herrschte erwartungsvolles Schweigen.

Fidelmas Blick wanderte von einem zum anderen. Alle sahen trotzig zurück.

«Dann sprecht und sagt uns endlich, wer diese Person ist», befahl Oswiu mit scharfer Stimme.

Fidelma wandte sich zum König um.

«Ich werde sprechen, aber zur gegebenen Zeit und ohne Unterbrechung.»

Agatho hob lächelnd eine Hand und machte das Zeichen des Kreuzes.

«Amen. Die Wahrheit, *Deo volente*!»

Äbtissin Hilda biß sich auf die Lippe.

«Sollte Schwester Athelswith den Priester nicht zurück in sein *cubiculum* bringen, Schwester Fidelma? Ich fürchte, nach den Belastungen der letzten Wochen ist ihm nicht ganz wohl.»

«Nicht wohl? Wer unwohl ist, krankt im Gemüt!» krächzte Agatho und lächelte plötzlich. «Aber der Schlaf des Kranken hat scharfe Augen.»

Fidelma zögerte, dann schüttelte sie den Kopf.

«Ich glaube, es ist besser, wenn Agatho hört, was wir zu sagen haben.»

Widerwillig lenkte Äbtissin Hilda ein. Nach einer kurzen Pause fuhr Fidelma fort:

«Einen Tag vor ihrem Tod erzählte mir Étain, daß sie vorhabe, ihr Amt als Äbtissin von Kildare aufzugeben, sobald die Synode vorüber sei. Wie Ihr alle wißt, war Étain eine Frau von großer Begabung. Ihr selbst habt sie als Sprecherin der Kirche Columcilles, den Ihr Columban nennt, nach Streoneshalh eingeladen. Hätte sie nicht zur Familie Brigits gehört, hätte sie sicherlich auch durch eigene Leistung eine hohe Stellung erlangt. Sie heiratete jung, verlor ihren Ehemann und folgte der Tradition ihrer Familie, ins Kloster zu gehen. Sie tat sich durch große Gelehrsamkeit hervor, und so kam es, daß sie zur Äbtissin von Kildare gewählt wurde, der Abtei, die ihre ruhmreiche Verwandte, Brigit, die Tochter Dubhtachs, gegründet hat.»

«Wir alle kennen Étains Ruf und ihre Verdienste», warf Äbtissin Hilda ungeduldig ein.

Mit einem tadelnden Blick brachte Fidelma sie zum Schweigen. «Kurz nach meiner Ankunft in Streoneshalh», fuhr sie nach einer Weile fort, «traf ich Étain und sprach mit ihr. Sie erzählte mir, sie habe einen Mann gefunden, mit dem sie von nun an zusammenleben wolle. Dieser Wunsch sei so stark, daß sie sich entschlossen habe, ihr Äbtissinnenamt aufzugeben und mit ihrem zukünftigen Ehemann in ein Doppelhaus zu ziehen, wo Männer, Frauen und Kinder gemeinsam ein gottgeweihtes Leben führen können. Dummerweise ging ich zuerst davon aus, daß es sich bei Étains neuer Liebe um einen Iren handeln müsse.»

«Die Vermutung lag nahe», schaltete sich Eadulf zum erstenmal ein. «Wie Ihr wißt, hatte Étain Irland noch nie zuvor verlassen.»

Fidelma schenkte Eadulf einen dankbaren Blick.

«Bruder Eadulf möchte mich über meine Unzulänglichkeiten hinwegtrösten», murmelte sie. «Aber ich mußte wieder einmal erfahren, daß man keine voreiligen Schlußfolgerungen ziehen darf. In Wirklichkeit hatte Étain sich nämlich in einen Sachsen verliebt – und er sich in sie.»

Die anderen hingen gespannt an ihren Lippen.

«Ihr müßt wissen, daß Étain in Emly, wo sie bis zu ihrer Berufung als Äbtissin von Kildare Philosophie lehrte, Athelnoth kennenlernte.»

«Athelnoth hat sechs Monate in Emly studiert», ergänzte Eadulf.

Colmán nickte zustimmend.

«Das stimmt. Aus diesem Grund habe ich auch Bruder Athelnoth nach Catraeth geschickt, um die Äbtissin an der Grenze zu Rheged in Empfang zu nehmen und nach Streoneshalh zu bringen. Er kannte Étain.»

«Natürlich kannte er sie», stimmte Fidelma zu. «Eine Tatsache, die er nach dem Mord an Étain leugnete. Warum? Weil er als überzeugter Anhänger Roms bekannt war und fürchtete, daß man ihm die Verbindung mit Étain nachteilig auslegen würde? Ich glaube nicht, daß dies die einzige Begründung war.»

«Viele Anhänger Roms sind in Irland ausgebildet worden», warf Oswiu ein. «Ja, es wohnen der Synode sogar einige irische Brüder bei, die sich auf die Seite Roms geschlagen haben. Niemand hat einen Grund, Freundschaften zu den Anhängern Columbans zu leugnen.»

«Athelnoth wollte nicht über die Beziehung sprechen, weil er der Mann war, den Étain heiraten wollte», sagte Fidelma ruhig.

Äbtissin Abbe sah sie entrüstet an.

«Wie konnte Étain eine Verbindung mit einem solchen Mann überhaupt in Erwägung ziehen?» fragte sie.

Fidelma lächelte schwach.

«Ihr, die Ihr überall predigt, daß die Liebe das größte Geschenk Gottes an die Menschen ist, solltet diese Frage eigentlich am besten beantworten können, Äbtissin Abbe von Coldingham.»

Abbe reckte trotzig das Kinn, und ihre Wangen röteten sich.

«Wenn ich jetzt an mein Gespräch mit Étain zurückdenke», fuhr Fidelma fort, «wird mir klar, daß sie mir damals schon alle nötigen Hinweise gegeben hat. Sie sagte mir, sie würde einen Fremden lieben. Ich deutete diese Worte falsch und dachte, sie meinte damit einen Mann, den sie noch nicht lange kannte. Ich verstand nicht, daß sie damit einen Ausländer meinte, denn in Irland bezeichnen wir Fremde und Ausländer mit ein und demselben Wort. Außerdem sagte sie mir, sie habe mit ihrem Liebsten bereits Verlobungsgeschenke ausgetauscht. Ich hätte schon vorher daran denken sollen, daß es bei den Eoghanacht Brauch ist, sich bei der Verlobung gegenseitig Broschen zu schenken. Als Bruder Eadulf Athelnoths Leichnam untersuchte, hat er bei ihm Étains Brosche gefunden.»

Eadulf bestätigte ihren Bericht mit einem Nicken.

«Und Athelnoths Brosche fanden wir bei dem toten Seaxwulf», ergänzte er. «Beide Broschen waren an einem Stück Pergament befestigt, dessen Inschrift aus einem Buch mit griechischen Liebesgedichten stammte.»

Oswiu sah sie verständnislos an.

«Wollt Ihr etwa behaupten, daß Seaxwulf der Mörder war?»

Fidelma schüttelte den Kopf.

«Nein. Die Brosche, die Athelnoth bei sich hatte, war eindeutig in Irland angefertigt worden. Ganz offensichtlich handelte es sich bei dieser Brosche um das Verlobungsgeschenk, das Étain ihm gegeben hat. Seaxwulf dagegen hatte eine Brosche bei sich, die aus Sachsen stammt. Athelnoth hatte sie Étain geschenkt. Die Person, die Äbtissin Étain ermordet hat, hat die sächsische Brosche an sich genommen, die wir später beim toten Seaxwulf fanden. Seaxwulf hatte sie entdeckt und wollte sie mir zeigen. Um dies zu verhindern, ist er ermordet worden. Er hätte mir den Namen der Person nennen können, die all diese Morde auf dem Gewissen hat. Aber diese Person entdeckte, daß Seaxwulf Brosche und Pergament gestohlen hatte, und tötete ihn. Ich kam dazu, so daß besagte Person keine Zeit mehr hatte, die Brosche und das belastende Pergament mit dem Gedicht an sich zu nehmen.»

«Belastend?» fragte Hilda. «Für wen?»

Eadulf trat unruhig von einem Fuß auf den anderen. Bisher hatte die verdächtigte Person Nerven aus Stahl bewiesen. Ihre Miene war wachsam, aber gelassen.

«Laßt uns das noch einmal klarstellen», warf Wighard ein. «Ihr sagt, Étain sei von einem eifersüchtigen Liebhaber getötet worden. Athelnoth, mit dem sie sich heimlich verlobt hatte, habe sie jedoch nicht umgebracht. Statt dessen wurde er von demselben Mann getötet, der auch Étain umgebracht hatte. Und dann hat der gleiche Täter auch noch Seaxwulf ermordet. Warum?»

Eadulf hatte das Gefühl, sich erklärend einschalten zu müssen.

«Athelnoth wurde nicht bloß deshalb umgebracht, weil er von Étain geliebt wurde, sondern auch, weil er den Verdacht in die richtige Richtung hätte lenken können. Seaxwulf wußte, wer Étains und Athelnoths Mörder war, weil er ihm die Brosche und das griechische Gedicht gestohlen hatte. Er hatte sie an sich genommen, ohne zu wissen, was er in den Händen hielt. Als ihm klar wurde, daß es sich um ein Beweisstück handelte, bat er Fidelma um ein heimliches Treffen. Damit er den Mörder nicht preisgeben konnte, wurde er selbst ermordet.»

Oswiu seufzte.

«Das ist mir alles zu verwickelt. Ihr dürft uns jetzt nicht länger auf die Folter spannen. Wer ist Étains eifersüchtiger Liebhaber. Nennt uns endlich den Namen dieses Mannes!»

Schwester Fidelma lächelte hintergründig.

«Habe ich denn gesagt, daß es ein Mann ist?»

Langsam wandte sie sich zu Schwester Gwid um. Das Gesicht der Schwester war grau, fast wie versteinert. Haßerfüllt starrte sie Fidelma an.

«Schwester Gwid, wie ich sehe, habt Ihr einen Riß in Eurer *tunica*, der sich nur schwer stopfen ließ. Würdet

Ihr uns bitte erklären, wie Ihr zu dem Riß gekommen seid? Ich nehme an, Ihr seid mit der *tunica* am Bettpfosten hängengeblieben, als Ihr Euch unter Athelnoths Bett vor Schwester Athelswith versteckt habt.»

Ehe die Anwesenden wußten, wie ihnen geschah, zog Gwid ein Messer aus den Falten ihres Gewandes und warf es nach Fidelma.

Fidelma war von Gwids unerwartetem Handeln so überrascht, daß sie erstarrte.

Sie hörte nur einen heiseren Warnruf, dann wurde sie auch schon so heftig zu Boden gestoßen, daß ihr der Atem stockte.

Gleich darauf ertönte ein schriller Schrei.

Der heftige Aufprall auf den Steinboden war sehr schmerzhaft gewesen. Fidelma fand sich unter einem keuchenden Eadulf wieder, der sich auf sie geworfen hatte, um sie vor dem todbringenden Wurfgeschoß zu retten. Fidelma hob den Kopf, um festzustellen, woher der Schrei kam.

Offenbar hatte Agatho hinter ihr gestanden. Gwids Messer steckte in seiner Schulter, und Blut floß über seine Tunika. Ungläubig starrte er auf den Griff. Dann begann er zu jammern und zu schluchzen.

Gwid lief zur Tür, doch der hochgewachsene Oswiu stellte sich ihr in den Weg und hielt sie mit beiden Händen fest. Die sich heftig wehrende junge Frau war so kräftig, daß Oswiu sein Schwert ziehen mußte, um sie in Schach zu halten, während er laut nach seinen Wachen rief. Es bedurfte zweier Krieger, um die rasende Furie abzuführen. Oswiu befahl ihnen, sie in eine Zelle zu sperren und gut zu bewachen.

Der König betrachtete die roten Kratzspuren auf seinen Unterarmen, die Gwid ihm beigebracht hatte. Dann wandte er sich Fidelma zu.

«Ich glaube, Ihr schuldet uns eine Erklärung,

Schwester», sagte er und fügte dann etwas freundlicher hinzu: «Seid Ihr verletzt?»

Eadulf half Fidelma vom Boden auf, klopfte ihre Kleider ab, goß Wein in einen Pokal und reichte ihn ihr.

Fidelma lehnte dankend ab.

«Agatho ist der Verletzte, um den Ihr Euch kümmern müßt.»

Sie drehten sich zu Agatho um. Schwester Athelswith war schon dabei, seine Blutung zu stillen.

Trotz des Messers und des Blutflecks lachte Agatho jetzt und kreischte mit schriller Stimme:

«Wem außer den Göttern ist es vergönnt, auf Erden zu wandeln, ohne Schmerzen zu leiden?»

«Ich werde ihn zu Bruder Edgar, unserem Medikus, bringen», bot Schwester Athelswith an.

«Das wird das beste sein», stimmte Fidelma traurig lächelnd zu. «Bruder Edgar wird die Schnittwunde zu behandeln wissen. Für den umnachteten Geist des armen Mannes wird er wohl leider kaum etwas tun können.»

Während die *domina* des *domus hospitale* Agatho zur Tür führte, wandte sich Fidelma zu König Oswiu um.

«Ich hatte vergessen, wie stark und geschickt Schwester Gwid ist», sagte sie entschuldigend. «Und ich konnte nicht ahnen, daß sie vor Zeugen zu Gewalt greifen würde.»

«Schwester Fidelma, wollt Ihr uns sagen, daß Gwid diese abscheulichen Morde ganz allein auf dem Gewissen hat?» fragte Äbtissin Abbe mit grimmiger Miene.

«Ja», bestätigte Fidelma, «genau das will ich sagen. Und Schwester Gwid hat Euch den Beweis für ihre Schuld selbst geliefert.»

«Allerdings», stimmte Äbtissin Hilda zu. Der Schreck über Gwids Gewalttätigkeit stand ihr noch ins Gesicht geschrieben. «Aber daß eine Frau ... so stark sein kann ...!»

Fidelma wandte sich lächelnd an Eadulf. «Ich glaube, ich könnte jetzt doch etwas von dem Wein vertragen.»

Eifrig reichte ihr der sächsische Bruder den Weinpokal. Sie trank ihn aus und stellte ihn auf den Tisch.

«Ich wußte, daß Gwid Äbtissin Étain verehrte und sich große Mühe gab, ihr zu gefallen. Aber es war ein Irrtum anzunehmen, daß diese Verehrung bloßem Respekt entsprang. Nach den jetzigen Ereignissen sind wir alle schlauer. Gwid hat in Emly bei Étain studiert. Sie ist ein einsames, unglückliches Mädchen, das übrigens als Kind aus seinem Heimatland verschleppt worden war und fünf Jahre lang hier in Northumbrien als Sklavin leben mußte. Mit der Zeit begann sie, Étain förmlich anzuhimmeln. Sie empfand es als schweren Schlag, als Étain zurück nach Kildare ging, sie ihr jedoch nicht folgen konnte, weil sie noch einen weiteren Monat in Emly bleiben mußte. Als sie endlich frei war und Étain nachreisen wollte, hörte sie, daß Étain zur Teilnahme an der Synode in Streoneshalh berufen worden war. Sie entschloß sich zur Überfahrt von Irland nach Iona. Dort, in Iona, lernte ich Gwid kennen. Um sich unserer Reisegruppe nach Streoneshalh anschließen zu können, behauptete sie, Étain habe sie zu ihrer Sekretärin ernannt. Hinweise darauf, was in Wirklichkeit geschehen war, gab es reichlich, doch weder ich noch alle anderen wußten sie richtig zu deuten. Als ich Étain sah, erkannte sie Gwid nur sehr zögerlich als ihre Sekretärin an. Und Athelnoth gab uns zu verstehen, daß Gwid nicht auf Wunsch Étains, sondern aus freien Stücken nach Streoneshalh gekommen sei. Seiner Meinung nach hatte Étain die Schwester, nachdem sie nun einmal hier war, nur aus Mitleid zu ihrer Sekretärin gemacht. Er führte nicht näher aus, worauf er diese Annahme stützte, weil er seine Beziehung zu Étain nicht offenbaren wollte. Doch wurde seine Meinung von Seaxwulf bestätigt. Wilfrids Sekretär sagte uns ganz unmißverständlich, daß Gwid nicht Étains Vertrauen besäße und auch nicht in die Verhandlungen eingeweiht worden sei, die Wilfrid mit Étain geführt hatte. Wir alle waren so entsetzt, als wir von diesen Verhandlungen erfuhren, daß wir diesen wichtigsten Punkt übersahen.»

Fidelma hielt inne. Sie goß sich noch etwas Wein ein und nippte nachdenklich an dem Pokal.

«Gwid hatte sich in eine unnatürliche Verehrung für Étain hineingesteigert – eine Leidenschaft, die Étain niemals erwidern konnte. Étain selbst hat mir einen Hinweis darauf gegeben, den ich jedoch lange Zeit übersehen habe. Sie sagte, Gwid könne zwar sehr gut Griechisch, verwende aber mehr Zeit darauf, die Gedichte Sapphos zu lesen, als die Evangelien zu studieren. Da ich selbst auch die griechische Sprache beherrsche, hätte ich die Bedeutung dieser Worte sofort verstehen müssen.»

«Ich kann kein Griechisch», unterbrach sie Oswiu. «Wer ist Sappho?»

«Eine große Dichterin, die auf der Insel Lesbos lebte. Sie scharte einen Kreis von Frauen und Mädchen um sich und schrieb Gedichte, die von ihrer leidenschaftlichen Liebe für die Mitglieder dieses Kreises erzählen. Der Dichter Anakreon sagt, es ginge auf Sappho zurück, daß der Name der Insel Lesbos mit der gleichgeschlechtlichen Liebe der Frauen verbunden wird.»

Äbtissin Hilda rang verzweifelt die Hände.

«Wollt Ihr uns sagen, daß Schwester Gwid eine … unnatürliche Leidenschaft für Étain empfand?»

«Ja. Und diese Leidenschaft beherrschte sie vollkommen. Sie offenbarte Étain ihre Liebe, indem sie ihr Kopien zweier Gedichte Sapphos schenkte. Eines davon gab Étain Athelnoth, vermutlich um ihm zu erklären, was vor sich ging. Jedenfalls hat er das uns gegenüber angedeutet. Das andere Gedicht behielt sie selbst. Am Tag der

Eröffnung der Synode muß es dann zu einer Aussprache gekommen sein. Étain sagte Gwid, daß sie ihre Liebe nicht erwidern könne, und wahrscheinlich erklärte sie ihr auch, daß sie Athelnoth liebe und nach der Synode mit ihm in einem Doppelhaus zusammenleben wolle.»

«Gwid verlor darüber den Verstand», warf Eadulf ein. «Ihr habt ja vorhin selbst gesehen, wie rasch sie in Wut gerät. Und sie ist den meisten von uns an Körperkraft überlegen. Sie stürzte sich auf die zierliche Étain und schnitt ihr die Kehle durch. Dann nahm sie Étains Verlobungsgeschenk, die sächsische Brosche, an sich und suchte nach den beiden Gedichten, die sie Étain geschenkt hatte. Weil sich das andere bereits in Athelnoths Besitz befand, konnte sie jedoch nur eines entdecken.»

«Ich erinnere mich noch gut daran, daß sie am ersten Tag der Debatte verspätet ins *sacrarium* kam», sagte Fidelma. «Sie war offenbar schnell gelaufen, ihr Gesicht war gerötet, und sie keuchte atemlos. Sie war direkt vom Mord an Étain ins *sacrarium* gekommen.»

«Solange Étain im Zölibat lebte, konnte Gwid sich damit abfinden, ihre ergebene Sklavin zu sein», erklärte Eadulf. «Ihr nahe sein zu dürfen, war ihr vermutlich genug. Aber als Étain ihr offenbarte, daß sie Athelnoth liebte ...» Er zuckte vielsagend die Achseln.

«Nichts ist vernichtender als der Haß, der aus verschmähter Liebe entsteht», bemerkte Fidelma. «Gwid ist eine starke junge Frau, aber sie ist auch klug und gerissen. Jedenfalls versuchte sie, den Verdacht auf Athelnoth zu lenken. Bald wurde ihr klar, daß Étain ihm das zweite Gedicht gegeben hat. Wieder wurde sie von Zorn überwältigt. Daß Étain ihre Liebe verraten und sie vor diesem Mann lächerlich machen konnte! Ja, sie sagte mir sogar, der Mord sei eine Art Absolution für Étains Sünden. Natürlich drückte sie das nicht so direkt aus, aber ich hätte es trotzdem richtig deuten müssen.»

Oswiu sah sie fragend an.

«Gwid sah sich gezwungen, Athelnoth zu töten?»

Fidelma nickte.

«Sie war stark genug, ihn erst bewußtlos zu schlagen und ihn dann an einem Pflock in seinem *cubiculum* aufzuknüpfen, so daß er erstickte und es auf den ersten Blick wie ein Selbstmord wirkte.»

«Womit sie jedoch nicht gerechnet hatte», ergänzte Eadulf, «war, daß Schwester Athelswith sie hörte und zur Tür kam. Gwid hatte gerade noch genug Zeit, sich unter dem Bett zu verstecken, als die *domina* Athelnoths *cubiculum* betrat. Athelswith erblickte den Toten und lief davon, um Alarm zu schlagen. Gwid konnte fliehen, hatte aber keine Zeit mehr, nach dem Pergament mit dem zweiten Gedicht zu suchen.»

«Aber wie ist Seaxwulf an die sächsische Brosche mit dem anderen Gedicht gekommen?» fragte Wighard. «Ihr sagtet doch, Gwid habe beides nach dem Mord an Étain an sich genommen.»

Schwester Athelswith kehrte zurück, nickte Fidelma zu und bedeutete ihr fortzufahren.

«Bruder Seaxwulf hatte eine große Schwäche. Wie die Elstern liebte er hübsche, glitzernde Dinge. Er war bereits dabei erwischt worden, wie er die persönlichen Habseligkeiten der Brüder im *dormitorium* der Männer durchwühlte. Obgleich Wilfrid ihn mit Rutenschlägen bestraft hatte, muß Seaxwulf später auch noch das *dormitorium* der Frauen durchsucht haben. Jedenfalls stieß er dabei auf Étains Brosche. Sie war in ein Pergament mit griechischen Gedichtzeilen eingewickelt, und er steckte beides ein. Die Gedichtzeilen fesselten ihn. Er sah im *librarium* nach und stellte fest, daß sie den Versen Sapphos entnommen waren. Als wir ihn im *librarium* trafen, fragte er mich sogar nach dem Brauch irischer Liebender, untereinander Geschenke auszutauschen. Ich verstand nicht, worauf er hinauswollte, bis es dafür zu spät war. Seaxwulf muß Gwid verdächtigt haben. Als er hörte, daß Athelnoth ermordet worden war, sprach er mich im Refektorium an. Da er Angst hatte, die anderen Schwestern könnten ihn verstehen, vereinbarte er auf griechisch mit mir ein heimliches Treffen. Allerdings vergaß er dabei, daß Gwid in Hörweite saß und besser Griechisch konnte als wir alle zusammen. Es war ein tödlicher Fehler. Gwid mußte ihn zum Schweigen bringen. Sie folgte ihm ins Kellergewölbe, versetzte ihm einen Schlag auf den Hinterkopf, stieß ihn ins Weinfaß und drückte seinen Kopf so lange in die Flüssigkeit, bis er kein Lebenszeichen mehr von sich gab. Dann kam ich, und sie hatte keine Zeit mehr, die Leiche zu durchsuchen. Als ich die Leiche im Weinfaß entdeckte, rutschte ich von dem Schemel, auf den ich gestiegen war, und verlor das Bewußtsein. Mein Schrei rief Eadulf und Schwester Athelswith herbei, die mich in mein *cubiculum* brachten. Das gab Gwid Zeit, Seaxwulfs Leichnam aus dem Faß zu zerren, durch den Tunnel zum *defectorum* an den Klippen zu schleifen und ins Meer zu werfen. Nicht ohne ihn vorher zu durchsuchen, versteht sich.»

«Und warum hat sie Brosche und Gedicht nicht an sich genommen?» fragte Äbtissin Hilda. «Schließlich hätte sie dafür genug Zeit gehabt.»

Fidelma lächelte.

«Seaxwulf folgte der neuesten Mode. Er hatte einen dieser neuartigen *sacculi* in seine *tunica* eingenäht und bewahrte darin seine kostbarsten Beutestücke auf. Die arme Gwid wußte nichts von der Existenz des *sacculus*. Aber sie machte sich darüber auch keine großen Sorgen, da sie glaubte, den Leichnam und damit auch alle Beweisstücke ein für allemal losgeworden zu sein, indem sie ihn über den Rand der Klippen ins Meer stieß. Sie konnte nicht ahnen, daß die Strömung ihn innerhalb der nächsten sechs bis zwölf Stunden in der Nähe des Hafens anspülen würde.»

«Ihr sagt, Schwester Gwid habe Seaxwulfs Leiche durch den Tunnel zum Meer geschleift. War sie wirklich so kräftig?» fragte Hilda. «Und woher wußte Gwid, die in Streoneshalh doch eine Fremde war, von dem *defectorum*? Dieser Ort ist unseren Brüdern vorbehalten, und nur männliche Gäste erfahren von seiner Existenz.»

«Schwester Athelswith hat mir gesagt, daß man den Schwestern, die in der Küche arbeiten, von dem *defectorum* erzählt, damit sie sich nicht versehentlich dorthin verirren und das männliche Schamgefühl verletzen. Nach Étains Tod arbeitete Schwester Gwid in der Küche.»

Schwester Athelswith errötete.

«Das stimmt», räumte sie ein. «Schwester Gwid bat mich, in der Küche arbeiten zu dürfen, um in der verbleibenden Zeit ihres Aufenthalts etwas Sinnvolles tun zu können. Ich hatte Mitleid mit ihr und erklärte mich einverstanden. Die oberste Köchin hat sie dann wahrscheinlich vor dem *defectorum* der Männer gewarnt.»

«Eine Weile lang haben wir uns von den Ränken Eures Sohnes Alhfrith ablenken lassen», sagte Eadulf, an König Oswiu gewandt. «Wir dachten, Taran oder Wulfric könnten in die Morde verwickelt sein.»

Schwester Fidelma breitete abschließend die Hände aus. «Nun kennt Ihr das Ergebnis unserer Ermittlungen.»

Eadulf lächelte finster.

«Eine Frau, deren Liebe verschmäht wird, ist wie ein gestauter Strom: tief, undurchsichtig, aufgewühlt und von mächtigen, untergründigen Strudeln beherrscht. So war es auch bei Gwid.»

Colmán seufzte.

«Schon Publícius Syrus sagte: ‹Liebe oder Haß – ein Drittes kennen die Frauen nicht.›»

Äbtissin Abbe lachte höhnisch.

«Syrus war ein Narr wie die meisten Männer.»

Oswiu erhob sich.

«Jedenfalls bedurfte es einer Frau, um diese Greueltaten aufzudecken», sagte er. Dann runzelte er die Stirn. «Hätte Gwid allerdings nicht ein so unbeherrschtes Wesen, wäre Eure Beweislage recht dünn gewesen. Zwar fügt sich alles zu einem Bild zusammen, doch hättet Ihr Gwid auch überführen können, wenn sie ruhig geblieben wäre und alles abgestritten hätte?»

Fidelma lächelte. «Das werden wir wohl niemals erfahren, Oswiu von Northumbrien. Aber ich denke schon. Kennt Ihr Euch in der Kunst der Kalligraphie aus?»

Oswiu verneinte.

«Ich habe diese Kunst bei Sinlán von Kildare studiert», erklärte Fidelma. «Für ein geübtes Auge ist es nicht schwer, die persönlichen Besonderheiten einer Schrift zu erkennen – die Art, wie die Buchstaben geformt sind, die Verzierungen, die Neigung der Schrift. Sapphos Verszeilen waren eindeutig von Gwid abgeschrieben.»

«Dann sollten wir Euch dankbar sein, Fidelma von Kildare», sagte Colmán ernst. «Wir schulden Euch viel.»

«Bruder Eadulf und ich haben den Fall gemeinsam gelöst», entgegnete Fidelma verlegen.

Sie lächelte Eadulf rasch zu.

Eadulf erwiderte diese Geste.

«Schwester Fidelma ist zu bescheiden. Ich habe nicht viel zur Lösung beigetragen.»

«Immerhin genug, um Eure Ergebnisse der Versammlung bekannt zu geben, ehe ich heute mittag meine Entscheidung verkünde», gab Oswiu zurück. «Genug, um meinen Worten die Schärfe zu nehmen und das Mißtrauen zu zerstreuen, das sich in den Köpfen unserer Brüder und Schwestern eingenistet hat.»

Er hielt inne und lachte bitter.

«Ich spüre, wie eine Last von meinen Schultern fällt, weil der Mord an Äbtissin Étain nicht für Iona oder Rom, sondern im Namen der Sinneslust, die zu den niedrigsten Beweggründen zählt, begangen wurde.»

still, als Oswiu sich von seinem Thron erhob und den Blick über die erwartungsvollen Gesichter schweifen ließ. Jetzt, da sie ihre Aufgabe gelöst hatten, fühlten sich Schwester Fidelma und Bruder Eadulf auf der Synode seltsam fehl am Platz. Anstatt sich zwischen die Vertreter ihrer jeweiligen Kirchen einzureihen, standen sie stumm nebeneinander an einer Seitentür und beobachteten die Ereignisse, als gehörten sie nicht länger dazu.

«Ich habe meine Entscheidung getroffen», verkündete Oswiu. «Ja, letztendlich bedurfte es gar keiner großen Entscheidung mehr. Nachdem alle Begründungen vorgebracht worden waren, kam es auf die eine, alles entscheidende Frage an: Welche Kirche besitzt die größere Autorität – die Kirche Roms oder die Kirche Columbans?»

Erwartungsvolles Gemurmel regte sich im Saal. Oswiu hob die Hand, um die Anwesenden zum Schweigen zu bringen.

«Colmán berief sich auf Johannes, Wilfrid auf Petrus. Jesus selbst hat Petrus zum Hüter des Himmelstors ernannt, und ich möchte mich nicht gegen ihn stellen. Im Gegenteil, ich möchte seinen Befehlen in jeder Hinsicht gehorchen, damit er mich, wenn ich dereinst selbst am Himmelstor stehe – zu dem er, wie in der Heiligen Schrift nachzulesen ist, die Schlüssel in Händen hält –, nicht fortschickt und sich weigert, mich einzulassen.»

Oswiu hielt inne und sah sich im Saal um, in dem eine unnatürliche Stille herrschte. «Daher soll die Kirche in meinem Königreich Northumbrien von nun an die Lehren Roms befolgen.» Die Stille wirkte geradezu unheimlich.

Endlich erhob sich Bischof Colmán.

«Mein König, ich habe alles gegeben, um Euch in den zurückliegenden drei Jahren treu zu dienen, als Abt von Lindisfarne und als Euer Bischof. Mit schwerem Herzen muß ich nun diese beiden Ämter aufgeben und in mein Heimatland zurückkehren, denn nur dort kann ich jetzt dem auferstandenen Christus nach meinem Gewissen und den Lehren meiner Kirche dienen. All jene, die auch weiterhin den Lehren Columbans folgen wollen, sind herzlich eingeladen, mich zu begleiten.»

Oswiu verzog keine Miene, doch in seinem Blick lag tiefe Trauer.

«So muß es wohl sein.»

Gemurmel erhob sich, als Colmán sich umwandte und das *sacrarium* verließ. Hier und da erhoben sich einige Anhänger der Kirche Columbans, um der würdevollen Gestalt ihres Bischofs zu folgen.

Mit trauriger Miene stand Äbtissin Hilda auf.

«Die Synode ist zu Ende. *Vade in pace.* Gehet im Frieden und in der Gnade unseres Herrn Jesus Christus.»

Schwester Fidelma sah zu, wie die Reihen sich leerten. Bei vielen Teilnehmern herrschte bedrücktes Schweigen. Die Entscheidung war gefallen, und Rom hatte gesiegt.

Eadulf biß sich auf die Lippe. Obgleich er der römischen Gesandtschaft angehörte, schien ihn der Ausgang eher traurig zu stimmen, denn er sah Fidelma unglücklich an.

«Die Entscheidung ist rein politischer Natur», sagte er. «Sie wurde nicht aus theologischen Gründen getroffen, was ich sehr bedauere. Oswius größte Angst ist es, gegenüber den sächsischen Königreichen im Süden der Insel, über die er auch weiterhin Vorherrschaft ausüben will, ins Abseits zu geraten. Hätte er an den Lehren Ionas festgehalten, während die anderen Sachsenkönige sich zu Rom bekannten, hätten sie in ihm einen Gegner gesehen, der ihnen eine fremde Kultur aufzwingen will. Im Königreich Kent ist Rom schon jetzt dabei, mindestens ebensoviel politische wie spirituelle Macht auszuüben. Gleichzeitig bedrohen die Bretonen im Westen sowie die Dál Riadaner und Pikten im Norden alle unsere Grenzen. Ob wir nun aus Kent, Northumbrien, Mercia, Wessex oder Ost-Anglien stammen, wir haben eine gemeinsame Sprache und gehören der gleichen Rasse an. Unsere Vormachtstellung auf der Insel müssen wir auch weiterhin gegen die Bretonen und Pikten verteidigen, die uns lieber heute als morgen ins Meer zurücktreiben würden.»

Fidelma sah ihn überrascht an.

«Ihr seid in der Welt der Politik sehr bewandert, Eadulf.»

Der sächsische Mönch lächelte traurig.

«Oswius Entscheidung war in der Sprache der Theologie abgefaßt, aber ich sage Euch ganz offen, Fidelma, sie wurde von der rauhen Wirklichkeit politischer Erwägungen regiert. Hätte Oswiu sich auf die Seite Columbans gestellt, hätte er die Feindschaft der Bischöfe von Rom auf sich gezogen. Solange er jedoch Rom unterstützt, wird er auch weiterhin von den anderen Königreichen der Angeln und Sachsen als ihr Führer anerkannt, und mit vereinten Kräften können sie sich die Vorherrschaft über Britannien – und wer weiß, vielleicht eines Tages auch über andere Länder? – sichern. Das, glaube ich, ist Oswius wahrer Traum. Er träumt von uneingeschränkter Macht und einem großen Imperium.»

Schwester Fidelma atmete schwer.

Darum drehte es sich also in Wirklichkeit? Um reine Machtpolitik? Der geistige Wettstreit, die theologische Erörterung war nur ein Scheingefecht gewesen. Oswiu war es einzig und allein um die Macht gegangen – wie allen Königen, wenn man es sich recht überlegte. Die große Synode von Streoneshalh war nicht mehr als eine Farce, ohne die ihre Freundin Étain vielleicht noch am Leben gewesen wäre. Fidelma wandte sich ab. Tränen stiegen ihr in die Augen. Wortlos eilte sie davon, um eine Weile alleine zus ein. Sie suchte die einsamen Klippen auf, die vor der großen Abtei aus der Meeresbrandung ragten. Es war an der Zeit, endlich all der Trauer nachzugeben, die sie für ihre Freundin, Étain von Kildare, empfand.

¶ Die Glocke läutete bereits zur *cena*, der letzten Mahlzeit des Tages, als Fidelma durch den Kreuzgang zum Refektorium ging. Am Eingang stieß sie auf Bruder Eadulf, der aufgeregt auf sie wartete.

«Die Bischöfe und Äbte der Kirche Roms haben sich getroffen», erzählte er verlegen und tat so, als sähe er nicht, daß ihre Augen vom Weinen gerötet waren. «Sie haben eine Versammlung abgehalten und Wighard zum Nachfolger Deusdedits bestimmt.»

Fidelma zeigte sich wenig überrascht.

«Wighard wird also der nächste Erzbischof von Canterbury?»

«Ja. Es scheint, als würden alle in ihm einen würdigen Nachfolger Deusdedits sehen. Schließlich ist er viele Jahre lang sein Sekretär gewesen und kennt sich in allem, was Canterbury betrifft, sehr gut aus. Sobald die Synode sich auflöst, wird Wighard nach Rom reisen, um beim Heiligen Vater den Amtssegen zu erbitten.»

Fidelmas Augen leuchteten auf.

«Rom! Wie gern ich die Stadt einmal sehen würde.»

Eadulf lächelte verlegen. «Wighard hat mich gebeten, ihn als Sekretär und Dolmetscher zu begleiten, denn wie Ihr wißt, habe ich bereits zwei Jahre dort verbracht. Warum kommt Ihr nicht mit uns und seht Euch Rom an, Schwester Fidelma?»

Fidelmas Augen strahlten, und sie ertappte sich dabei, daß sie die Idee ernsthaft erwog. Dann schoß heißes Blut in ihre Wangen.

«Ich bin schon viel zu lange von Irland fort», sagte sie mit betont kühler Stimme. «Ich muß meinen Brüdern und Schwestern in Kildare die traurige Kunde vom Tod unserer Äbtissin bringen.»

Eadulf war sichtlich enttäuscht.

«Es wäre schön gewesen, Euch die heiligen Stätten dieser großartigen Stadt zu zeigen, Fidelma.»

Vielleicht war es die Wehmut in seiner Stimme, die sie plötzlich verärgerte. Er nahm sich zuviel heraus. Doch sobald sie den Grund erkannt hatte, legte sich ihr Zorn auch schon wieder. Sie hatte sich an Eadulfs Gesellschaft gewöhnt. Es würde merkwürdig sein, plötzlich wieder ohne ihn auskommen zu müssen.

Gemeinsam gingen sie ins Refektorium, hatten jedoch kaum an ihren Tisch Platz genommen, als Schwester Athelswith zu ihnen kam, um zu sagen, daß Äbtissin Hilda sie nach dem *cena* zu sehen wünsche.

¶ Als Schwester Fidelma und Bruder Eadulf Hildas Gemach betraten, erhob sich die Äbtissin von ihrem Stuhl und ging den beiden mit ausgestreckten Händen entgegen. Ihr herzliches Lächeln war echt, doch die tiefen Falten um ihre Augen ließen ahnen, wie sehr die Aufregungen der letzten Tage und das Ergebnis der Synode sie belasteten.

«Ich soll Euch beiden im Namen Bischof Colmáns und König Oswius von Herzen danken.»

Schwester Fidelma neigte den Kopf vor der Äbtissin, während Eadulf sich tief hinunterbeugte, um ihren Ring zu küssen, wie es der römischen Sitte entsprach.

Äbtissin Hilda bat die beiden, es sich bequem zu machen. Sie selbst nahm vor dem Feuer Platz.

«Ich brauche Euch wohl nicht zu sagen, wie tief die Abtei, ja das gesamte Königreich, in Eurer Schuld steht.»

Fidelma sah die Trauer in den Augen der Äbtissin.

«Es war nur ein geringer Dienst, den wir geleistet haben», erwiderte sie sanft. «Ich wünschte, wir wären schneller zu unserem Ergebnis gekommen.» Sie runzelte die Stirn. «Werdet Ihr wie Colmán Northumbrien verlassen?»

Äbtissin Hilda blinzelte.

«Ich, mein Kind?» erwiderte sie erstaunt. «Ich habe fünfzig Jahre hier verbracht, und Northumbrien ist mein Heimatland. Nein, Fidelma, ich werde bleiben.»

«Aber Ihr habt die Lehren Columbans unterstützt», sagte Fidelma. «Werdet Ihr jetzt, da Northumbrien sich Rom zuwendet, hier noch einen Platz finden?»

Die Äbtissin wiegte den Kopf.

«Ich werde nicht über Nacht römisch werden. Aber ich werde die Entscheidung der Synode anerkennen, obwohl mein Herz für die irische Kirche schlägt. Ich werde hier in Witebia bleiben und hoffen, daß es auch weiterhin eine Stadt der Reinen bleibt.»

Bruder Eadulf rutschte unruhig auf seinem Stuhl hin und her und fragte sich, warum er sich noch immer so niedergeschlagen fühlte. Schließlich war seine Kirche als Sieger aus der Debatte hervorgegangen. Die *unitas Catholica* hatte triumphiert. Die Lehren Roms galten jetzt für alle sächsischen Königreiche. Warum hatte er dennoch das Gefühl, daß etwas verlorengegangen war?

«Wer wird jetzt Colmáns Bischofsamt übernehmen?» fragte er in dem Versuch, sich abzulenken.

Äbtissin Hilda lächelte traurig.

«Tuda, der zwar in Irland studiert, sich aber schon vor längerer Zeit der römischen Orthodoxie angeschlossen hat, wird der nächste Bischof von Northumbrien sein. Aber Oswiu hat versprochen, daß Eata von Melrose in Lindisfarne das Amt des Abtes übernimmt.»

Eadulf war überrascht.

«Eata hat Iona unterstützt.»

Hilda nickte.

«Auch er beugt sich dem Urteil der Synode.»

«Und was wird aus Chad, Cedd, Cuthbert und den anderen?» fragte Fidelma.

«Sie alle haben sich entschieden, Northumbrien die Treue zu halten und den Ausgang der Synode anzuerkennen. Cedd geht mit Abt Chad, seinem Bruder, nach Lastingham, und Cuthbert begleitet Eata nach Lindisfarne.»

«Die Veränderungen gehen also ganz friedlich vor sich?» sinnierte Fidelma. «Northumbrien ist nicht von einem Religionskrieg bedroht?»

Äbtissin Hilda zuckte mit den Schultern.

«Es ist noch zu früh, um darüber ein abschließendes Urteil zu fällen. Die meisten Äbte und Bischöfe haben sich der Entscheidung der Synode gebeugt, und das ist sicherlich zu unserem Besten. Obgleich sich auch viele entschlossen haben, Colmán nach Irland zu folgen und dort womöglich ein neues Kloster zu gründen. Ich glaube nicht, daß der Friede des Königreichs vom religiösen Streit bedroht ist. Oswius Heer hat Alhfriths Aufständische innerhalb kürzester Zeit geschlagen. Obwohl Oswiu den Tod seines erstgeborenen Sohns zu beklagen hat, kann er sich doch in seinem Königreich so sicher fühlen wie selten zuvor.»

Eadulf hob die Augenbrauen.

«Gibt es nicht noch andere Bedrohungen?»

«Ecgfrith ist jung und ehrgeizig. Jetzt, da sein älterer Bruder tot ist, fordert er, zum Unterkönig von Deira ernannt zu werden. Dabei schielt er natürlich auch schon auf Oswius Thron. Außerdem sind wir von feindlichen Völkern umgeben. Rheged, Powys, das Königreich der Pikten – sie alle lauern nur darauf, uns an die Kehle zu springen. Und Mercia hegt ebenfalls Rachegelüste. So schnell wird König Wulfhere nicht vergessen, daß Oswiu

Penda, seinen Vater, erschlagen hat. Er zieht bereits südlich des Humber seine Kräfte zusammen. Wer weiß, aus welcher Richtung die Bedrohung kommen wird?»

Fidelma sah sie traurig an.

«Hat Oswiu deshalb Streoneshalh so früh verlassen? Um mit seinem Heer zusammenzutreffen?»

Äbtissin Hilda lächelte hintergründig.

«Nur für den Fall, daß Ecgfrith denkt, sein Vater sei tatsächlich so schwach, wie Alhfrith es einst behauptete, hat Oswiu sich zu seinem Heer begeben.»

Sie schwiegen. Äbtissin Hilda betrachtete Eadulf nachdenklich.

«Die Bischöfe haben Wighard zum neuen Erzbischof von Canterbury bestimmt», sagte sie nach einer Weile. «Wie ich höre, wird Wighard in kurzer Zeit Segel setzen, um nach Rom zu reisen. Werdet Ihr ihn begleiten?»

«Er braucht einen Sekretär und Dolmetscher. Ich kenne Rom und werde mit Freuden dorthin zurückkehren. Ja, ich werde mit ihm gehen.»

Hilda schenkte Fidelma einen fragenden Seitenblick.

«Und Ihr, Schwester Fidelma. Wohin werdet Ihr Euch wenden?»

Fidelma zögerte. Dann zuckte sie die Achseln.

«Zurück nach Irland. Ich muß meinen Brüdern und Schwestern in Kildare die Kunde von Étains Tod und der Entscheidung der Synode bringen.»

«Wie schade, daß Eure Begabungen, die einander so gut ergänzten, nun auseinandergerissen werden», bemerkte Äbtissin Hilda verschmitzt. «Ihr wart ein beachtliches Paar.»

Bruder Eadulf lief rot an und hüstelte verlegen.

«Die Begabung lag ganz auf Schwester Fidelmas Seite», murmelte er mit belegter Stimme. «Ich habe ihr bloß ein wenig Hilfestellung gegeben.»

«Was wird mit Schwester Gwid geschehen?» lenkte Fidelma auf ein anderes Thema über.

Äbtissin Hildas Blick verhärtete sich.

«Wir haben auf unsere sächsische Weise mit ihr abgerechnet.»

«Was soll das heißen?»

«Sobald Oswiu seine Entscheidung bekanntgegeben hatte, wurde sie nach draußen geführt und von den Schwestern des Klosters gesteinigt.» Ehe Fidelma noch antworten und ihrer Abscheu über die grausame Strafe Ausdruck verleihen konnte, erhob sich Hilda von ihrem Stuhl.

«Ich denke, wir werden uns noch einmal sehen, ehe Ihr Euch beide auf Eure Reise begebt. Gehet nun mit Gott. *Benedictus sit Deus in donis Suis.*»

Fidelma und Eadulf neigten die Köpfe.

«Et sanctus in omnis operibus Suis», erwiderten sie wie aus einem Munde.

Draußen wandte Fidelma sich wütend an Eadulf. Der sächsische Mönch legte begütigend seine Hand auf ihren Arm.

«Fidelma, Fidelma. Denkt daran, dies ist nicht Euer Heimatland», sagte er, um die hitzigen Worte, die in ihr hochstiegen, gleich im Keim zu ersticken. «In Northumbrien folgt man anderen Sitten. Eine Mörderin wird immer gesteinigt, vor allem, wenn sie aus so niedrigen Beweggründen wie der Fleischeslust getötet hat. Die Gesetze verlangen es so.»

Fidelma biß sich auf die Lippe und wandte sich ab. In ihr sträubte sich alles gegen die grausamen Strafen der Sachsen, doch sie fand keine Worte, um ihren Widerwillen auszudrücken.

Erst am nächsten Tag, als die Glocke zum *jentaculum*, der ersten Mahlzeit des Tages, läutete, sah sie Bruder Eadulf im Refektorium wieder.

Sie hatte sich gerade gesetzt, als Schwester Athelswith auf sie zugeeilt kam.

«Ein Bruder aus Irland ist gekommen und sucht Euch, Schwester. Ich habe ihn gleich in die Küche geschickt, denn seine Reise war lang, und er ist staubig und völlig ausgehungert.»

Fidelma sah auf.

«Er kommt aus Irland? Und er will mich sprechen?»

«Ja. Er sagte, er käme direkt aus Armagh.»

Fidelma erhob sich und machte sich unverzüglich auf die Suche nach dem Reisenden.

Der Mann war erschöpft und mit Staub bedeckt. Er saß in einer Ecke der Küche, biß gierig in ein großes Brot und schlürfte dazu soviel Milch, als habe er schon seit Tagen nichts mehr gegessen und getrunken.

«Ich bin Fidelma von Kildare, Bruder», sprach sie ihn an.

Er schaute auf.

«Dann habe ich etwas für Euch.»

Fidelma übersah die schlechten Manieren des Mannes, der mit vollem Mund sprach, so daß ihm die Brokken aus dem Mund fielen.

«Eine Botschaft Ultans von Armagh», sagte er und reichte ihr ein Päckchen. Sie nahm es und drehte das in Pergament eingeschlagene und mit einem Lederband verschnürte Bündel hin und her. Was konnte der Erzbischof von Armagh, der oberste Kirchenfürst Irlands, von ihr wollen?

«Was ist das?» fragte sie laut, obwohl sie wußte, daß sie die Antwort am ehesten in dem Päckchen finden würde.

Zwischen zwei Bissen Brot erklärte der Bote:

«Das Päckchen enthält Ultans genaue Anweisungen. Er bittet Euch, von hier aus gleich nach Rom weiterzureisen, um die neuen Ordensregeln der Schwestern von

Brigit vorzulegen und den Segen des Heiligen Vaters zu erbitten. Ultan ersucht Euch dringend, seiner Bitte nachzukommen, weil Ihr die gewandteste und fähigste Vertreterin der Schwestern Brigits von Kildare seid – Äbtissin Étain natürlich ausgenommen.»

Fidelma starrte den Mann an. Sie war so überrascht, daß sie im ersten Augenblick die Bedeutung seiner Worte gar nicht verstand.

«Ich soll was tun?» fragte sie ungläubig.

Der Mönch schaute auf, biß ein weiteres Stück Brot ab und kaute mehrmals, ehe er antwortete.

«Ihr sollt die *Regula coenobilais Cill Dara* dem Heiligen Vater zum Segen vorlegen. Das ist eine Bitte Ultans von Armagh.»

«Er will, daß ich nach Rom gehe?»

Strahlend eilte Schwester Fidelma durch den gewölbten Kreuzgang von Streoneshalh zurück zum Refektorium. Sie wußte nicht, warum ihr Herz schneller schlug und was den Tag plötzlich so rosig und die Zukunft so aufregend erscheinen ließ.

Aidán Heiliger und Apostel Northumbriens (gest. 651). Aidán war Mönch in Iona, als ihn König Oswald zur Missionierung Northumbriens einlud und zum ersten Abt des neugegründeten Klosters Lindisfarne auf Holy Island an der Ostküste Schottlands ernannte. St. Aidáns Festtag ist der 31. August.

Anakreon griechischer Dichter, gestorben um 500 v. C., lebte am Hof des Polykrates auf Samos und später in Athen. Seine Gedichte besingen Liebe und Wein. Nach ihm wurden die «Anakreontiker» benannt, eine deutsche Dichtergruppe des 18. Jahrhunderts, die seinem Stil nacheiferte.

Antiochia 300 v. C. gegründete Stadt am Orontes in der südlichen Türkei, heute Antakya. Auf die Erwähnung der ersten heidenchristlichen Gemeinde in Antiochia in der Apostelgeschichte (Kap. 11, Verse 19 ff.) gründete sich der spätere Titel des in der Rangfolge nach Rom, Konstantinopel und Alexandria recht hoch angesiedelten Patriarchen von Antiochia.

Armagh Stadt in Nordirland, in der St. Patrick im 5. Jahrhundert seine Hauptkirche errichtete. Geistliches Zentrum Irlands, Sitz eines katholischen und eines anglikanischen Erzbischofs.

Augustinus von Hippo Augustinus Aurelius, bedeutendster Kirchenlehrer des christlichen Altertums und Verfasser der in seine innere Entwicklung Einblick gebenden *Confessiones* («Bekenntnisse»). Er wurde 453 in Tagaste (Numidien) geboren und starb 530 in Hippo Regius (Nordafrika).

Augustinus von Rom Benediktiner, gestorben 604. Als Abt von Gregor I. nach England entsandt, wurde er 597 Bischof, 601 Primas mit Sitz in Canterbury. Augustinus gilt als Apostel der Angelsachsen.

Brehon altirisches Gesetz mit eigener Gerichtsbarkeit, dessen Schriften in altem Gälisch zum Teil noch erhalten sind und aufschlußreiche Einblicke in eine von Clanstrukturen beherrschte, komplexe Gesellschaft geben.

Bretonen eines der Völker keltischen Ursprungs, die vor der Invasion der Angelsachsen, vermutlich seit dem 7. oder 6. Jahrhundert v. C., in Britannien lebten.

Chalcedon 685 v. C. gegründete antike Stadt am Bosporus an der Stelle des heutigen Kadiköy. 451 n. C. Schauplatz des 4. Ökumenischen Konzils.

Colmán Heiliger (ca. 605–676). Colmán war Mönch in Iona und seit 661 dritter Abt von Lindisfarne. Seine herausragende Rolle als Führer der keltischen Kirche bei der Synode von Whitby ist historisch belegt. Nach der Synode trat er als Abt zurück und kehrte mit allen irischen und etwa 30 englischen Mönchen des Klosters Lindisfarne nach Iona zurück. Später zog er mit seinen Anhängern weiter nach Inishbofin an der Westküste Irlands und gründete dort 668 ein neues Kloster. St. Colmáns Festtag ist der 8. August.

Columban (auch ***Columba*** oder ***Columcille***) Heiliger und irischer Missionar (521–597), «Taube der Kirche» genannt. Mit zwölf Anhängern gründete er etwa 563 auf der kleinen Hebriden-Insel Hy (später Iona = hebräisch «Taube») ein Kloster, von dem aus er 34 Jahre lang den Norden Britanniens missionierte. Das Kloster fiel über die Jahrhunderte mehrfach Krieg und Zerstörung zum Opfer, der Ruf der Insel als heiliger Ort blieb jedoch erhalten; zahlreiche schottische, irische und norwegische Könige sind dort begraben. 1912 erfolgte eine Neugründung des Klosters, das auch besichtigt werden kann. St. Columbans Festtag ist der 9. Juni.

Cuthbert Heiliger und legendärer Wundertäter (ca. 634–687). Ursprünglich Schäfer, trat er 651 unter Abt Eata in das northumbrische Kloster Melrose ein. Nach der Synode von Whitby gingen Eata und Cuthbert als gemeinsame Nachfolger Colmáns nach Lindisfarne.

Zahlreiche Sagen berichten von Cuthberts Wundertaten und seiner Liebe zu den Tieren. Er starb als frommer Einsiedler. Sein Festtag ist der 20. März.

Dál Riada Gälisch sprechendes Volk, das ab dem 5. Jahrhundert in Schottland siedelte. Sein Königreich umfaßte die Inneren Hebriden und Argyll. König MacAlpin vereinigte Dál Riada 843 mit den Pikten und Skoten zum späteren Schottland.

Dionysius Exiguus (lat. «der Kleine», «Demütige») skythischer Mönch, der ca. 500–550 n. C. in Rom lebte. Von ihm stammt die bis zur gregorianischen Kalenderreform gültige Berechnung des Osterfest-Termins und die seit 525 geltende christliche Zeitrechnung.

Eata siehe Cuthbert.

Gwynedd Königreich im nordwestlichen Wales.

Hilda (614–680) Heilige und eine der wichtigsten Kirchenführerinnen im angelsächsischen England. Getauft wurde sie 627 gemeinsam mit ihrem Großonkel, König Edwin von Northumbrien. Ihr Vetter, König Oswiu, vertraute ihr die Erziehung seiner Tochter Aelflaed an und schenkte ihr das Land, auf dem sie 657 die Abtei Streoneshalh für Mönche und Nonnen gründete. Ihre Abtei wurde zu einem der großen religiösen Zentren im nordöstlichen England und zum Schauplatz der Synode von Whitby, bei der Hilda die keltische Kirche unterstützte. Anders als Bischof Colmán beugte sie sich dem Ausgang der Synode. St. Hildas Festtag ist der 17. November.

Iona siehe Columban.

Kildare irische Kleinstadt etwa 100 Meilen südwestlich von Dublin. Die heilige Brigit, um die sich zahlreiche irische Sagen ranken, gründete dort im 5. Jahrhundert eine große Abtei.

Klepsydra Wasseruhr oder Auslaufuhr. Eines der ältesten Zeitmeßgeräte, das bereits im 2. Jahrtausend v. C. in Ägypten benutzt wurde. Seit der Antike ist das Gerät unter der Bezeichnung Klepshydra (griech. kleptein «stehlen», hydor «Wasser») bekannt. In Griechenland wurden Auslaufgefäße zur Bemessung der Redezeit in der Gerichtspraxis sowie zur allgemeinen Zeitmessung gebraucht. Bis zum Mittelalter waren sie in ganz Europa verbreitet. Die Zeitmessung erfolgte durch das auslaufende Wasser aus einer kleinen Öffnung eines Gefäßes.

Lindisfarne siehe Colmán.

Lingua franca Verkehrssprache, in der sich mehrere Völker unterschiedlicher sprachlicher Herkunft verständigen können; ursprünglich die im Mittelmeerraum benutzte Verkehrssprache mit einem aus romanischen (meist italienischen) und arabischen Elementen vermischtem Wortschatz.

Northumbrien nördlichstes Königreich der Angelsachsen, das sich in seiner Blütezeit von der Nordsee bis zur Irischen See erstreckte. Es entstand aus der Vereinigung der beiden Königreiche Bernicia und Deira, die beide «nördlich des Flusses Humber» lagen. Unter der Herrschaft der nacheinander regierenden Brüder Edwin, Oswald und Oswiu erlebte es im 7. Jahrhundert seine größte militärische Stärke und wurde im 8. Jahrhundert zum Mittelpunkt der angelsächsischen Kultur. Durch die Ankunft der Dänen im 9. und 10. Jahrhundert wurden das kulturelle Leben und die politische Einheit Northumbriens zerstört.

Oswiu (612–670) folgte 642 seinem im Kampf gegen Penda von Mercia in Maserfeld gefallenen Bruder Oswald auf den Thron, zunächst nur als König von Bernicia, ab 655 nach einem Sieg über Deira als König des wiedervereinigten Northumbrien. Nach seinem Tod wurde sein Sohn Ecgfrith König.

Paul von Tarsus der Apostel Paulus, der unter dem jüdischen Namen Saulus im Jahre 10 n. C. in Tarsus (Kilikien) geboren wurde.

Pikten (von lateinisch ***picti*** = angemalt) halbkeltische Stämme im heutigen östlichen und nordöstlichen Schottland, die sich mit den Römern heftige Kämpfe lieferten. Ab dem 7. Jahrhundert bildeten sie ein eigenes Königreich. Die Vereinigung der Pikten mit den Dál Riadanern und Skoten 843 unter MacAlpin gilt als Ausgangspunkt der eigenständigen schottischen Geschichte.

Powys Königreich in Ostwales.

Publícius Syrus römischer Mimograph und Sentenzendichter, der im 1. Jahrhundert v. C. lebte. Von ihm stammen viele geflügelte Worte, die wir noch heute kennen, z. B. «Glück und Glas, wie leicht bricht das», «Geld regiert die Welt» oder «Der Erben Weinen ist nur unterdrücktes Lachen» (daher der Ausdruck «lachende Erben»).

Rheged ehemaliges keltisches Königreich im heutigen südwestlichen Schottland.

Sappho griechische Dichterin, die um 600 v. C. auf der Insel Lesbos lebte und im Kult der Aphrodite und im Dienst der Musen junge Mädchen um sich sammelte. Sappho gilt als bedeutendste Lyrikerin des Altertums.

Simon Magus («Simon der Zauberer») Biblischer Zauberer, der in Samaria lebte, von Philippus getauft wurde und von Petrus und Johannes die Gabe der Geistmitteilung um Geld kaufen wollte (siehe Apostelgeschichte 8:8–24). Den Kirchenvätern galt Simon als Erzketzer; der Erwerb eines geistlichen Gutes für Geld heißt nach katholischem Kirchenrecht bis heute «Simonie». Die gnostische Sekte der Simonianer dagegen sah in Simon Magus eine Inkarnation Gottes.

Suzeränität Oberherrschaft eines Staates über seine halbsouveränen Vasallenstaaten. Der Suzerän ist der Herrscher des Suzeränität ausübenden Staates.

Tara (irisch: «Ort der Versammlung») legendärer Sitz irischer Könige, heute archäologische Stätte im County Meath.

Than Adelstitel, der vererbt oder von Königen und Bischöfen verliehen werden konnte und in Schottland noch bis ins 15. Jahrhundert gebräuchlich war. Die zwölf obersten Thane eines Bezirks fungierten als gerichtliches Beratungsgremium – möglicherweise Vorläufer der zwölf Geschworenen, wie man sie heute an englischen und amerikanischen Schwurgerichten kennt.

Whitby Stadt an der Mündung des Esk in North Yorkshire, England, mit heute etwa 15 000 Einwohnern, im Mittelalter bedeutend als Fischereihafen, vorübergehend auch als Walfängerstation. Später wurden die Holzschiffe, mit denen James Cook 1769–79 auf seine berühmten Weltumseglungen ging, in Whitby gebaut. Dominiert wird das Stadtbild bis heute von der auf den östlichen Klippen über dem Hafen aufragenden, 656 gegründeten Abtei – Schauplatz der berühmten Synode, die dort im Jahre 664 stattfand. Zwei Berichte über die Synode sind erhalten: die Kirchengeschichte des englischen Theologen und Historikers Beda Venerabilis (ca. 672–735) und der Bericht über das Leben St. Wilfrids, geschrieben von dem Mönch Eddi. Die wichtigsten Teilnehmer, der Verlauf der Synode und die Entscheidung König Oswius samt seiner Begründung sind historisch belegt.

Wilfrid Heiliger (634–709), Abt von Ripon, seit 664 Bischof von York und einer der einflußreichsten Teilnehmer der Synode von Whitby. Er förderte enge Beziehungen zwischen der angelsächsischen Kirche und dem Papsttum in Rom und machte den Benedektinerorden in Britannien bekannt. Sein Festtag ist der 12. Oktober.

Martha Grimes

Die Amerikanerin **Martha Grimes** gilt zu Recht als die legitime Thronerbin Agatha Christies. Mit ihrem Superintendent Jury von Scotland Yard belebte sie eine fast ausgestorbene Gattung neu: die typisch britische «Mystery Novel», das brillante Rätselspiel um die Frage «Wer war's?».
Martha Grimes lebt, wenn sie nicht gerade in England unterwegs ist, in Maryland/USA.

Inspektor Jury küßt die Muse
Roman
(rororo 12176)

Inspektor Jury schläft außer Haus *Roman*
(rororo 5947)

Inspektor Jury spielt Domino
Roman
(rororo 5948)

Inspektor Jury sucht den Kennington-Smaragd *Roman*
(rororo 12161)

Was am See geschah
Roman
(rororo 13735)

Inspektor Jury bricht das Eis
Roman
(rororo 12257)

Inspektor Jury spielt Katz und Maus *Roman*
(rororo 13650)

Inspektor Jury geht übers Moor
Roman
(rororo 13478)

Inspektor Jury lichtet den Nebel
Roman
(rororo 13580)

rororo Unterhaltung

Inspektor Jury steht im Regen
Roman
(rororo 22160 und als gebundene Ausgabe im Wunderlich Verlag)

Inspektor Jury gerät unter Verdacht *Roman*
(rororo 13900 und als gebundene Ausgabe im Wunderlich Verlag)
Endlich ist Jury seiner großen Liebe begegnet, doch bevor er Jane sein Verlobungsgeschenk machen kann, wird sie tot in ihrer Wohnung gefunden: Jury wird vom Dienst suspendiert...

Inspektor Jury besucht alte Damen
Roman
(rororo 12601)

Mit Schirm und blinkender Pistole *Roman*
(rororo 13206)

«Es ist das reinste Vergnügen, diese Kriminalgeschichten vom klassischen Anfang bis zu ihrem ebenso klassischen Ende zu lesen.» *The New Yorker*

Rita Mae Brown

«**Rita Mae Brown** trifft überzeugend und witzig den Ton ihrer Protagonistinnen und schreibt klug ein Stück Frauengeschichte über Frauen, die ihr Leben selbst bestimmt haben.» *Die Zeit*

Venusneid *Roman*
(rororo 13645)
Angesichts ihres nahen Todes schreibt Frazier Freund und Feind die ungeschminkte Wahrheit – und dann überlebt sie...

Herzgetümmel *Roman*
(rororo 12797)

Jacke wie Hose *Roman*
(rororo 12195)

Die Tennisspielerin *Roman*
(rororo 12394)

Goldene Zeiten *Roman*
(rororo 12957)

Rubinroter Dschungel *Roman*
(rororo 12158)

Wie du mir, so ich dir *Roman*
(rororo 12862)
In Montgomery scheint die Welt zwar in Ordnung, aber was sich da alles unter der puritanischen Gesellschaftskruste tut, ist nicht von schlechten Eltern...

Bingo *Roman*
(rororo 13002)
Louise und Julia Hunsenmeir, beide in den Achtzigern und mehr als selbstbewußt, setzen alle Tricks und Kniffe ein, um einen attraktiven Endsiebziger zu umgarnen ...

rororo Unterhaltung

Galopp ins Glück *Roman*
Deutsch von Margarete Längsfeld, Martina Tichy und Barbara Scriba
480 Seiten. Gebunden

Dolley *Das Leben einer First Lady. Roman*
512 Seiten. Broschiert und als rororo 13913

Rita Mae Brown / Sneaky Pie Brown
Schade, daß du nicht tot bist
Ein Fall für Mrs. Murphy
Roman
(rororo 13403)

Ruhe in Fetzen *Ein Fall für Mrs. Murphy. Roman*
336 Seiten. Broschiert und als rororo 13746

Mord in Monticello *Ein Fall für Mrs. Murphy. Roman*
320 Seiten. Broschiert

Virus im Netz *Ein Fall für Mrs. Murphy. Roman*
Deutsch von Margarete Längsfeld. Mit Illustrationen von Wendy Wray
288 Seiten. Broschiert

Dorothy L. Sayers

Dorothy Leigh Sayers stammte aus altem englischem Landadel. Ihr Vater war Pfarrer und Schuldirektor. Sie selbst studierte als einer der ersten Frauen überhaupt an der Universität Oxford, wurde zunächst Lehrerin, wechselte dann für zehn Jahre in eine Werbeagentur. Weltberühmt aber wurde sie mit ihren Kriminalromanen und ihrem Helden Lord Peter Wimsey, der elegant und scharfsinnig Verbrechen aufklärt, vor denen die Polizei ratlos kapituliert. Dorothy L. Sayers starb 1957 in Whitham/Essex.

Ärger im Bellona-Club
Kriminalroman
(rororo 5179)

Die Akte Harrison
Kriminalroman
(rororo 5418)

Aufruhr in Oxford
Kriminalroman
(rororo 5271)

Das Bild im Spiegel *und andere überraschende Geschichten*
(rororo 5783)

Diskrete Zeugen
Kriminalroman
(rororo 4783)

Figaros Eingebung *und andere vertrackte Geschichten*
(rororo 5840)

Fünf falsche Fährten
Kriminalroman
(rororo 4614)

Hochzeit kommt vor dem Fall
Kriminalroman
(rororo 5599)

rororo Unterhaltung

Der Glocken Schlag *Variationen über ein altes Thema in zwei kurzen Sätzen und zwei vollen Zyklen.*
Kriminalroman
(rororo 4547)

Keines natürlichen Todes
Kriminalroman
(rororo 4703)

Der Mann mit den Kupferfingern
Lord Peter-Geschichten und andere
(rororo 5647)

Mord braucht Reklame
Kriminalroman
(rororo 4895)

Starkes Gift *Kriminalroman*
(rororo 4962)

Ein Toter zu wenig
Kriminalroman
(rororo 5496)

Zur fraglichen Stunde
Kriminalroman
(rororo 5077)

Romane und Erzählungen

Julian Barnes
Flauberts Papagei *Roman*
(rororo 22133)
«Dieses Buch gehört zur Gattung der Glücksfälle.»
Süddeutsche Zeitung

Denis Belloc
Suzanne *Roman*
(rororo 13797)
«Suzanne» ist die Geschichte von Bellocs Mutter: Das Schicksal eines Armeleutekinds in schlechten Zeiten. «Denis Belloc ist der Shootingstar der französischen Literatur.» *Tempo*

Andre Dubus
Sie leben jetzt in Texas *Short Stories*
(rororo 13925)
«Seine Geschichten sind bewegend und tief empfunden.» *John Irving*

Michael Frayn
Sonnenlandung *Roman*
(rororo 13920)
«Spritziges, fesselndes, zum Nachdenken anregendes Lesefutter. Kaum ein Roman macht so viel Spaß wie dieser.» *The Times*

Peter Høeg
Fräulein Smillas Gespür für Schnee *Roman*
(rororo 13599 und als "Buch zum Film" mit vierfarbigen Fotos rororo 22210)
Fräulein Smilla verfolgt die Spuren eines Mörders bis ins Eismeer Grönlands. «Eine aberwitzige Verbindung von Thriller und hoher Literatur.» *Der Spiegel*

rororo Literatur

Laurie R. King
Die Gehilfin des Bienenzüchters
Kriminalroman
(rororo 13885)

Ray Loriga
Vom Himmel gefallen *Roman*
(rororo 13903)
Ray Loriga, Jahrgang 1967, lebt in Madrid. In seinem mit Bitterkeit und schwarzem Humor getränkten Roman verfolgen Polizei und Medienmeute einen jugendlichen Killer quer durch Spanien.

Daniel Douglas Wissmann
Dillingers Luftschiff *Roman*
(rororo 13923)
«Dillingers Luftschiff» ist eine romantische Liebesgeschichte und zugleich eine verrückte Komödie voll schrägem Witz, unbekümmert um die Grenzen zwischen Literatur und Unterhaltung.

Dorothy L. Sayers

Dorothy Leigh Sayers stammte aus altem englischem Landadel. Ihr Vater war Pfarrer und Schuldirektor. Sie selbst studierte als einer der ersten Frauen überhaupt an der Universität Oxford, wurde zunächst Lehrerin, wechselte dann für zehn Jahre in eine Werbeagentur. Weltberühmt aber wurde sie mit ihren Kriminalromanen und ihrem Helden Lord Peter Wimsey, der elegant und scharfsinnig Verbrechen aufklärt, vor denen die Polizei ratlos kapituliert. Dorothy L. Sayers starb 1957 in Whitham/Essex.

Ärger im Bellona-Club
Kriminalroman
(rororo 5179)

Die Akte Harrison
Kriminalroman
(rororo 5418)

Aufruhr in Oxford
Kriminalroman
(rororo 5271)

Das Bild im Spiegel *und andere überraschende Geschichten*
(rororo 5783)

Diskrete Zeugen
Kriminalroman
(rororo 4783)

Figaros Eingebung *und andere vertrackte Geschichten*
(rororo 5840)

Fünf falsche Fährten
Kriminalroman
(rororo 4614)

Hochzeit kommt vor dem Fall
Kriminalroman
(rororo 5599)

rororo Unterhaltung

Der Glocken Schlag *Variationen über ein altes Thema in zwei kurzen Sätzen und zwei vollen Zyklen.*
Kriminalroman
(rororo 4547)

Keines natürlichen Todes
Kriminalroman
(rororo 4703)

Der Mann mit den Kupferfingern
Lord Peter-Geschichten und andere
(rororo 5647)

Mord braucht Reklame
Kriminalroman
(rororo 4895)

Starkes Gift *Kriminalroman*
(rororo 4962)

Ein Toter zu wenig
Kriminalroman
(rororo 5496)

Zur fraglichen Stunde
Kriminalroman
(rororo 5077)

Romane und Erzählungen

Julian Barnes
Flauberts Papagei *Roman*
(rororo 22133)
«Dieses Buch gehört zur Gattung der Glücksfälle.» *Süddeutsche Zeitung*

Denis Belloc
Suzanne *Roman*
(rororo 13797)
«Suzanne» ist die Geschichte von Bellocs Mutter: Das Schicksal eines Armeleutekinds in schlechten Zeiten. «Denis Belloc ist der Shootingstar der französischen Literatur.» *Tempo*

Andre Dubus
Sie leben jetzt in Texas *Short Stories*
(rororo 13925)
«Seine Geschichten sind bewegend und tief empfunden.» *John Irving*

Michael Frayn
Sonnenlandung *Roman*
(rororo 13920)
«Spritziges, fesselndes, zum Nachdenken anregendes Lesefutter. Kaum ein Roman macht so viel Spaß wie dieser.» *The Times*

Peter Høeg
Fräulein Smillas Gespür für Schnee *Roman*
(rororo 13599 und als "Buch zum Film" mit vierfarbigen Fotos rororo 22210)
Fräulein Smilla verfolgt die Spuren eines Mörders bis ins Eismeer Grönlands. «Eine aberwitzige Verbindung von Thriller und hoher Literatur.» *Der Spiegel*

rororo Literatur

Laurie R. King
Die Gehilfin des Bienenzüchters
Kriminalroman
(rororo 13885)

Ray Loriga
Vom Himmel gefallen *Roman*
(rororo 13903)
Ray Loriga, Jahrgang 1967, lebt in Madrid. In seinem mit Bitterkeit und schwarzem Humor getränkten Roman verfolgen Polizei und Medienmeute einen jugendlichen Killer quer durch Spanien.

Daniel Douglas Wissmann
Dillingers Luftschiff *Roman*
(rororo 13923)
«Dillingers Luftschiff» ist eine romantische Liebesgeschichte und zugleich eine verrückte Komödie voll schrägem Witz, unbekümmert um die Grenzen zwischen Literatur und Unterhaltung.

Lebensläufe

Bernard Gavoty
Chopin
(rororo 12706)
«Ich selbst bin immer noch Pole genug, um gegen Chopin den Rest der Musik hinzugeben.» *Friedrich Nietzsche*

Virginia Harrard
Sieben Jahre Fülle *Leben mit Chagall*
(rororo 12364)

Albert Goldman
John Lennon *Ein Leben*
(rororo 13158)

Linde Salber
Tausendundeine Frau *Die Geschichte der Anaïs Nin*
(rororo 13921)
«Mit leiser Ironie, einem lebhaften Temperament und großem analytischen Feingefühl.» *FAZ*

Donald A. Prater
Ein klingendes Glas. Das Leben Rainer Maria Rilkes
(rororo 12497)
In diesem Buch wird «ein Mosaik zusammengetragen, das als die genaueste Biographie gelten kann, die heute über Rilke zu schreiben möglich ist». *Neue Zürcher Zeitung*

Michael Jürgs
Der Fall Romy Schneider *Eine Biographie*
(rororo 13132)
»*Der Fall Romy Schneider* ist ein freundschaftliches Buch, aufrichtiger und interessanter als die meisten Biographien, die bei uns über Schauspieler geschrieben werden.» *Süddeutsche Zeitung*

rororo Biographien

Charlotte Chandler
Ich, Fellini *Mit einem Vorwort von Billy Wilder*
(rororo 13774)
«Ich habe nur ein Leben, und das habe ich dir erzählt. Dies ist mein Testament, denn mehr habe ich nicht zu sagen.» *F. Fellini zu C. Chandler*

Andrea Thain / Michael O. Huebner
Elisabeth Taylor *Hollywoods letzte Diva. Eine Biographie*
(rororo 13512)
«Vor mehr als vierzig Jahren lehrte mich MGM, wie man ein Star ist. Und ich weiß bis heute nicht, wie ich etwas andere hätte sein können.» *Elisabeth Taylor*

Andrea Thain
Katharine Hepburn *Eine Biographie*
(rororo 13322)

«Das Leben eines jeden Menschen ist ein von Gottes-hand geschriebenes Märchen.» Hans Christian Andersen

Film und Fernsehen

John Updike
Die Hexen von Eastwick
(rororo 12366)
Updikes amüsanten Roman über Schwarze Magie, eine amerikanische Kleinstadt und drei geschiedene Frauen hat George Miller mit Cher, Susan Sarandron, Michelle Pfeiffer und Jack Nicholson verfilmt.

Bernd Schwamm
Die Gang *Der Roman zur Serie im Ersten*
(rororo 22112)

Christian Pfannenschmidt
Der Mann aus Montauk
Der neue Roman zur ZDF-Serie Girlfriends
(rororo 22267)

E. Beleites / E. Theophil
Männerpension *Das Buch zum Film von Detlev Buck*
(rororo 13933)
Die ungemein komische Story über zwei Knastbrüder und die Liebe – verfilmt mit Detlef Buck und Til Schweiger in den Hauptrollen.

Dieter Wedel / Sven Böttcher
Held *Roman nach dem Fernsehfilm «Der Schattenmann» von Dieter Wedel*
320 Seiten Klappenbroschur
(Wunderlich Verlag)

Oliver Sacks
Awakenings – Zeit des Erwachens
(rororo 8878)
Ein fesselndes Buch – ein mitreißender Film mit Robert De Niro.

Michael Friedman
Batman & Robin *Der Roman zum Film*
(rororo 22240)

rororo Unterhaltung

Boileau / Narcejac
Tote sollten schweigen *Der Roman zum Film «Diabolisch» mit Sharon Stone und Isabelle Adjani*
(rororo 13894)
Das Autorenduo lieferte mit diesem Buch die Vorlage zu einem atemberaubenden Film von Erfolgsproduzent Marvin Worth.

Quentin Tarantino & Allison Anders / Alexandre Rockwell / Robert Rodriguez
Four Rooms *Das Buch zum Film*
(rororo 13955)
Gemeinsam mit drei anderen Regisseuren inszenierte Oskar-Preisträger Quentin Tarantino («Pulp Fiction») diesen furiosen Kultfilm mit Tim Roth, Bruce Willis, Madonna und Antonio Banderas.

Richard Woodley
Con Air
(rororo 22241)
Der Roman zum Film mit Nicolas Cage, John Malkovich und John Cusack in den Hauptrollen.